COLLECTION FOLIO

D1413926

Raphaël Confiant

Le meurtre
du
Samedi-Gloria

Mercure de France

À Michel Barba

1

Le cadavre de Romule Beausoleil avait subi toute la nuit l'outrage de ces grappes de chiens sans maître qui occupaient, à l'abrunie, les rues désertées du mitan de Fort-de-France. Nul ne savait où gîtaient ceux-ci pendant le jour mais le nègre, qui s'oubliait à noctambuler, risquait de se trouver face à face avec des gueules hurlantes et bavantes, prêtes à l'écharpiller. Le concerto des chiens s'entendait surtout à la rue des commerçants syriens et aux abords du Marché aux légumes. Plus rarement autour de la place de la Savane, sans doute trop violemment éclairée. À l'odeur d'urine qui empuantissait le pied de la statue de Joséphine Bonaparte, on devinait cependant que la meute attendait la seconde partie de la nuit pour s'emparer de cet empan de l'En-Ville.

Jamais ils n'auraient osé s'aventurer au-delà du pont Démosthène car ils savaient que, là, les attendaient des bougres désœuvrés qui se seraient fait un plaisir de les agonir de coups de roches et d'injuriées sonores. Pourtant, c'est à cet endroit précis, non loin des latrines publiques arborant fièrement l'enseigne « LAVATORY », que fut découvert le corps du valeureux combattant de damier. Ils lui avaient chiquetaillé la chemise kaki, mordillé les bras et les jambes, poussant l'ignominie jusqu'à déféquer sur sa tête. Leur sarabande avait bien intrigué quelques habitants de la Cour Fruit-à-Pain et du Morne Pichevin mais on était à la veille de Pâques et le monde était préoccupé par l'organisation de la bamboche. On jargonnait beaucoup à propos de la pénurie de crabes de terre qui frappait le pays et dont Radio-Martinique elle-même avait fait grand cas.

« Avec quoi allons-nous préparer le matoutou ? » se lamentaient les femmes, en particulier Carmélise qui traînait derrière elle une tiaulée de marmailles toutes de pères différents et pour laquelle ce moment était la seule miette d'heureuseté qu'elle grapillait au cours de l'année.

C'est d'ailleurs elle qui, incrédule, buta au devant-jour sur le cadavre de Beausoleil, alors qu'elle s'en allait vider son pot de chambre dans la ravine Bouillé. Elle demeura le bec coué un siècle de temps, incapable de prononcer un seul mot. Une sorte de tremblade s'empara de sa personne et le pot de chambre se renversa, souillant les pans de sa robe et ses pieds nus dont elle venait de peindre les ongles avec du Cutex rose bonbon. Elle s'escampa en hurlant dans les quarante-quatre marches qui conduisaient jusqu'à la petite éminence, envahie par les halliers, où se cachait le redoutable quartier du Morne Pichevin. Ce repaire d'honnêtes dockers, de charpentiers et djobeurs émérites vivait sous le joug d'habiles manieurs de couteau à cran d'arrêt et de voleurs à la tire. La maréchaussée n'y poursuivait jamais ceux qui avaient eu le temps de se réfugier dans l'une de ses cahutes en tôle ondulée.

« Manman ! Seigneur-La Vierge Marie-Tous les Saints du ciel ! » s'écria Carmélise, s'arrachant presque ses cheveux papillotés avec du papier journal.

On l'entoura en un battement d'yeux. Philomène, la péripatéticienne féerique, qui se moulait dans une robe fourreau bleue à paillettes et damnait l'âme des marins européens en bordée, sortit sur le pas de sa porte et lança à la cantonade d'un ton rigolard :

« Les amis, la guerre serait-elle à nouveau déclarée ? Papa de Gaulle aurait-il à nouveau besoin de notre aide ?

— Hé ! T'es folle dans la calebasse de ta tête ou quoi ? » rétorqua Rigobert, un nègre mal rasé qui faisait profession de crieur chez un commerçant levantin.

Carmélise s'était affalée sur le fût d'huile rouillé qui, trônant à la Cour des Trente-Deux Couteaux, la petite place du quartier, servait de citerne publique à la saison du carême. Elle hoquetait si fort qu'on dut lui porter une timbale d'eau et lui bailler deux tapes dans le dos.

« Beausoleil... il baigne dans son sang, oui... », balbutia-t-elle.

La stupeur figea net les gens du Morne Pichevin. Ils avaient tout de suite compris : un grand malheur venait de s'abattre sur leur héros, celui qui portait tout le poids de leur honneur sur son dos. Et dire qu'il devait prendre leur revanche cet après-midi-là face à un lutteur du quartier Bord de Canal ! Le combat avait été prévu de longue date, depuis la fin du Carnaval en fait, et chacun avait moult fois rêvé de l'instant suprême où il soulèverait son adversaire, ce grosso-modo, cette brute de Waterloo, à deux mètres du sol, avant de le fesser définitivement par terre. Il avait assez paradé celui-là. Il avait trop vantardisé dans les bars de Sainte-Thérèse, avait par trop dérespecté les gens du Morne Pichevin, les traitant de fainéantiseurs, de malfaiteurs et surtout de capons. Ah

ça, la caponnerie, ça personne ne pouvait plus supporter semblable insulte. La défaite de major Bérard
— le tout premier fier-à-bras du quartier — s'était
conservée intacte dans tous les esprits. La défaite et
la vergogne, mesdames-messieurs ! Cela s'était
déroulé deux ans plus tôt au cours de la fête patronale de Kerlys et depuis ce jour funeste, personne ne
s'endormait au Morne Pichevin sans marmonner :

« Hon ! Chaque cochon a son samedi, salopard de
Waterloo, va ! »

C'est que nul n'avait vu la toge de la vieillesse dra-
per les épaules de major Bérard. D'ailleurs ses
tempes n'avaient point blanchi et il avait toujours le
verbe haut, enfournait d'une traite deux-trois verres
de rhum sec et chargeait les sacs de sucre à la boutique de Man Cinna comme s'il s'était agi de vulgaires
oreillers. Le Morne Pichevin était très fier de lui et
on avait fini par le croire éternel jusqu'au jour où
Waterloo mit fin à sa carrière d'un coup de pied
méchant au bas-ventre. Les tambours qui encoura-
geaient les lutteurs s'étaient même tus et un vaste
silence avait statufié la foule. La veillée du fiers-à-
bras fut si triste que même les contes ne parvinrent
pas à dérider l'assistance. On se dépêcha d'enterrer
son nom dans les mémoires et on se mit à calculer
sur son remplaçant. Le damier n'étant pas affaire de
petits garçons, il fallut du temps pour que Romule
Beausoleil acceptât de prendre sa relève. Or, rien
n'avait préparé ce dernier à accomplir un tel destin
puisque, jusque-là, il n'avait été qu'un simple
employé de la tinette municipale dont la seule dis-
traction était les gallodromes. C'est Philomène en
personne qui le désigna pour occuper cette charge et
comme nul n'osait contredire les rêves de la
câpresse, Beausoleil se retrouva à s'entraîner nuit et

jour avec un maître lutteur du fin fond des mornes auprès duquel elle l'avait expédié.

Pour dire la franche vérité, les gens du Morne Pichevin s'étaient, au début, montrés sceptiques sur les capacités de Beausoleil à remplacer major Bérard mais on dut se rendre à l'évidence que la péripatéticienne avait fait un choix judicieux. Le bougre se mit à épaissir, à parler avec davantage d'autorité à ses semblables, à s'habiller avec plus de gamme et de dièse et lors de son tout premier combat, il ne prit pas dix minutes pour terrasser le chabin filiforme que le quartier Terres-Sainvilles lui avait opposé. Or voilà qu'aujourd'hui, tout cela s'effondrait !

« La déveine est sur notre tête ! s'exclama Richard, un dégingandé qui réglait l'embauche à la Compagnie générale transatlantique.

— Carmélise, ton esprit déraille, ma fille, fit Rigobert. J'ai joué aux dés avec Beausoleil hier soir sur la Savane, tonnerre de Brest !

— Il... il est en bas... au pont Démosthène. Son corps est allongé par terre dans une rivière de sang, déclara la jeune femme qui avait fini par reprendre ses esprits. Il a un trou grand comme ça dans la gorge. »

Quand les gens du Morne Pichevin arrivèrent sur les lieux, un car de la maréchaussée barrait déjà le début du boulevard de la Levée et la populace était tenue à bonne distance. Un soleil sans pardon commençait à étendre son empire sur le monde. N'écoutant que sa douleur, Rigobert fendit la foule et s'approcha du cadavre que deux policiers examinaient en notant des choses sur leur carnet. Le crieur reconnut l'inspecteur Dorval avec qui il avait eu plusieurs fois maille à partir.

« Ton compère n'a pas eu le temps de souffrir..., marmonna le policier.

— Il est donc mort ?

— Et comment ! Trois fois mort, mon ami. À première vue, on lui a transpercé la carotide avec une arme tranchante. Pas un bec d'espadon en tout cas, ça aurait fait une plus large déchirure. Peut-être un coutelas effilé ou alors un pic à glace... »

Romule Beausoleil avait trépassé les yeux grands ouverts. Un vague sourire décorait le pourtour de ses lèvres ensanglantées. Rigobert se sentit défaillir et dut serrer les dents pour étouffer un sanglot. Autour des latrines du pont Démosthène, les badauds brocantaient toutes espèces d'explications farfelues. Certains voyaient là sorcellerie et quimbois, d'autres invoquaient un mari jaloux ou alors une riposte des marins du croiseur *Estérel* auxquels on avait fiché une raclée la semaine d'avant. En effet, ces Blancs-là se croyaient tout permis dès l'instant où leurs chefs leur avait baillé quartier libre : ils se répandaient dans les caboulots les plus infects, se vautraient dans une saoulaison sans papa ni manman puis réclamaient des femmes que, parfois, ils oubliaient de payer. En plus, ils traitaient les gens de « négros » ou de « macaques » à la moindre occasion.

« Rigobert, on aura à causer, mon vieux, fit l'inspecteur Dorval.

— *Zôt pa ka ba nou kô-a ?* (Vous nous remettez le corps ?)

— Hélas non ! Faudra qu'on le fasse transporter à l'hôpital civil. J'ai demandé une ambulance. J'aurai besoin de toi pour l'identifier, mon vieux. Je suppose qu'il n'avait pas de papiers...

— Mais c'est Romule Beausoleil, inspecteur ! » s'indigna le crieur.

Le policier ôta ses lunettes fumées et, regardant Rigobert dans les yeux, se mit à sourire. La badaudaille se faisait de plus en plus pressante. Une femme, presque hystérique, hurlait, ceinturée par deux agents de police :

« *Man lé wè'y ! Man lé wè'y !* (Je veux le voir ! Je veux le voir !)

— C'est qui celle-là ? demanda Dorval.

— La femme avec qui il devait se marier... », fit Rigobert.

L'inspecteur écarquilla les yeux. Beausoleil se marier ! Depuis quand on se soumettait à de tels rites au quartier Morne Pichevin ? Non pas que Dorval méprisât cet endroit mais il le connaissait un peu pour avoir eu à y enquêter une fois ou deux. Ses collègues avaient profité de son ignorance (il n'avait été muté en Martinique que l'année précédente après quinze ans passés dans un commissariat du 14e arrondissement, à Paris) pour lui refiler les tâches les plus difficiles ou les quartiers dans lesquels aucun individu qui tenait un tant soit peu à la vie ne mettait les pieds. Tout à la joie de redécouvrir son pays natal, l'inspecteur Dorval avait ainsi bourlingué à Volga-Plage à la recherche d'une concubine qui avait voltigé une bouteille d'acide au visage de son homme, lui tuant les deux yeux, puis à Trénelle où deux chefs voleurs, dont le redoutable Fils-du-Diable-en-personne, recelaient le fruit de leurs incursions dans les villas bourgeoises de Fort-de-France et ainsi de suite : Texaco, Sainte-Thérèse, le Bord de Canal, les Terres-Sainvilles. Il n'y avait guère que le fief du Morne Pichevin à garder encore quelque secret pour lui. Au commissariat central, ses collègues évoquaient ce quartier avec un certain effroi parce que y vivaient les derniers fiers-à-bras, les majors comme l'on disait, ainsi que les combattants du damier, une danse-combat d'origine africaine que les autorités avaient décrétée hors-la-loi. À l'origine, le damier ne se pratiquait qu'au plus obscur des campagnes mais lorsque les distilleries et les sucreries cessèrent une à une de fumer, des cohortes de nègres désargentés se mirent à émigrer vers l'En-Ville, y charroyant dans leurs maigres bagages leurs deux seules certitudes à savoir la croyance dans les forces de l'au-delà et la danse du damier, toutes choses qui faisaient horreur à la bourgeoisie mulâtre en particulier et aux citadins de souche en général. L'inspecteur Dorval connaissait Romule Beausoleil de réputation mais c'était la première fois qu'il lui était donné de découvrir son visage.

L'ambulance arriva dans un étrange silence. Les adjoints de Dorval avaient terminé leurs investigations et semblaient soulagés de quitter les lieux. Rigobert demanda à l'inspecteur de permettre à la femme hystérique de s'approcher du cadavre que les brancardiers étaient en train d'embarquer avec des gestes empreints d'un dégoût mal dissimulé.

« Hermancia est une femme pleine de cœur. Elle a attendu etcétéra d'années avant d'ouvrir son cœur à un homme..., ajouta le crieur.

— Bon-bon mais pas plus de deux minutes. Laissez-la passer ! »

Hermancia était encore vêtue de sa gaule de nuit. Sa lourde chevelure crépue était dépeignée malgré le madras défraîchi qui tentait de la dompter. Son émotionnement cessa brusquement à l'instant où elle posa sa main sur le cœur de son homme. Une grande dignité se dégageait de sa personne, qui fit taire le brouhaha des badauds. Soudain, redressant la tête, elle s'écria :

« *Man té sav sa !* » (Je le savais !)

Et d'arracher au cou de Romule Beausoleil une chaîne dorée qu'elle se mit à piétiner avec rage. Un adjoint de l'inspecteur Dorval la maîtrisa tandis que celui-ci s'emparait du bijou qui s'était cassé en plusieurs morceaux. Il fit signe à l'ambulance de démarrer tandis que la foule se précipitait autour d'eux. Carmélise examina la chaîne et déclara :

« Cadeau de femme jalouse, oui !

— Que voulez-vous dire ? fit Dorval.

— Écoutez, inspecteur, intervint Rigobert, Beausoleil était mon meilleur compère. Ça fait vingt ans qu'on se débattait ensemble dans cette vie scélérate-là. Au temps de l'amiral Robert, on a supporté cette chiennerie de guerre ensemble, foutre ! Je ne l'ai jamais vu porter aucune chaîne ni aucun bracelet. Monsieur était un combattant de damier, pas un petit ma-commère, pomponné et pommadé ! »

Dorval décida d'aller fouiller la case de Beausoleil au Morne Pichevin au grand dam de ses adjoints. Les badauds, estimant le cinéma-sans-payer terminé, se retiraient peu à peu. Seuls demeurèrent sur le trottoir du pont Démosthène les vrais amis du mort. Philomène pleurait dans ses mains jointes. Le contremaître docker Richard regardait fixement le bout de ses espadrilles comme quelqu'un qui aurait reçu un coup de poing sur la tempe. Carmélise, la mère-poussinière, continuait à jacoter :

« Cela devait arriver ! Cette Indienne-là n'a jamais accepté que Beausoleil se détourne de sa vie, non. »

Ils grimpèrent les quarante-quatre marches encombrées de détritus de toutes sortes, croisant des gens qui portaient sur la tête des fait-tout de riz. La plupart iraient prendre la pétrolette de l'Anse Mitan afin de passer le dimanche de Pâques à la plage comme à l'ordinaire. Le raidillon débouchait sur une statue de la Vierge qui dominait d'un œil sévère la rade de Fort-de-France. Dorval fut à nouveau impressionné par l'entrelacement des cahutes construites avec les matériaux les plus hétéroclites — bois, tôle ondulée, briques, bouts de pré lard —, qui n'étaient séparées que par d'étroites ruelles où une seule personne pouvait passer à la fois et, encore, en se tenant de travers. Des enfants jouaient à même la boue avec des écales de cocos, parmi des poules, des canards et même deux énormes cochons mastodontes au pelage noir de jais.

« C'est par là... », fit Rigobert qui semblait de plus en plus accablé.

Dorval comprit pourquoi ce quartier était réputé inexpugnable. Ses collègues du commissariat central n'exagéraient pas du tout. Plus d'un millier de gens devait cohabiter sur cette minuscule langue de terre où il aurait été hasardeux de poursuivre quelqu'un sans guide. La porte de la case du combattant de damier était largement ouverte mais il faisait complètement noir à l'intérieur. Si noir que Dorval demanda qu'on lui ouvre les fenêtres avant de se rendre compte que la case n'en comportait qu'une seule, minuscule en plus. Un trou à rat ! Voilà l'impression qu'elle lui donnait. En outre, elle ne comportait qu'une table bancale couverte de bouteilles vides de bière « Lorraine » et un sommier déglingué sur lequel Beausoleil avait disposé des vêtements usagés. Par contre, les parois étaient entièrement décorées de photos d'actrices italiennes aux couleurs criardes parmi lesquelles l'inspecteur reconnut Gina Lollobrigida et Sophia Loren. Des clous y avaient été fichés çà et là et Beausoleil y avait accroché un pantalon trois quarts et deux chemises propres quoique non repassées.

« Ne faites pas attention à ça, dit Rigobert. Beausoleil n'était pas aussi pauvre que nous autres. Il cachait son argent à la banque.

— Cesse de bêtiser ! fit Carmélise. Un nègre qui ne sait ni lire ni écrire ne peut pas avoir un compte en banque. »

Elle assura que si on soulevait le plancher de la case, nul doute qu'on découvrirait où le combattant de damier avait enfoui sa fortune. Tout le monde le savait riche puisque, à chaque combat gagné, ses partisans lui glissaient un billet de cinq mille francs, du moins ceux qui avaient parié sur lui leur paye de la semaine et voyait celle-ci tout soudain multipliée par cinq. Dorval voulut refermer la porte de la case mais s'aperçut qu'elle ne possédait même pas de serrure. Une simple ficelle permettait de la tenir attachée et cela uniquement de l'intérieur.

« Ici, on n'a pas de secret, dit Rigobert. Chez chacun c'est chez tout le monde, oui.

— Il avait de la famille ? demanda l'inspecteur.

— De la famille ? Mais au Morne Pichevin, nous sommes tous de la même famille », déclara Philomène qui avait repris à son tour son quant-à-soi.

Dorval, qui l'avait à peine regardée, fut surpris de découvrir à quel point elle était belle. Sa chair plantureuse débordait de ses vêtements légèrement trop étroits et de sa personne se dégageait une sorte de sensualité naturelle qui le troubla. Habillée à la mode, fardée et poudrée, elle devait être une sacrée créature, songea-t-il.

« Quand on vient vivre ici, ajouta-t-elle, on coupe les ponts avec son passé. Moi-même, je ne suis jamais retournée dans ma commune d'origine, le

Gros-Morne et ça depuis 1938 que je suis descendue en ville. Beausoleil était un nègre du Sud mais d'où exactement, je ne sais pas. Quelqu'un le sait, hein ? »

Tous firent un signe de dénégation. Dorval tenait encore entre ses doigts les débris de la chaîne dorée que Beausoleil portait au cou. Il se tourna vers Hermancia pour lui demander de s'expliquer sur la colère subite qui s'était emparée d'elle à la vue du bijou mais la femme préféra disparaître dans une ruelle sombre où des bassines recueillaient, à même le sol, l'eau de pluie.

« Ne vous embêtez pas, inspecteur, fit Carmélise en esquissant un pauvre sourire, c'est la jalouseté qui la dévore. Cette bougresse voulait accaparer Romule pour elle toute seule. Elle ne savait pas partager. Ha-ha-ha ! Je vais voir comment elle va faire à présent.

— Beausoleil avait promis de l'épouser ? s'enquit Dorval. Il était sérieux ?

— Un combattant de damier n'a qu'une parole, tonna presque Rigobert en accablant le policier d'un regard réprobateur.

— C'est qui la femme qui lui a offert cette chaîne ? »

Philomène raconta à la va-vite que Beausoleil avait longtemps été en case avec une Indienne-Coulie nommée Ferdine à qui personne dans le quartier n'aurait baillé le Bondieu sans confession vu qu'elle appartenait à cette race maléfique qui pratiquait en guise de religion des sacrifices d'animaux. Le lutteur l'avait charmée et elle avait quitté le quartier Au Béraud, seul endroit de l'En-Ville où ses congénères se sentaient en sécurité parce qu'ils y étaient les plus nombreux. D'ordinaire, il suffisait qu'un nègre ou un mulâtre ouvre la bouche pour qu'ils capitulent ou battent en retraite.

« Beausoleil a toujours prétendu que c'est lui qui a fait fondre le cœur de Ferdine, assura Philomène, mais tout ça c'est des mensongeries. Il était la proie de cette Coulie, c'est elle qui avait fait un charme sur lui. Il n'avait plus de volonté.

— Hon ! Elle avait dû lui bailler à boire l'eau de sa toilette intime », surenchérit Carmélise.

Seul Rigobert prit la défense de Ferdine et du même coup de la race indienne. Au talent qu'il déployait on devinait qu'il devait se livrer plus souvent que rarement à un tel exercice.

« Dans ce pays de Martinique, tout le monde hait tout le monde. Le Blanc hait le nègre, le nègre hait le mulâtre, le mulâtre hait l'Indien et vice versa. Vous croyez qu'une situation comme ça peut durer longtemps, hein ? On est en 1966 tout de même !

— Ha-ha-ha ! Rigobert est notre philosophe, oui, s'esclaffa Carmélise, philosophe comme un chien qui porte des bretelles !

— Vous, monsieur l'inspecteur qui avait voyagé en France, là-bas, ils ne trouvent pas une entente entre eux ? Pour moi, Ferdine était une brave femme, une femme amoureuse de son bougre, fidèle, dévouée, le contraire de certaines négresses qui fié-raudent toute la sainte journée sans jamais faire un effort de leurs dix doigts.

— Pourquoi dites-vous "était" en parlant de Ferdine ? demanda le policier.

— Ah ! Rassurez-vous, elle n'est pas morte, elle aussi. Non... simplement un beau jour, la Coulie a déguerpi parce que Hermancia était venue s'installer chez Romule... »

Ferdine avait regagné depuis le quartier des Coulis, non loin du canal Levassor, c'est-à-dire à l'autre bout de Fort-de-France, mais tout un chacun savait qu'elle avait juré de se venger. Rigobert raccompagna l'inspecteur Dorval au pont Démosthène où commençait le boulevard de la Levée. Une soudaine sympathie s'était insidieusement développée entre eux, à leur corps défendant presque. Rigobert n'avait jamais éprouvé de sympathie débordante pour la maréchaussée mais, devant un bougre tel que Dorval, portrait craché de Sidney Poitier, l'acteur noir américain dont il allait applaudir les exploits au cinéma Bataclan, il devait s'avouer être en confiance.

« Beausoleil était mon bon compère, précisa-t-il. Je tiens à ce que le chien-fer qui l'a assassiné soit puni, inspecteur. Vous connaissez l'attitude des gros messieurs de la police envers nous. Pour eux, on n'est rien qu'une bande de nègres englués dans la vagabondagerie. Des zéros devant un chiffre, quoi ! »

Au pont Démosthène, une femme d'âge mûr, un lourd panier plein de thons et de balarous juché sur la tête, observait les traces de sang qui rougissaient tout un pan du trottoir défoncé. Elle y posa le pied et joua avec son gros orteil comme pour dessiner quelque chose quand elle s'aperçut de la présence des deux hommes. Son visage ricanant se referma aussitôt. Elle toisa Rigobert et tourna les talons, l'air soudain très pressé, en s'écriant d'une voix de stentor :

« Balarou bleu ! Balarou bleu, dix mille francs le kilo !

— Qui c'est ? fit l'inspecteur Dorval.

— Of ! Une pie-grièche, la femme de Waterloo... Elle ne parle à personne, ne plaisante jamais. Madame ne voit que par son mari... mais c'est une courageuse, oui. »

Dorval inscrivit quelque chose sur son carnet.

« C'est comme s'il avait eu un pressentiment, ajouta Rigobert songeur, le Vendredi saint, il a fait les douze stations du Calvaire en marchant sur les genoux. Pourtant, il n'était pas plus bon chrétien que vous et moi... »

Dorval promit de tout mettre en œuvre pour que Beausoleil ne finisse pas dans un carré anonyme du cimetière des pauvres. Les deux hommes se serrèrent les mains avec chaleur et le crieur observa un long moment l'élégante silhouette du policier qui descendait le boulevard où ne stationnait qu'un taxi-pays, sans doute en panne.

On était dimanche de Pâques, oui !

L'initiation de Romule Beausoleil aux règles secrètes du damier s'était déroulée trois ans plus tôt et en avait surpris plus d'un à commencer par son ami de toujours, le crieur Rigobert. En effet, seuls les nègres de haut parage, ceux qui possédaient une vraie force intérieure ou qui l'avaient acquise dans l'enfer des champs de canne à sucre, pouvaient prétendre accéder au cercle de plus en plus restreint des lutteurs. Or justement, le job de Romule aurait dû lui interdire à jamais un tel destin puisqu'il consistait à ramasser, sur le coup de trois heures et demie du matin, le contenu des pots de chambre d'Aubagne que leurs propriétaires avaient déversé, d'un geste furtif, dans d'énormes bacs en zinc sur le trottoir de la route des Religieuses et à vider ces derniers dans un camion-tinette conduit par un chauffeur rustre qui ne baillait pas une petite chance aux deux ramasseurs. Pire : Ferdine avait beau propreter le linge de son homme avec de la Javel, le mettre à tremper dans un mélange de jus de citron et d'eau

25

de Cologne, l'amidonner puis le repasser au fer chaud, rien n'y faisait. Il gardait toute l'année cette odeur indéfinissable qui rappelait les excréments plus ou moins décomposés et cette odeur-là avait fini par imprégner le corps même de Romule. Même quand il ne travaillait pas, ses partenaires de tafia au bar des Marguerites-des-Marins, face au port, le dérisionnait dès qu'ils étaient fins saouls. On l'avait même accablé d'un surnom créole, « *Womil santi kaka* » (Romule Odeur de Caca), qui l'agaçait au plus haut point mais contre lequel il ne pouvait strictement rien, sauf de rouler de gros yeux aux enfants trop moqueurs ou de cracher par terre en direction des négresses-matador que l'envie avait soudainement prises de le dérisionner. Souvent, il se confiait, plein d'amertume, à Rigobert :

« Toi au moins, tu as un travail sain, même si tu gagnes moins d'argent que moi.

— Ah ! Ne crois pas ça, vieux frère. Des fois, quand j'ai trop bamboché la veille et que je perds ma voix alors que la matinée n'est même pas bien entamée, le Syrien n'hésite pas à me mettre à pied. »

Beausoleil était très conscient de s'adonner à une tâche dégradante qu'à l'époque, la fin des années soixante, seuls les Indiens acceptaient. Il faisait d'ailleurs équipe avec un certain Naïmoutou, adepte du dieu hindou Nagourmira, qui l'avait assuré que s'il faisait un vœu à cette divinité du Bondieu-Couli, l'odeur d'excréments qui le poursuivait disparaîtrait en cinq sec. Romule se montra d'abord incrédule mais il dut reconnaître que son coéquipier ne dégageait aucune senteur nauséabonde bien qu'il fût employé au service de la tinette municipale depuis plus longtemps que lui.

« En fait, c'est le seul métier que j'ai jamais appris ! » plaisantait l'Indien.

Rigobert lui avait fortement déconseillé de se livrer à ces diableries régulièrement condamnées par l'Église catholique, encore que le crieur passât les trois quarts de son temps à injurier Dieu sous prétexte que lors de la séparation des richesses au jardin d'Éden, il avait purement et simplement oublié le nègre au profit du Blanc et du mulâtre. C'est la sœur de Naïmoutou, Ferdine, qui réussit à convaincre Beausoleil de faire un vœu à la déesse Mariémen. Chaque samedi soir, elle accompagnait son frère dans les bals-paillote à travers le pays et parfois, Naïmoutou trouvait assez d'arguments pour convaincre son collègue que son odeur ne rebuterait point les cavalières. Évidemment, la cadence de Beausoleil, les quelques phrases de français qu'il savait accoler les unes aux autres lui attiraient des donzelles tout à fait acceptables, parfois même charmeresses mais au fil du danser et du balancer sur la piste de danse, invariablement, la dame se troussait les narines, levait un œil inquisiteur sur Beausoleil et finissait par le larguer dès les dernières notes du morceau.

« Plus on est dans la déveine, plus les chiens cherchent à vous mordre », soliloquait-il à une table où il était contraint de finir la nuit entre une bouteille de rhum et un plat de chèlou.

Jamais il ne lui était venu à l'idée d'inviter Ferdine à danser. Ce n'était qu'une petite Coulie maigrichonne et noiraude, aux yeux luisants, qui arborait tout un embarras de cheveux-soie sur la tête. Beausoleil ne prêtait attention qu'aux chabines piquantes et aux mulâtresses dont la peau veloutée le fascinait. Mais un soir, fatigué de tapisser, son regard tomba

27

sur Ferdine qui virevoltait avec grâce au bras d'un gandin quinquagénaire qui semblait avoir un don pour la danse. Beausoleil fut surpris par l'espèce de sublimité qui se dégageait de ce couple dépareillé et dès que la jeune fille revint à leur table, il s'empara d'elle sans rien lui demander et l'entraîna dans une mazurka méchante. Leurs pas s'accordaient comme dans un rêve et, insensiblement, leurs corps se rapprochaient, se frôlaient, se caressaient pour finir par s'enlacer. Les autres danseurs, émerveillés, se mirent à les observer à la dérobée, certains s'efforçant de les imiter. L'orchestre lui-même redoubla d'ardeur et on eut le sentiment que cette nuit-là (une nuit de fin de carême au cours de laquelle le ciel s'était drapé de gris perlé) ne finirait jamais. Beausoleil n'eut pas besoin de répéter les mots d'amour qu'il entendait le dimanche après-midi de la bouche des acteurs de cinéma. Nul besoin de macaquerie ! La cause était entendue. Naïmoutou, qui était très occupé à courtiser une mamzelle à l'apparence bourgeoise, vint les féliciter.

« Ce qui doit vous appartenir, la rivière ne peut pas le charroyer », conclut-il, jovial et serein tout à la fois.

Tout naturellement, Ferdine suivit Rigobert dans sa case du Morne Pichevin et s'y installa à la grande stupéfaction des habitants du lieu pour qui les Indiens étaient une race infiable et surtout acoquinée avec le Diable. Man Cinna, la boutiquière, refusait de bailler ne serait-ce qu'un maigre sourire à dix francs à la jeune femme lorsqu'elle venait acheter le pain et la chopine de rhum du matin. Philomène, craignant sans doute d'être déclassée dans sa belleté qui jusqu'alors faisait l'unanimité, redoubla de prestance et de coups de reins ravageurs et se garda de jamais prendre la hauteur de Ferdine.

« Seule une Coulie peut supporter de vivre avec un nègre qui sent le caca », décréta, vipérine comme à son habitude, Carmélise.

Pendant ce temps, Ferdine s'employa à dissiper les préventions du ramasseur de tinettes à l'encontre de sa religion jusqu'à l'amener à faire un vœu à la déesse hindoue Mariémen. Pendant quinze jours, il cessa de drivailler sur la Savane, d'y jouer aux dés avec les djobeurs et les crieurs et de s'encanailler avec les ribaudes qui profitaient de la touffeur du Bois de Boulogne pour vendre leur devant pour deux francs et quatre sous. Le matin, très tôt, elle lui préparait des bains dans une bassine en émail où elle mélangeait des herbes odorantes, du cumin ainsi que du savon de Marseille. La bassine encombrait la ruelle qui conduisait à la Cour des Trente-Deux Couteaux, contraignant leurs plus proches voisins à faire un détour par les halliers. La métamorphose de Beausoleil irrita au plus haut point Man Cinna chez qui le bougre avait un important carnet de crédit.

« Si cette Coulie-là le rend fou, messieurs-dames, chignait-elle, qui c'est qui va me régler sa dette, hein ? »

On crut réellement que Beausoleil était sur le point de perdre l'esprit car au beau mitan de la nuit, on l'entendait réciter, à la suite de Ferdine, des prières dans une langue aux sonorités barbares que l'on apprit être le tamoul. Sa parole était d'ailleurs devenue rare et c'est à peine s'il répondait aux bonjours-bonsoirs de ses amis Rigobert et Richard. Puis il disparut pendant huit jours et quand on interrogeait Ferdine, elle répondait que son homme était allé vivre aux côtés de son père à elle, au quartier indien d'Au Béraud.

« Hon ! tonnait Richard, le chef docker, si jamais nostre homme revient vivant, il aura bien de la chance, ce nègre-là, foutre !

— Paraît qu'il est allé faire un vœu, dit Rigobert. C'est la raison de toutes les simagrées qu'il faisait ces temps-ci.

— Un vœu ? Quel vœu un nègre du Morne Pichevin peut-il bien faire ? On est né dans la déveine, on vit dans la déveine, on mourra dans la déveine », assénait Philomène, la péripatéticienne.

Mais le miracle eut lieu. Romule Beausoleil réapparut, fringant, disert, saluant tout un chacun comme s'il venait d'accomplir un grand voyage. On le dévisagea avec stupeur, une stupeur mêlée de craintitude, pour chercher à savoir s'il avait conservé toute sa tête et l'on finit très vite par admettre que c'était bien le même homme que l'on avait connu auparavant, sauf qu'il avait quelque chose de changé en lui. Quoi ? Personne n'était en mesure de le dire mais tout le monde le ressentait avec force. Il fallut toute la perspicacité de Man Richard, une bougresse dotée d'une cargaison de fesses appétissantes à souhait, pour le deviner.

« Romule Beausoleil n'a plus d'odeur d'excréments, les amis ! s'exclama-t-elle devant ses commères, un après-midi où elles prenaient le frais et brocantaient des malparlances sur autrui à l'ombre du seul arbre du quartier, un quénettier très âgé aux racines échassières.

— Tonnerre de Dieu ! Mais c'est vrai, oui ! renchérit Carmélise.

— Ah ! Ferdine a réussi à la lui enlever. Avec toutes ses diableries, ça ne pouvait pas ne pas réussir mais gare à Romule ! Un jour ou l'autre, le Diable lui demandera paiement. Il a dû vendre son âme pour ça, pauvre bougre », ajouta une femme d'âge mûr.

Le couple nagea dans l'heureuseté pendant une bonne dizaine d'années mais ne parvint pas à faire d'enfants. On se gaussait derrière leur dos en disant que ce que le Diable vous baille d'une main, il vous le reprend aussitôt de l'autre. Les plus méchants prétendaient que l'Indienne tuait les bébés dans son ventre à l'âge de trois mois afin de les utiliser pour les sacrifices du Bondieu-Couli. Beausoleil faisait mine d'être indifférent à ce que tous considéraient comme une catastrophe. Ferdine souffrait mille morts mais n'en laissait rien paraître, même quand Carmélise la tisonnait à la boutique de Man Cinna.

« Hé, Coulie, si ton ventre est bréhaigne, moi, le mien, il peut faire deux marmailles à la fois. Ha-ha-ha ! D'ailleurs, tiens, si t'en veux un, je peux te le bailler. J'ai mon avant-avant-dernier dont je sais même pas qui est le papa. Si tu le veux, prends-le. Ha-ha-ha ! »

Insensiblement, le fil de la relation entre le ramasseur de tinettes et l'Indienne se distendit. Il recommença à fréquenter le bar « Aux Marguerites des Marins » et à jouer sa paye hebdomadaire au bonneteau ou aux cartes. Puis, il la frappa un jour, en prit l'habitude et régulièrement lui pétait le bord d'un œil. Ferdine se réfugiait chez son père qui la renvoyait quelques jours plus tard car l'homme, qui était un prêtre indien renommé, s'était dès le début opposé au concubinage de sa fille unique avec un nègre de si basse extraction. Final de compte, Romule Beausoleil se mit tant et tellement à boissonner qu'il était saoul comme un vieux macaque toute la sainte journée et c'est à grand-peine qu'il parvenait à se réveiller à trois heures du matin lorsque le chauffeur de la tinette municipale le klaxonnait à l'en-bas des quarante-quatre marches qui reliaient le Morne Pichevin au restant de l'En-Ville. Le bougre titubait dans l'escalier, pilant des marches maléfiques sans prendre garde de prononcer les conjurations nécessaires, surtout envers la trente-troisième, celle de la mort subite dans la fleur de l'âge. Nul doute que son destin bascula définitivement à dater de ce moment-là. Mais il devait connaître encore deux courtes années de joie grâce à un complot que les femmes du quartier, Philomène et Carmélise en tête, montèrent contre sa concubine indienne. Elles soudoyèrent, en effet, un jeune nègre grandiseur, un muscadin de première catégorie, qui faisait profession de chavirer le cœur des femmes les plus fidèles et de les entraîner dans la dévergondation. Il cachait avec soin son nom qu'il affirmait être sa principale protection sur terre et tonitruait partout :

« Appelez-moi Chrisopompe de Pompinasse, messieurs et dames ! Ce titre sied bien à mon rang. »

Quand il se mit à conter des galantises à droite et à gauche, on lui rit au nez mais lorsque la fille de treize ans de Carmélise tomba enceinte-gros-boudin en même temps que la sœur de Man Cinna, qui, elle, bordillait déjà la quarantaine, et que toutes d'eux s'étripèrent dans la boue de la Cour des Trente-Deux Couteaux en hurlant « Chrisopompe, c'est mon homme à moi ! », on comprit que ce muscadin n'était pas le premier venu. De quoi vivait-il ? Nul n'aurait su le dire avec exactitude. Il récitait des poèmes de Verlaine et se pavanait avec un gros sac noir et se prétendait tantôt avocat tantôt docteur.

« Je n'exerce pas pour la négraille, clamait-il pour

què personne au Morne Pichevin ne s'avise de lui demander une quelconque consultation. Ma clientèle c'est les gens de la haute, la mulatraille, quoi ! »

Toujours est-il qu'il exibait en permanence des gros billets flambant neufs de mille francs qu'il lui arrivait de distribuer autour de lui afin de s'acheter la sympathie des frères ou des maris dont il envisageait de dévergonder les sœurs ou les femmes. Chrisopompe, non seulement n'avait aucune morale, mais il ne faisait aucune distinction entre les femmes. Qu'elles fussent belles ou affreuses, plantureuses ou maigres jusqu'à l'os, vertes ou à maturité, il faisait de la plupart d'entre elles son affaire et dissertait après sur leurs caractéristiques anatomiques respectives avec les soiffards des bars de la Transat. Il s'était taillé un gros succès en décrivant la foufoune barbue et joufflue de Man Richard, l'épouse du chef docker, qui, à l'entendre, chantonnait en faisant la chose. On sentait bien que parfois, il baillait force menteries, surtout quand il voulait égrafigner l'honneur d'une mamzelle qui avait eu l'audace de l'envoyer à la balancine mais, la plupart du temps, sa réputation de coursailleur de jupons n'était pas imméritée. C'est pourquoi Philomène décida de l'entreprendre un jour en ces termes :

« Monsieur Chrisopompe de Pompinasse, j'admire votre français fleuri et vos paroles-sirop-miel mais tout vaillant que vous êtes, il existe au moins une femme que vous ne parviendrez jamais à faire enlever sa robe. Ha-ha-ha !

— Pff ! Si tu parles de la Sainte Vierge Marie, d'accord ! Mais à part elle, je ne vois pas qui peut résister à un grand déshabilleur tel que moi.

— Si elle existe ! déclara Carmélise. Elle existe et,

en plus, elle se vante devant tout le monde que tu ne pourras jamais la charmer.

— Ha-ha-ha ! Présente-la-moi tout de suite, ma commère et je l'arraisonne en cinq sec ! » certifia le baliverneur.

Les négresses du Morne Pichevin décidèrent de le laisser mariner dans le doute un bon mois, juste pour aiguiser son appétit et c'est lui qui revint à la charge, qui insista pour qu'on lui révèle le nom de l'impudente.

« Et vous allez voir ça, mesdames, en moins de temps que la culbute d'une puce, je la fais s'allonger par terre et remonter sa robe jusqu'au menton. Ha-ha-ha ! bravachait-il.

— Pourtant, cette femme, tu la vois tous les jours..., dit Philomène.

— Attendez un peu... attendez !... ah, vous voulez parler d'Idoménée. Mais cette négresse-là est laide comme un péché mortel. Elle ne m'a jamais intéressé. À savoir si elle n'est pas vieille fille en plus !

— Mais non ! Tu te trompes, mon bougre, fit Carmélise, laisse Idoménée tranquille. C'est une bondieuseuse. Non, on te parle d'une jeune personne de ton entourage. Elle a des cheveux qui lui tombent au ras des fesses.

— Ferdine ! FER-DI-NE ! s'écria le gandin en écarquillant les yeux. Vous voulez parler d'elle ? Mais c'est une Coulie ! Moi, je ne me mélange pas avec cette race-là. Eh ben Bondieu ! Vous rigolez de ma tête ou bien quoi ? »

Les femmes ne confirmèrent ni n'infirmèrent quoi que ce soit. Encore une fois, elles préféraient le laisser se casser la tête sur le problème, persuadées qu'elles étaient que cela ne donnerait que plus de poids à leur stratagème. Dans le même temps, Philo-

mène se chargea d'entreprendre Romule Beausoleil
pour lui faire accroire que tout le quartier souhaitait
qu'il prenne la relève de major Bérard au combat de
damier. Jusqu'à ce jour, Beausoleil n'avait prêté
qu'une attention distraite à ces joutes sans merci qui
se déroulaient désormais (depuis qu'un arrêté pré-
fectoral avait mis la chose quasiment hors-la-loi) les
jours fériés tels que le Vendredi saint ou le Samedi-
Gloria, et cela dans des endroits, soit isolés soit non
contrôlés par la maréchaussée, tels que la Cour des
Trente-Deux Couteaux, au Morne Pichevin. À vrai
dire, le ramasseur de tinettes avait toujours éprouvé
une sorte de défiance envers le damier qu'il savait
réservé aux nègres-Guinée, ceux qui avaient conservé les mœurs d'Afrique et qui refusaient de se
plier aux règles de la civilisation. Du moins était-ce
ainsi que les décrivait l'abbé Firmin de la paroisse
de Sainte-Thérèse lorsqu'il fulminait en chaire contre les vices et l'idolâtrie qui ravageaient, à l'entendre, tout spécialement les nègres des bas quartiers.

« Moi me battre au damier ? Mais ton esprit
déraille, Philomène, plaisanta-t-il la première fois
que la péripatéticienne vint lui en suggérer l'idée.

— Qui donc va soutenir l'honneur du Morne
Pichevin ? s'exclama-t-elle. Chaque quartier a son
major et en est fier, tu le sais bien. Volga-Plage a
Sonson-Mulet, Terres-Sainvilles a Fils-du-Diable-en-
personne, Trénelle a Bonda Mézanmi, Bord de Canal
a Waterloo et, nous, on n'aurait personne ! C'est pas
possible ça !

— Pourquoi tu n'en parles pas avec Richard ?
C'est un bougre gros-gras-vaillant qui soulève des
papa-caisses sur le port du matin au soir, en plus
comme il est contremaître, tout le monde le respecte. Il ferait un bon gourmeur de damier, oui ! »

Philomène péta de rire. Elle rit tellement que des larmes lui vinrent aux yeux. Beausoleil l'observait, interloqué. Qu'avait-il dit de si comique ou de tellement absurde? Plusieurs fois, il avait vu Richard étendre d'une seule calotte bien sentie quelque nègre qui voulait faire l'intéressant sur lui. Philomène prit Romule par le bras et fit un petit promener avec lui dans les ruelles tortueuses du quartier. Arrivée au ras du quénettier où les femmes se tenaient l'après-midi et qui, pour l'heure, était désert, elle lui chuchota :

« Comment? Tu ne sais pas?

— Je ne sais pas quoi?

— Décidément, vous les hommes, vous n'êtes jamais au courant de rien! Tu ne sais pas que Richard a les génitoires aussi grosses que celles d'un mouton?

— Non! fit Romule abruptement.

— Eh ben oui, mon compère! À force de soulever des caisses, il a eu une descente d'air dans les graines et il est obligé de les retenir avec une bande de toile qu'il se passe autour des reins. Impossible donc pour lui, tout costaud qu'il est, de devenir un combattant du damier! Au moindre toucher de son hydrocelle, il vacille...

— De son quoi?

— Son hydrocelle, c'est le nom que les grands-grecs et les docteurs baillent à ce genre de maladie. »

Philomène revint plusieurs fois à la charge, lui insinuant même que, s'il acceptait, elle interviendrait auprès d'un responsable de la mairie pour qu'on le change de poste. Il pourrait devenir conducteur de camion-tinette au lieu d'être un vulgaire ramasseur! Cette idée plut à Beausoleil et fit son chemin dans sa tête. Il n'ignorait pas que maints bourgeois n'hésitaient pas à venir s'abreuver à la source de félicité que recelait l'entrejambe de Philomène, que la réputation de cette dernière avait même dépassé la Martinique puisqu'on évoquait sa splendeur jusqu'en Guadeloupe et à Bénézuèle et qu'elle avait par conséquent le bras long. En outre, pendant le pèlerinage de la Vierge du Grand Retour, elle avait été logée aux places d'honneur.

« Si je vis au mitan de la négraille, proclamait-elle, ce n'est pas par obligation. Des tas de mulâtres m'ont déjà proposé de m'installer à leurs frais dans des villas de rêve mais j'ai refusé. Je me sens à l'aise parmi mes bons zigues du Morne Pichevin. C'est ici que je me sens à l'aise. »

Romule Beausoleil savait que le fait de n'avoir pas de descendance, en plus d'accomplir une tâche jugée universellement dégradante, n'incitait pas le monde à lui montrer grande considération. Même s'il ne puait plus depuis que la déesse Mariémen avait exaucé son vœu, son surnom lui était resté. On disait « Romule Odeur de Caca » tout simplement, sans volonté de l'énerver et lui-même, de guerre lasse, avait fini par accepter ce sobriquet que Ferdine, sa concubine, jugeait une infamie.

« Fais-moi un garçon ! lui rétorquait-il, acerbe, et tu verras que les gens cesseront de me dérisionner. »

Ferdine serrait les dents pour ne pas fondre en larmes. Elle savait pertinemment que cette incapacité de procréer ne provenait pas de son homme. D'ailleurs, dans leurs moments de tendresse, elle tentait, en vain, de lui arracher les noms de ses enfants-du-dehors mais Romule gardait ses secrets pour lui seul. Elle aimait son ramasseur de tinettes depuis le premier soir où, au cours du bal-paillote, il l'avait enlacée et transportée dans un abîme de doucereuseté. C'est pourquoi elle voltigea une casserole d'eau sale à la figure de ce jacoteur de Chrisopompe de Pompinasse quand, profitant de l'absence de Romule, il vint s'asseoir sur les marches de planches du seuil de sa case, et commença à lui sucrer les oreilles. Ah! il fallait entendre le bougre broder du bel français, messieurs et dames!

« Ferdine, doudou-chérie, tu es gracieuse comme une libellule qui fait une saucée sur l'eau. Tes yeux éclairent mieux qu'un vol des bêtes-à-feu dans la nuit et tes bras sont caressants comme l'alizé du matin, oui. »

Ferdine sourit d'abord, persuadée que Chrisopompe avait envie de s'amuser un instant mais quand elle prit conscience qu'il avait ouvert une véritable entreprise de séduction à son endroit, elle s'encoléra tout net, se saisit du premier objet qui se trouvait à portée de ses mains et le balança sur l'importun. Piqué au vif, Chrisopompe de Pompinasse voulut l'accabler d'injuriées mais il se souvint avoir parié cinquante mille francs avec Philomène et Carmélise qu'il parviendrait à briser la résistance de cette Indienne. Son honneur était donc en jeu et il n'allait pas manger son âme en salade parce qu'un peu d'eau graisseuse lui avait taché le devant de sa chemise blanche. Il eut même un geste de génie : il l'enleva et la tendit à Ferdine :

« Mille excuses, ma petite dame, fit-il. Je ne savais pas que tu étais aussi susceptible comme un pet tout chaud. Tiens, prends cette chemise! C'est à toi de me la laver. Je repasse lundi à la même heure... »

Ferdine cacha la chemise dans un recoin de la case, ne sachant quoi en faire. Elle craignait d'en parler à Romule qui devenait de plus en plus ombrageux avec le temps et qui la soupçonnerait aussitôt de s'adonner à la fornication dès qu'il avait le dos tourné. Elle songea à jeter la chemise aux ordures, puis à la brûler, mais ne s'y résolut point. Et puis les phrases sucrées du baliverneur lui tourbillonnaient dans la tête sans discontinuer. Il y avait si longtemps que Romule ne lui avait pas fait de compliment ! Il était devenu amer. Sa parole se faisait rare. Après son travail, il rentrait dans la case, enfournait deux verres de rhum sec coup sur coup, sans prendre la hauteur de Ferdine, et se vautrait sur sa paillasse bien qu'il fît une chaleur d'enfer à l'intérieur. La tôle ondulée qui couvrait les cases du Morne Pichevin décuplait même la sensation d'étouffement qu'on y ressentait. Romule avait espacé leurs étreintes et lui tournait le dos la nuit. Alors Ferdine s'empara de la chemise, la retourna en tous sens, admira ses broderies avant de la renifler, chose qui la perdit. Le parfum enivrant dont elle était imbibée n'était autre qu'une potion de charme que le quimboiseur Grand Z'Ongles avait vendue à Chrisopompe de Pompinasse. Aucune femme ne pouvait lui résister. La potion leur pénétrait les poumons, les veines, montait à leur cerveau qu'elle déréglait aussitôt et on les voyait se comporter dans l'instant comme des capistrelles, des gamines sans jugeote et, bien entendu, livrer le plus secret de leur chair au coursailleur de jupons qui la leur avait fait respirer. Ferdine devint donc folle. Folle d'amour pour Chrisopompe de Pompinasse. Elle entreprit de laver la chemise avec une énergie qui la surprit elle-même, la blanchissant et la repassant à la perfection. Jamais elle n'avait fait ça pour son homme, Romule Beausoleil. Jamais !

Quant à ce dernier, il avait de plus en plus de mal à demeurer insensible aux flatteries de Philomène et de Carmélise. La mère-poussinière lui avoua même que l'enfant dont elle ignorait le nom du père, le huitième de sa marmaille, ressemblait comme deux gouttes d'eau au ramasseur de tinettes.

« Quatre ou cinq bougres me sont montés sur le ventre à la période où je l'ai conçu mais étant donné que tu es passé le premier, il est presque sûr qu'il est à toi, Romule. Regarde son nez ! Il a les mêmes ailes que le tien.

— Pour de bon ! rajoutait Philomène. Vous avez aussi des cheveux qui s'enroulent de la même manière. »

Si bien que Beausoleil finit petit à petit par s'imaginer dans la peau d'un lutteur de damier. Ainsi on lui baillerait honneur et respect et cela non seulement au Morne Pichevin mais dans tous les quartiers plébéiens de l'En-Ville. Il serait l'égal de Fils-du-Diable-en-personne ou de Sonson-Mulet et quand il roulerait les dés au jeu de sèrbi, sur la Savane, pendant la fête du 14 juillet, plus personne n'aurait assez de cœur pour tricher avec lui. Seulement quand il songea qu'il devrait affronter cet Hercule de Waterloo, le major du Bord de Canal, afin de redresser l'honneur du Morne Pichevin, une longue frissonnade lui étreignit la raie du dos. Il avait assisté à la déroute de feu major Bérard, il avait entendu ses os craquer sur le sol lorsque Waterloo l'y avait projeté avec une énergie farouche et il avait contemplé les rigoles de sang violacé qui s'étaient échappées des commissures des lèvres du vieux lutteur. Son agonie avait été interminable. On avait fait venir toutes espèces de docteurs-feuilles d'un peu partout à travers le pays (et même un redoutable manieur d'herbes maléfiques natal de l'île de la Dominique) sans qu'aucune amélioration se produisît. Major Bérard gardait les yeux mi-clos, ne répondant pas aux questions qu'on lui posait et un râle à vous fendre l'âme se dégageait en permanence de sa poitrine. Philomène, qui, de par son métier, fréquentait de grandes gensses, fit venir le docteur Bertrand Mauville à son chevet, le frère donc du fameux Amédée qui fut l'amant passionné de la péripatéticienne quinze ans auparavant, c'est-à-dire au cours de la Seconde Guerre mondiale, quand l'amiral Robert gouvernait la Martinique de sa main de fer. Les comprimés et les piqûres du docteur n'eurent aucun effet non plus sur la santé de major Bérard qui finit par décéder dans d'atroces souffrances.

Le lendemain de son enterrement, Waterloo eut le culot de venir provoquer les habitants du Morne Pichevin, au pied des quarante-quatre marches :

« Hé, bande de chauve-souris ! À présent, vous n'avez plus de major et tous les hommes qui vivent parmi vous sont des sacrés ma-commères, des pédérastes, voilà ! Ha-ha-ha ! »

Cela, Romule Beausoleil l'avait vécu comme une blessure personnelle et c'est la raison pour laquelle, il finit par accepter, au bout de huit mois de patientes mais pressantes sollicitations, la proposition de Philomène de s'initier aux lois secrètes du combat de damier...

2

Au sortir du cimetière des pauvres où Romule
Beausoleil fut enterré avec toutes les pompes dues à
son rang — il avait cotisé toute sa vie à une tontine
(« La Fraternelle » de Sainte-Thérèse) afin d'avoir
des funérailles de première classe, l'inspecteur Dorval invita Rigobert et Télesphore, un crieur émérite
de la rue Victor-Hugo, à boire un pétard à la Croix-
Mission. Engoncés dans des costumes sombres qui
leur donnaient l'air de pantins de carnaval, les deux
plus proches compères du décédé faisaient des
efforts méritoires pour ne pas épancher leur douleur. Le cirque des femmes du Morne Pichevin au
moment de la mise en terre avait été bien suffisant
— Carmélise qui, du vivant de Beausoleil, ne perdait
jamais une occasion de le gouailler, se roula par
terre, prête à s'arracher les cheveux ; Philomène, les
yeux masqués par d'extravagantes lunettes fumées,
se coucha sur le cercueil et se mit à le caresser dans
une sorte de transe qui effraya les croque-morts ; les
autres, Man Cinna, Adelise, une jeunesse qui était
serveuse au bar des Marguerites-des-Marins, Man
Richard, l'épouse du chef docker et maintes autres
époumonèrent leur désolation sous l'œil ahuri du
photographe du journal *La Paix*.

« Il faudra que vous m'aidiez... », commença le policier en leur servant une rasade d'absinthe.

Il sentait bien que Rigobert lui en voulait un peu. Le corps de Beausoleil avait été conservé une semaine entière à la morgue sous prétexte que l'unique médecin légiste de l'île se trouvait en vacances à Puerto-Rico et, quand ce dernier revint en Martinique, les autorités décrétèrent que ce ramasseur de tinettes municipales n'était pas un personnage assez important pour qu'on gaspille les deniers publics pour lui. Rigobert fut convoqué à l'Hôpital civil afin d'identifier le corps. On le reçut comme un chien. Les infirmières prirent un air dégoûté quand elles durent le conduire à la morgue où un médecin blasé souleva brièvement le drap qui recouvrait le cadavre et lui demanda :

« Alors, c'est lui ou c'est pas lui ? »

On avait entouré la gorge du lutteur de damier d'un imposant bandeau en velpeau et personne n'avait eu la charité de lui fermer les yeux qu'il avait gardés toujours ouverts, exactement comme le dimanche de Pâques où Carmélise l'avait découvert baignant dans son sang aux abords des latrines du pont Démosthène. À cet instant-là, Rigobert se jura en son for intérieur qu'il rechercherait le scélérat qui avait tué Beausoleil et qu'il vengerait lui-même son ami au cas où la maréchaussée, comme c'était prévisible, se désintéresserait de l'affaire. Philomène l'avait d'ailleurs dûment chapitré sur le sujet :

« Tu sais, mon bougre, ces messieurs se foutent pas mal des nègres va-nu-pieds tels que nous. S'il s'était agi d'un de ces bourgeois mulâtres qui parlent le français comme un dictionnaire, sois sûr et certain qu'ils auraient déjà remué ciel et terre pour dénicher le coupable. Hon ! »

En réalité, l'inspecteur Dorval éprouvait un vif intérêt pour cette enquête alors même que son supérieur, le commissaire Renaudin, un Blanc-France fatigué par vingt-cinq ans de Tropiques et qui n'attendait plus que sa retraite, lui avait suggéré de clore le dossier. Il y avait des affaires plus urgentes et plus graves à régler comme celle de ce gang qui cambriolait les somptueuses villas des planteurs blancs créoles au Plateau Didier. Dorval, lui, voulait comprendre qui avait pu, à la veille du jour où Romule Beausoleil devait se livrer à un combat décisif contre Waterloo, le major du Bord de Canal, lui enfoncer un pic à glace dans la gorge. En effet, l'enquête avait démontré de manière irréfutable que le crime s'était produit la veille, le Vendredi saint, et que le corps de Beausoleil n'avait été traîné au pont Démosthène que le lendemain. Toutefois, sur l'insistance de Dorval, des viscères avaient été envoyées en France pour confirmation car les instruments d'analyse dont on disposait sur place n'étaient pas totalement fiables. Le policier se garda bien de bailler toutes ces informations aux deux crieurs. Pour l'heure, il voulait écouter, écouter et encore écouter.

« Je n'ai vu ni Ferdine ni Hermancia à l'enterrement..., poursuivit-il.

— Ah, vous êtes déjà au courant de tout, inspecteur, fit Rigobert. Bravo ! Ferdine ne méritait pas ça, c'était une bonne petite femme.

— Paix-là ! s'indigna Télesphore. Personne ne sait ce qui se passe au juste dans une case une fois qu'on a refermé la porte. Cette Ferdine était une Coulie et, moi, je n'ai jamais fait confiance à cette race-là. C'est la dernière des races après celle des crapauds ladres. »

Des joueurs de billard commencèrent à se disputer

autour d'eux. Le patron du bar augmenta le son de son poste de radio qui était branché en permanence sur une station de langue espagnole. Personne ne comprenait rien à cette langue mais elle était si doucineuse aux oreilles qu'on ne s'étonnait même pas de ce qui aux yeux de Dorval, l'émigré récemment revenu au pays, était une incongruité. Quinze ans de vie à l'extérieur lui avaient fait perdre bon nombre de repères et c'est avec délices qu'il se replongeait dans la vie créole. Ici, il savait que rien de ce qu'il avait patiemment appris dans son commissariat parisien ne lui serait d'une quelconque utilité. Les interrogatoires, l'assemblage des indices ou des preuves, les filatures et tout ça n'avaient guère de signification dans un pays où les meurtres étaient non seulement rares mais n'obéissaient à aucune logique européenne.

« Pourquoi dites-vous toujours "était" en parlant de Ferdine ? demanda-t-il. Elle est morte ?

— Qui sait ? Quand Beausoleil l'a renvoyée et a mis Hermancia à sa place, elle a prononcé une parole dans sa langue indienne, une imprécation terrible qui nous a tous fait sursauter. Je m'en souviens très bien : c'était au début du carême de l'année 1951. Je venais d'être embauché à nouveau comme crieur chez le Syrien Wadi-Abdallah, dit Rigobert. Elle s'est tenue à l'en-haut des quarante-quatre marches, elle s'est dressée de tout son long et les a descendues en un battement d'yeux. Depuis ce jour-là, plus personne n'a jamais revu la figure de Ferdine. »

Télesphore déclara que le père de la jeune femme continuait à exercer le plus normalement du monde son métier de charpentier et qu'il avait toujours sa case au quartier Au Béraud, non loin du canal Levassor, endroit où les Indiens avaient été parqués. Sans doute son père l'avait-il renvoyée dans sa commune natale de Macouba, à l'extrême-nord de la Martinique, pour masquer la honte qui pesait désormais sur la famille Naïmoutou.

« Son frère qui faisait équipe avec Beausoleil à la tinette municipale, intervint Rigobert, n'a jamais plus prononcé le nom de Ferdine. Il semblait ne pas en vouloir à Beausoleil et continua à travailler à ses côtés jusqu'au moment où monsieur s'est transformé en vaillant combattant de damier. »

Dorval se promit d'interroger au plus vite ce Naïmoutou. Il sortit de sa poche la chaîne en or qu'Hermancia avait arrachée du cou du cadavre et la montra aux deux crieurs qui ne purent lui confirmer qu'il s'agissait d'un cadeau de Ferdine puisque celle-ci avait disparu depuis au moins deux ans. Télesphore émit l'hypothèse que Beausoleil avait fort bien pu continuer à la fréquenter vu qu'il se déplaçait souvent à travers l'île pour se battre au damier.

« C'était un bougre plutôt secret, fit-il, il ne nous racontait pas tout.

— Et dire qu'il n'a jamais voulu devenir gourmeur de damier, dit Rigobert. C'est Philomène qui lui avait mis ça dans la tête à la longue. Elle ne pouvait pas supporter que le Morne Pichevin demeure sans major.

— Et Hermancia, pourquoi n'était-elle pas à l'enterrement ? demanda le policier.

— La pauvre !... Hon ! Elle a perdu son esprit. Elle déparle toute la sainte journée, ne mange plus, marche en hardes déchirées et ne se lave guère. C'est pitié de la voir ainsi.

— Inspecteur, cette Hermancia n'aimait pas

Beausoleil, intervint Télesphore. Elle a joué à la femme éplorée lorsqu'on a trouvé son corps...

— Tais-toi ! s'écria Rigobert. Tu ne sais pas de quoi tu parles ! »

Huit heures du soir sonnèrent à la cathédrale de Fort-de-France. Télesphore prit congé d'eux prétextant qu'il avait une longue route à pied à abattre jusqu'à son domicile de Rivière l'Or. L'inspecteur Dorval et Rigobert demeurèrent un long moment silencieux après son départ. Il faisait si chaud dans le bar que les visages des joueurs de billard ruisselaient de sueur.

« Hermancia continue à habiter la case de Beausoleil ? demanda le policier.

— Ah non ! Philomène l'a recueillie chez elle. Il paraît même qu'elle est enceinte. Bondieu, foutre que la vie est raide sur cette terre pour le nègre !

— Rigobert, écoutez, fit Dorval en cherchant ses mots, je vous ai promis de tout faire pour retrouver l'assassin de votre ami et je vous le promets à nouveau. Seulement, il faut que vous m'aidiez... Qui, selon vous, pourrait me mettre sur une piste ?

— Ha-ha-ha ! Vous êtes un grand-grec, un inspecteur de police renommé et c'est à moi que vous demandez ça. Vous rigolez ou quoi ?

— Je vous pose une question précise : croyez-vous que le major Waterloo craignait d'affronter Beausoleil et qu'il a pu l'attirer dans un traquenard ?

— Hou la-la-la ! Vous allez trop vite pour ma petite cervelle inspecteur. Deux questions en même temps, c'est trop fort pour moi, oui... Je n'ai jamais posé mes fesses sur un banc d'école. Je ne sais ni lire ni écrire... Bon... Je connais bien Waterloo, très bien même. Au temps de l'amiral Robert on a brocanté des marchandises ensemble, des marchandises qui arrivaient clandestinement de Sainte-Lucie. C'est un bougre vaillant, un nègre qui n'a peur de rien, donc je ne crois vraiment pas qu'il ait eu peur d'affronter Beausoleil. Au contraire, s'il battait Beausoleil, il devenait le roi incontesté de tous les majors de Fort-de-France. Donc... donc il n'avait même pas intérêt à ce que son adversaire décède avant l'heure. »

Les deux hommes se séparèrent sur le boulevard de la Levée, à hauteur de la route de la Folie. De loin, Rigobert, comme pris de remords, lança au policier :

« Voyez du côté de cet insignifiant de Chrisopompe de Pompinasse, peut-être qu'il sait quelque chose, lui... »

Dorval voulait marcher dans la nuit. Il n'éprouvait aucune hâte à regagner son petit appartement au troisième étage d'un immeuble récemment construit à la rue Garnier-Pagès. Il songea qu'il devait passer un coup de téléphone à son amie du moment, Sylviane, une chabine solaire qui enseignait la littérature au lycée Schœlcher mais rien ne pressait. Elle attendrait pour une fois. Il en avait plus qu'assez de jouer au chevalier servant sans qu'elle accepte de faire l'amour avec lui. Madame avait accumulé beaucoup de déceptions sentimentales et voulait cette fois prendre un mari entre ses rêts, pas un amant de passage. Dorval se dit qu'il n'aurait jamais dû casser avec Chantal, une avocate stagiaire qu'il avait croisée dans les couloirs du Palais de justice et qui lui avait tapé dans l'œil au premier regard. Il ne s'agissait point d'amour mais de désir fou et tous deux passèrent une semaine entière à s'entre-dévorer dans un hôtel de la côte caraïbe. Mais cette Chantal avait à la fois des lubies et des manies qui agaçaient profondément Dorval comme de refuser d'éteindre la lumière dans sa chambre la nuit. Et puis il n'appréciait pas qu'elle défendît avec tant de fougue les voyous qu'il s'était donné tant de peine pour arrêter.

« Hé l'homme, tu as une cigarette pour moi ? lui fit une voix dans le noir, près du Carénage.

— Je ne fume pas...

— Tu as quelques pièces alors ?

— Viens en pleine lumière, fit Dorval, intrigué. J'aime savoir à qui je fais l'aumône. »

Une sorte d'éclopé aux vêtements hideux s'extirpa de derrière un tamarinier et se mit à ricaner. Sa bouche, complètement édentée, ressemblait à une caverne. Dorval reconnut Gros Édouard, un clochard dont la principale activité consistait à se promener dans les rues et à feindre d'être au plus mal. Quand une femme accourait pour lui porter secours, il lui passait les mains entre les cuisses dans un grand éclat de rire et s'enfuyait à toutes jambes, déclenchant à la fois l'ire de la sauveteuse et l'hilarité des passants mâles.

« Tu me vois dans cet état de délabrement, monsieur la Police, mais j'ai pas toujours été comme ça, tu sais...

— Ah bon ?

— J'ai fait trente-douze mille métiers. J'étais un fameux Michel Morin avant qu'une chienne de femme du Lamentin ne m'envoie un quimbois. C'est pas de la blague ! À la Compagnie, on m'appelait souvent pour réparer la rambarde des bateaux. J'ai travaillé aussi assez longtemps à l'abattoir de la Pointe Simon. Après j'ai fait chauffeur de camion pour le béké Jonas de Malmaison. J'avais un gros camion dix-roues magnifique et je transportais des caisses de morue salée et des sacs de lentilles ou de pois rouges à travers tout le Sud. »

Dorval ôta deux cigarettes mentholées de sa poche

et les offrit au clochard. Il continua à avancer, suivi par ce dernier qui devait ressentir le besoin de s'épancher ce soir-là. La place de la Savane était à présent déserte et seules des ombres furtives la traversaient. Péripatéticiennes, trafiquants de toutes sortes, nègres anglais qui se cachaient pendant la journée et se débrouillaient à la faveur de la nuit, marins blancs en goguette. Pourtant, il était à peine dix heures du soir. Dorval repassa en mémoire tous les visages qu'il avait observés au cours de l'enterrement de Beausoleil. Lequel était celui de Chrisopompe de Pompinasse ? Avec un nom pareil, ce devait être un drôle de numéro.

« Tu connaissais le type du Morne Pichevin qui a été tué au pont Démosthène, fit-il au clochard tandis qu'ils arrivaient près du kiosque à musique où un couple d'amoureux se tenait par la main, les yeux rivés sur le ciel tiqueté d'étoiles bleuâtres.

— Ça dépend...

— Ça dépend de quoi ? Au fait le nommé Chrisopompe, ça te dit quelque chose ?

— Vous auriez pas un vieux billet qui traîne au fond d'une de vos poches par hasard ? »

Dorval sourit. Il connaissait la légende qui courait à travers l'En-Ville au sujet de Gros Édouard : l'argent que le bougre mendiannait ne lui servait pas à acheter son pain quotidien ou sa chopine de rhum habituelle mais à soudoyer les collégiennes de l'école du Bassin de Radoub pour qu'elles acceptent de soulever leur jupe écossaise devant lui une fraction de seconde. En France, on l'aurait qualifié d'exhibitionniste ; ici, en Martinique, il n'était qu'un simple débiellé. Le policier farfouilla dans la poche droite de son pantalon et en ressortit un billet de mille francs qu'il découvrit enroulé autour d'un bout de papier qu'un gamin des rues lui avait porté le matin même au commissariat. Il n'avait pas eu le temps d'interroger le négrillon que ce dernier avait déjà filé à la vitesse d'une mèche. Dorval tendit le billet à Gros Édouard, défroissa lentement la missive et lut pour la troisième fois ces lignes mystérieuses écrites d'une main extrêmement appliquée :

Beausoleil avait encore de beaux jours et de beaux soleils devant lui. Hélas, il a voulu enjamber la ligne sans demander la permission.

Gros Édouard offrit au policier de partager au goulot une bouteille de rhum qu'il ôta de sa besace rapiécetée. Dorval fit mine d'accepter mais s'humecta simplement les lèvres. La chaleur de l'alcool lui fit du bien car un petit vent frisquet se levait du côté du Fort Saint-Louis et s'insinuait à travers les tamariniers centenaires de la Savane. Et dire qu'à cette heure-là, il aurait dû se trouver entre les bras frémissants de Sylviane ! Elle lui aurait mignonné la nuque d'une main et de l'autre lui aurait lu des passages hilarants de certains devoirs d'élèves. Ou bien elle aurait tenté de l'initier, sans grand succès, aux arcanes de la poésie française du dix-neuvième siècle dont madame raffolait. Lui, Dorval était plutôt porté sur le roman mais, depuis son retour au pays, il n'avait guère eut le loisir d'ouvrir un livre.

« Hé ! Inspecteur, on est parti dans ses rêves ou quoi ? fit le clochard en ricanant, Chrisopompe de Pompinasse ! Tu veux savoir qui c'est, ce nègre-là ?... Tout le monde le connaît à Terres-Sainvilles, à Bord de Canal, à Volga-Plage et bien sûr à Morne Pichevin où ce démantibuleur de virginité habite.

— Il est connu en bien ou en mal ?

— Ha-ha-ha ! En mal évidemment ! Comment veux-tu qu'un bougre qui coque ta femme, dévergonde ta sœur, met ta fille enceinte, fait perdre la tête à ta cousine soit bien vu par quelqu'un ? C'est le digne successeur d'Eugène Lamour, tu as entendu parler de celui-là ?

— Non-non...

— T'es pas d'ici, c'est pas croyable ! fit le clochard, Eugène Lamour était le plus redoutable dévergondeur de jeunes filles non seulement de Fort-de-France mais de toute la Martinique. Il a connu la gloire à l'époque du Tricentenaire, en 1935. Y'avait des bals publics partout et monsieur s'en est donné à cœur joie. Chrisopompe est encore pire que lui ! On dit qu'il possède un charme que lui a vendu un grand melchior. »

Dorval s'assit sur la balustrade du kiosque à musique et observa la statue de l'impératrice Joséphine Bonaparte qui dominait de sa blancheur en marbre de Carrare la place de la Savane. Il ne l'avait jamais vraiment regardée et lui trouva le regard vide.

« Au fait, tu savais que ce monsieur Chrisopompe avait fait la première concubine de Beausoleil — une jolie petite Coulie, oui — tomber dans l'adultère ? susurra Gros Édouard.

— Quoi ?

— Oui, Ferdine qu'on l'appelait.

— Et Beausoleil a su ça ?

— Y'a rien qui reste caché par ici, inspecteur. Je ne sais pas s'il les a surpris ensemble mais j'ai entendu Waterloo, le major du Bord de Canal, gueuler un soir dans un bar qu'il n'aurait aucun mal à fesser sur le dos un bougre que sa femme encornaillait dès qu'il avait le dos tourné. »

Dorval demeura silencieux. Il s'étonna que ni

Rigobert ni Lapin Échaudé ne lui ait parlé de cette histoire. Il se promit de les convoquer au commissariat le plus tôt possible ainsi que cette superbe câpresse qui s'était jetée sur le cercueil du lutteur de damier et dont il ne retrouvait pas le nom. Pourtant, ce nom l'avait frappé sur le moment. C'était un beau nom ancien comme on n'en donne plus aujourd'hui aux filles. À son ballant, à sa manière de se déhancher en marchant, il avait compris qu'elle faisait boutique de ses charmes mais une dignité impressionnante se dégageait de sa personne. Leurs regards s'étaient croisés un bref instant et Canal Dorval eut le sentiment de lire dans ses yeux une détresse qui n'avait rien à voir avec le décès de Beausoleil. Quelque chose qui remontait de beaucoup plus loin et qu'elle se faisait fort de dissimuler à autrui.

« Cette belle femme du Morne Pichevin... », fit-il à Gros Édouard mais un ronflement bruyant et pétaradant lui apprit que le clochard dormait à poings fermés à même le sol.

Dorval se rendit sur le quai de la Française, éclairé par une ampoule faiblarde, et se rafraîchit le visage avec un peu d'eau de mer. Ce Romule Beausoleil, que pourtant il n'avait pas connu de son vivant, lui trottait sans arrêt dans la tête à présent.

Philomène s'était jurée de faire de son voisin Romule Beausoleil un redoutable combattant de damier quel que soit ce que cela pouvait lui coûter. Elle n'était point à court d'argent et désormais, dans ce pays, tout pouvait s'acheter à la condition d'y mettre le prix. Il lui suffisait de trouver un grand maître, un expert dans l'art de se gourmer au son du tambour, de lever le pied à hauteur du ciel et de l'en-

voyer cogner le ventre de l'adversaire. Elle savait pertinemment que cela n'était pas affaire de femmes et
qu'en outre, les autorités menaçaient ceux qui s'y
livraient d'emprisonnement immédiat au cas où le
vaincu décédait des suites de ses blessures. Car le
damier n'était pas un jeu de petite marmaille. C'était
une danse-combat féroce, aux règles très strictes, qui
comportait des coups vicieux que seuls les plus ini-
tiés connaissaient. Il exigeait aussi une discipline de
vie, des prières et des protège-corps, toutes choses
qui devenaient de plus en plus difficiles à respecter
ou à se procurer dans le monde actuel. Elle avait été
malheureuse pendant des mois et des mois lorsque
l'honneur du quartier avait été bafoué par ce nègre-
gros-sirop de Waterloo. Feu major Bérard était un
homme de grand maintien, un nègre qui était revenu
médaillé de la Première Guerre mondiale et qui
interdisait toute profitation au Morne Pichevin. Tant
qu'il y régna en seigneur et maître, les femmes aban-
données, les vieux-corps ou les infirmes vécurent en
toute tranquillité et si, par hasard, quelqu'un en
venait à commettre quelque malfeintise à l'endroit
de l'un d'entre eux, il se trouvait aussitôt confronté à
la réprobation de major Bérard et à une sanction des
plus sévères. Elle se souvenait du jour où Hildevert,
un nègre dans la trentaine, plus sec que du bois-
gayac, docker occasionnel sur le port et pêcheur la
nuit à l'Étang Z'Abricots, s'était moqué des jambes
de Man Cinna. La boutiquière arborait, en effet,
deux éléphantiasis énormes et effrayants et se déplaçait avec une lenteur de tortue-môlôcôye. Leur dis-
pute avait éclaté à cause du carnet de crédit d'Hildevert qui commençait à gonfler un peu trop au goût
de la boutiquière. Cette dernière refusa de servir un

punch au jeune homme qui se mit à l'injurier copieusement :

« Va chier, espèce de cochonnerie ! hurla-t-il. Si tu as deux gros pieds, c'est parce que tu as fait tellement de mauvaisetés dans ta vie que le Bondieu t'a punie. D'ailleurs, si tu te lavais tous les jours, tu n'aurais pas attrapé cette maladie-là. »

Chose rarissime, on vit des larmes ruisseler sur les pommes de la figure de la vieille femme qui d'ordinaire menait le monde à la baguette et, pour tout dire, terrorisait les clients qui avaient du mal à régler leur note hebdomadaire. Personne n'osait lui faire remarquer que le quart de beurre rouge ou la demi-livre de morue salée qu'elle vous servait, n'avait pas la bonne mesure, sinon elle vous tombait dans les reins :

« Toi, tu as intérêt à fermer ta ratière ! Déjà que tu me dois un paquet d'argent, tu as le toupet de m'accuser de tricher sur la quantité ! C'est par charité que je te sers, parce que je suis une bonne chrétienne et que je communie tous les dimanches, oui ! »

Hildevert en eut assez de sa hautaineté et laissa donc la colère s'emparer de lui. C'était sans compter sur major Bérard qui était extrêmement veillatif sur tout ce qui se déroulait au Morne Pichevin. Il avait des nègres-maquereaux ou des maquerelles qui se faisaient un plaisir de lui rapporter par le menu les faits et gestes d'autrui et chacun se savait espionné, aussi cachée soit sa cahute en tôle ondulée. Il saisit donc ce bougre d'Hildevert par le collet alors qu'il jouait au sèrbi à la Cour des Trente-Deux Couteaux, le hala comme un vulgaire sac de choux de Chine jusqu'à la devanture de la boutique de Man Cinna et l'obligea à demander pardon-s'il-te-plaît à la boutiquière, à genoux dans la poussière. Cette humilia-

tion se déroula devant tout le monde et notamment
la fiancée du docker, une certaine Adelise dont le
teint couleur de sapotille faisait saliver la plupart des
hommes du quartier. Cette Adelise-là, fraîchement
débarquée de sa commune du Gros-Morne, était la
nièce de Philomène. On les voyait tous les deux,
Hildevert et Adelise, se promener bras dans bras
comme des Européens, s'embrasser dans le cou ou
se regarder dans les yeux. Ce cinéma de Blanc-
France en agaçait plus d'un et personne n'était fâché
de voir infliger une bonne correction à ce prétentieux d'Hildevert.

« Ce nègre-là n'a pas de pudeur, tonnait Carmélise,
la négresse qui traînait toujours à sa suite une douzaine d'enfants tous de pères différents. Je l'ai vu un
jour embrasser Adelise sur la bouche. Pouah ! »

À vue d'œil, le jeune nègre costaud aurait pu casser major Bérard en deux morceaux d'une simple
chiquenaude mais il n'avait opposé aucune résistance à cause de la révérence qu'inspirait à tous les
dons magiques que le vieux lutteur était censé posséder. Hildevert l'avait vu combattre en maintes occasions contre des adversaires plus musclés et plus
grands de taille que lui et, à chaque fois, major
Bérard virevoltait comme une toupie-mabialle avant
de leur balancer à hauteur du nombril son fameux
coup du dos du pied qui était renommé dans tout le
pays et qui les faisait se plier net pour finir par s'éta-
ler par terre, le souffle coupé. Alors, toute honte bue,
Hildevert s'exécuta. La mort dans l'âme, il demanda
pardon à Man Cinna et la vie reprit son cours normal au Morne Pichevin. Philomène se rappelait cet
événement-là comme s'il s'était déroulé aujourd'hui
même et de centaines d'autres, tantôt plus graves
tantôt plus anodins, et en ressentait une bouffée de

fierté aussitôt étouffée par le souvenir de la défaite cuisante qu'avait subie major Bérard contre Waterloo, le fier-à-bras du Bord de Canal. Déjà trois ans que le Morne Pichevin n'avait plus personne pour y imposer la justice ! Chacun faisait ce qu'il voulait désormais : les nègres saouls battaient leurs femmes jusqu'au sang, les enfants injuriaient les vieux-corps et surtout n'importe qui, venu de n'importe où, venait s'installer dans le quartier sans demander à quiconque l'autorisation, s'appropriait une case abandonnée, commettait deux-trois larcins et disparaissait sans laisser de traces.

« Nous vivons dans la bacchanale à présent ! » se lamentait Philomène, espérant réveiller ses voisins de leur léthargie.

Mais seuls Carmélise et parfois Rigobert, le crieur, semblaient se préoccuper de cette situation. Les autres gens avaient sombré dans le fatalisme. Ils disaient que le monde était devenu moderne, que tellement de voitures roulaient dans les rues maintenant qu'il fallait faire attention à ne pas se faire écraser et, en plus, le gouvernement avait installé la télévision. Certes, celle-ci était l'apanage des riches mais de temps à autre, à l'approche des fêtes, certains commerçants en installaient une dans leur vitrine afin d'aguicher le client. Philomène avait eu l'occasion de s'arrêter devant ce défilé d'images en noir et blanc dont le son était à peine perceptible et elle ne comprenait pas pourquoi les gens faisaient tellement cas de cet appareil. Elle lui préférait de loin les films en couleur comme *Ben-Hur* ou *Les Dix Commandements* qu'elle allait voir au cinéma le Parnasse. De toute façon, comme l'électricité n'arrivait pas au Morne Pichevin, il n'y avait aucun risque qu'un de ces descendus de la campagne, qui envahissaient le quartier depuis quelque temps, mette une télévision dans sa case.

« Rigobert, tu es un nègre bien debout dans ta culotte, fit elle un jour au crieur, ça ne te dirait pas de prendre la relève de major Bérard. Tu as encore de la force dans les bras et tes cheveux ne sont pas encore blancs, mon nègre.

— Moi-même ! Après toutes les misères que j'ai endurées au temps de l'amiral Robert et pendant le pèlerinage de la Madone. Ah ça non, non et non ! Tu me vois là, j'ai l'air vert, bien portant et tout mais ce n'est qu'une apparence, Philomène, à l'intérieur, je suis rongé. Non ! Ne compte pas sur moi !

— Richard aurait pu faire l'affaire, murmura Carmélise, dommage qu'il soit affligé de cette enflure des génitoires. On n'a vraiment pas de chance. »

C'est donc en désespoir de cause que le choix de la péripatéticienne se porta sur la personne de Romule Beausoleil qui était un nègre tout à fait quelconque, ni beau ni laid, ni intelligent ni couillon, quoique légèrement ridicule à cause d'abord de l'odeur de caca qui imprégnait son corps en permanence, ensuite de Ferdine, cette Indienne maigre-zoquelette dont il s'était entiché. La câpresse dut séduire le ramasseur de tinettes dans un premier temps. Surmontant son dégoût, elle l'attira dans sa couche et lui fit connaître mille délices. Jamais le bougre n'avait espéré qu'un jour, il aurait pu accéder aux faveurs de la péripatéticienne. Elle ne s'offrait qu'aux marins blancs aux poches bourrées d'argent et plus rarement à certains mulâtres d'En-Ville qui venaient la chercher, à la tombée de la nuit, aux abords de la Cour Fruit-à-Pain, dans de rutilantes Peugeot 203 ou Simca Aronde. Philomène n'avait rien à voir avec ces rats d'égout, ces putaines mal dégrossies qui se vendaient pour « cinquante francs debout-cent francs couché » le long de la route des Religieuses ou au pont Démosthène. Philomène était une grande dame et, en plus, elle était d'une belleté à faire pâlir d'envie Sophia Loren elle-même. Son seul problème, c'est qu'elle noyait un lointain chagrin d'amour dans la bière « Lorraine » et que, lorsqu'elle était ivre, elle se livrait à des actes dégradants comme de vomir dans les ruelles du quartier ou de s'affaler les quatre fers en l'air contre les racines échassières du quénettier qui ombrageait la Cour des Trente-Deux Couteaux.

Une fois donc son emprise bien établie sur Beausoleil, Philomène lui dévoila son projet et le bougre se sentit obligé d'accepter bien qu'à contrecœur. Il se garda d'en parler à Ferdine qui n'était apparemment pas soupçonneuse et ne s'inquiéta pas des apartés entre son homme et la péripatéticienne. Pour amarrer définitivement Beausoleil à sa personne et l'empêcher de revenir sur sa décision, Philomène se mit à lui fourguer de l'argent à tout propos. Elle disait :

« Mon bougre, j'aime pas les chemises que tu portes, leurs couleurs sont passées. Tiens ! Voilà dix mille francs, va te faire beau chez le Syrien Aboubakeur ! »

Ou bien :

« Je suppose que tu veux parier sur un coq dimanche prochain. Prends cinquante mille francs ! Si tu perds, ça ne fait rien. Si tu gagnes, tu me rembourses juste cette somme-là. »

Beausoleil, qui hantait les gallodromes du Lamentin et de Trou-au-Chat et qui demeurait rêveur devant les sommes colossales qui s'y brocantaient, ne pouvait évidemment refuser une telle manne. Parfois, il se doutait bien que ce n'était pas pour ses beaux yeux que la péripatéticienne agissait de la sorte mais il chassait très vite cette idée de son esprit et se donnait du bon temps avec Ferdine qui désormais ne manquait plus de rien. Elle non plus ne s'étonna pas du brusque changement de situation de son homme. Avant, ils tiraient le diable par la queue, la paye de ramasseur de tinettes étant d'une maigreur à faire dresser les cheveux sur la tête. Mais tout a une fin et, un après-midi, Philomène entraîna le bonhomme dans sa case et lui lança d'un ton sec :

« Je t'ai trouvé un grand maître du damier. Pa Victor, c'est son nom, il t'enseignera tout ce que tu dois savoir. Dans peu de temps, tu seras à même de remplacer major Bérard. »

Romule Beausoleil resta sans voix. Le bec coué. Immobile comme un ababa-gueule-coulée. La voix de Philomène ne souffrait aucune réplique et il ne répliqua rien du tout. Il se soumit à ses ordres et, de ce jour, sa comportation changea du tout au tout. Il devint taciturne et soucieux au grand dam de Ferdine à qui il refusait d'aller danser le samedi soir dans les bals-paillote. Or, l'Indienne raffolait de la danse. C'était le sel de sa vie, l'unique moment où elle se sentait vraiment exister. En dehors de ça, elle devait supporter journellement les quinze insultes dont les nègres et les mulâtres accablaient la race indienne. Elle avait tout entendu, tout subi : coulie mangeuse de chiens, coulie puant le pissat, coulie aux poils de coucoune coupant comme des rasoirs, coulie ceci coulie cela. Elle avait fini par s'y habituer mais chaque fois que l'insulte l'atteignait, elle ne pouvait s'empêcher de ressentir une petite brûlure au plus profond d'elle-même.

« Romule, mon bougre, tu as changé avec moi, lui disait-elle. Qu'est-ce qui se passe dans ta tête ? Dis-le-moi. Qu'est-ce que je t'ai fait ? Si j'ai commis une mauvaiseté, je suis prête à la réparer tout de suite, oui. »

Le ramasseur de tinettes ne répondait rien parce qu'il n'avait aucune explication valable à lui fournir. Il ressentait l'injustice de la situation mais, en même temps, il savait bien qu'avec Ferdine, il n'irait nulle part. Tous deux finiraient leur vie misérablement dans la même case rongée de poux de bois, à boire du rhum et à raconter des paroles inutiles. Ce spectacle-là, il le contemplait tous les jours qui à Morne Pichevin qui à Terres-Sainvilles qui à Sainte-Thérèse. Tant que le nègre est vaillant, il garde un semblant de dignité mais, dès que la vieillesse s'abat sur l'écale de son dos, il sombre dans une déchéance sans nom. S'il devenait lutteur de damier, non seulement il bénéficierait d'un droit de regard et d'un pourcentage sur les marchandises que les dockers du Morne Pichevin dérobaient sur le port mais, en plus, Philomène lui avait promis d'intercéder auprès de quelqu'un d'important de la mairie pour qu'on le fasse passer conducteur du camion-tinette. C'est vrai qu'il en avait assez de ramasser au petit jour ces bacs en zinc qui dégageaient une odeur nauséabonde dont personne, même ceux qui y avaient consacré leur existence entière, ne pouvait s'accommoder. Le travail était ennuyeux : suivre le camion, enlever un bac vide, le déposer sur le trottoir et embarquer un bac plein, tout cela en moins de deux minutes. Le camion-tinette ne passant que tous les deux jours, les excréments avaient le temps de se décomposer et d'empuantir les rues. Lui, c'était ses mains, ses pieds, ses cheveux, son corps qui en portaient la trace jusqu'à ce qu'il fasse la connaissance de Ferdine et que celle-ci le pousse à faire un vœu à la

61

déesse hindoue Mariémen qui le guérit aussitôt de sa puanteur. Il n'avait plus nulle odeur mais, malgré cela, son surnom de « Romule Odeur de Caca » lui était resté et ça, il avait de plus en plus de mal à le supporter. S'il devenait conducteur du camion, il avait la certitude que le monde lui baillerait un plus grand respect et qu'on l'appellerait désormais « Monsieur Romule Beausoleil ». Pour en arriver là, il fallait en payer le prix et ce prix n'était autre que l'apprentissage patient des lois du damier, lois ancestrales, perdues dans la nuit des temps, dans cette Afrique que les nègres avaient quittée de force pour être charroyés comme esclaves aux Antilles.

Les mulâtres professaient un souverain mépris pour cette danse-combat qu'ils qualifiaient de « machin de vieux nègres », de « gourmage de barbares » et, depuis quelques années, on ne trouvait plus guère de jeunes qui acceptaient de prendre la relève des aînés. Être un major, un fier-à-bras de quartier, n'avait plus grande signification quand un nombre grandissant d'enfants allait à l'école, apprenait le français et connaissait mille fois plus de choses que leurs parents. Tout le monde au Morne Pichevin éprouvait une vive fierté pour le fils cadet de Carmélise, un gringalet qui n'avait jamais eu qu'un coin de table éclairé à la bougie pour étudier, qui faisait ses devoirs sur ses genoux au pied du quénettier et que sa mère accablait de tâches maisonnières comme d'aller chercher moult boquittes d'eau à la fontaine municipale ou de mettre à l'ablanchie le linge de ses nombreux frères et sœurs. L'aîné était dispensé de tout ça parce que c'était l'aîné et parce qu'il était clair de peau, étant le rejeton d'un Blanc créole qui avait violenté Carmélise à l'âge de quatorze ans alors qu'elle était servante sur une habitation plantée en canne à sucre dans la commune de Rivière-Salée. En dépit de tous ces handicaps, le cadet de Carmélise, Tertulien, réussit haut la main à l'examen des bourses et entra en classe de sixième au lycée Schœlcher. On cria sur l'événement dans tout le pays. La radio et les journaux célébrèrent ce fils du peuple qui avait réussi à grimper l'échelle du savoir avec tant de brio. Quand on organisa une bamboche en son honneur au Morne Pichevin, Tertulien troussa le nez sur les batteurs de tambour qui avaient occupé la Cour des Trente-Deux Couteaux et refusa de danser le bel-air comme tout le monde.

« Mon fils veut prendre des leçons de piano », expliqua Carmélise qui, elle aussi, n'en revenait pas.

Ainsi donc la première rencontre entre le grand maître Pa Victor et Beausoleil eut lieu à Roches-Carrées, sur les contreforts du Morne Pitault, dans la commune du Lamentin. Sans le prévenir, Philomène l'embarqua avec elle dans un taxi-pays et n'ouvrit pas la bouche durant tout le trajet. L'endroit était couvert de champs de canne dont certaines commençaient à flécher, diaprant l'air de teintures nacrées. Après être descendus sur la route asphaltée, ils durent emprunter une trace en terre qui serpentait à travers un petit bois de manguiers-bassignac et de bambous. Philomène demeurait toujours muette et Beausoleil n'osait lui poser la moindre question. Final de compte, ils débouchèrent sur une savane où paissaient un bœuf et des cabris. Cachée sous un arbre immense, se dressait une case en bois de belle tenue, entourée d'une véranda peinte en vert. Il semblait n'y avoir âme qui vive à l'intérieur.

« Hé là ! » cria Philomène d'une voix sourde.

Personne ne répondit. Elle fit le tour de la maison, entraînant Beausoleil par la main comme s'il était un mouscouillon de dix ans à peine. Derrière, deux grands fûts en tôle recueillaient l'eau de pluie qui descendait du toit. Sur un banc, un homme très âgé fumait tranquillement sa pipe, l'œil malicieux et plein de bonté.

« Je suis un peu dur d'oreille, ma doudou, excuse-moi ! » fit-il avec empressement.

Il embrassa Philomène sur le front, s'inquiéta de sa santé, de ses amours, évoqua le temps qui filait trop vite à son gré, sans jamais accorder une once d'attention au ramasseur de tinettes. Il leur offrit un jus d'orange amère et ne prit rien lui-même. C'est lorsqu'il se leva que Beausoleil remarqua à quel point, en dépit de son âge, le bougre avait une prestance extraordinaire. Chacun de ses gestes, mêmes les plus anodins, semblait empreint de majesté. Il avait devant lui le fameux Victor Litadier dont la renommée de grand maître du damier était si forte qu'on avait fini par le prendre pour un être d'un autre temps. Il est vrai qu'il s'était retiré depuis de nombreuses années à la fois du damier et du monde. Romule Beausoleil était tout bonnement impressionné. Effectivement, il se sentait réduit à l'état de petit garçon devant lui. Là, il n'avait plus aucune honte à cela. Pa Victor était un ancêtre et il parlait par paraboles.

« Qu'il aille se changer ! » dit-il à Philomène en désignant le ramasseur de tinettes.

La péripatéticienne ôta de son sac une chemise et un pantalon kaki tout neufs qu'elle tendit à Beausoleil. Puis elle dit au revoir à Pa Victor et reprit le sentier en sens inverse sans lâcher une seule parole d'encouragement pour Beausoleil. Ce dernier demeura planté en plein soleil un siècle de temps tandis que l'ancêtre coupait des fruits-à-pain doux en quatre afin de les cuire pour ses cochons. On entendait leurs grognements dans une ravine qui se trouvait en contrebas de la savane.

« Si on reste debout comme ça, fit Pa Victor sans jamais regarder son hôte, on risque de fondre comme une barre de glace, oui. »

Pendant ce temps, à des kilomètres de là, au quartier Morne Pichevin, ce gandin de Chrisopompe de Pompinasse mettait la dernière main à la stratégie géniale (à son humble avis) qu'il avait mise au point pour enjamber les barrières qui entouraient Ferdine. Cette dernière ne s'inquiéta pas de l'absence de Beausoleil puisqu'il lui arrivait, accompagné des crieurs Rigobert et Télesphore, de partir pour deux, voire trois ou quatre jours, dans le Nord du pays, afin de suivre des combats de coqs. Ce dernier était réputé comme éleveur et des Grands Blancs venaient parfois lui acheter des coqs espagnols qu'il se procurait auprès de marins de Bénézuèle ou de Cuba. Mais au bout d'une semaine, la jeune Indienne commença à s'affoler. Elle toquait à la porte de chacune des cases du quartier et lançait, d'une voix angoissée :

« Vous n'avez pas vu mon homme ces jours-ci ? Qui a vu Romule Beausoleil, s'il vous plaît ? »

Nul n'était en mesure de la renseigner, sauf bien entendu Philomène qui la regarda de haut comme à l'ordinaire. Certains murmurèrent que Beausoleil avait trouvé une autre femme et qu'il était parti mener la vie avec elle. D'autres penchaient plutôt pour quelque mauvais coup qu'une bande d'aigrefins, à laquelle Beausoleil s'agrégeait parfois, était en train de préparer dans le plus grand secret, bande dont Fils-du-Diable-en-personne était soupçonné d'être le meneur. Si bien que la voie se trouva ouverte pour que Chrisopompe de Pompinasse pénètre dans l'intimité de la bougresse. Une nuit où la lune était claire, il s'assit sur le pas de la porte de Ferdine et se mit à chantonner un chanter d'amour, imitant la voix de Tino Rossi. La jeune femme fit longtemps mine de ne rien entendre puis, agacée à la fin, elle ouvrit sa fenêtre et cracha au-dehors en maugréant :

« Si la personne ne sait quoi faire de ses nuits, elle n'a qu'à s'accointer avec le Diable, tonnerre du sort !

— La personne sait fort bien ce qu'elle peut faire de ses nuits, ma belle, mais il lui manque une accompagnatrice, une âme sœur.

— Chrisopompe, c'est toi ? Tire tes fesses d'ici vitement pressé, mon bougre. Si jamais Romule apprenait que tu as cherché à faire une coulée d'amour avec moi, il risque de t'étriper net. Tu tiens à l'existence, non ?

— Je tiens plus à toi qu'à l'existence, lumière de mon cœur. D'ailleurs, ton Romule t'a quittée pour toujours ! Je l'ai vu s'embarquer à bord du paquebot *Colombie*. À l'heure qu'il est, il doit avoir déjà débarqué au Havre. Tu oublies que monsieur s'était juré de se marier avec Martine Carol. Il a grand goût, le bougre. Ha-ha-ha ! »

Ferdine ne put s'empêcher de sourire. Elle savait son homme en admiration devant l'actrice française et il lui était arrivé d'aller voir tel film dans lequel elle était la vedette, quatre soirs d'affilée. La photo de la blonde parisienne décorait toute une cloison de leur case. Ferdine n'en était pas jalouse car les actrices n'existaient pas vraiment. Ce n'étaient que des créatures impalpables qui vous charmaient le temps d'un film et disparaissaient de votre esprit dès la séance achevée. Martine Carol ne pouvait être une rivale. Ferdine se méfiait davantage de Philomène et surtout de cette ribaude de Carmélise qui s'offrait au premier venu contre un bout de popeline ou une paire d'anneaux en crysocale.

« Il m'a demandé de te remettre ça », fit Chrisopompe en portant l'estocade.

La jeune Indienne tourna et retourna entre ses doigts la gourmette qu'elle avait offerte à son homme pour son trente-sixième anniversaire. Chrisopompe continuait à chantonner quoique à voix plus basse et son regard donnait l'impression qu'il partageait le désarroi de Ferdine.

« *I fè mwen sa ?* » (Il m'a fait ça ?) soliloqua l'Indienne en créole.

« *Tjou Womil té plen épi tout bagay kon sa yé a. I las té ka di mwen i té bizwen an yich, an yich ki ni lapo klè é sé pas pyès nègrès oben pyès kouli ki sé pé ba'y sa.* » (Romule en avait par-dessus la tête de tout. Il ne cessait de me répéter qu'il désirait un enfant qui aurait la peau claire, ce que ni une négresse ni une Indienne n'auraient pu lui fournir.)

Alors une sorte de miracle se produisit qui surprit Chrisopompe de Pompinasse lui-même. La jeune femme se saisit du poignet gauche du gandin, retroussa la manche de sa chemise en soie et lui attacha la gourmette. Le bougre ne se fit pas prier. Il renversa Ferdine sur le plancher de la case et entreprit de lui lécher les seins qui bombaient sa gaule de nuit vaporeuse. Il la déchira en cinq sec, se déshabilla lui-même avec empressement et enfouit sa tête entre les cuisses de l'Indienne qui se rétracta d'abord avant de se livrer à lui tout entière. Le coursailleur invétéré de jupons était surpris par la douceur de la peau de Ferdine, par la courbure de ses hanches, par les effluves qui se dégageaient de ses aisselles, par l'ardeur qu'elle mettait à lui mordiller les épaules, par les petits cris de chat-pouchine qu'elle poussait à chaque fois qu'il pénétrait en elle. Ils fretinfretaillèrent dans toutes les positions possibles et imaginables jusqu'au devant-jour et ne s'endormirent que quand un rayon de soleil perça les fentes de la case et inonda leurs corps nus. Ils demeurèrent allongés par terre jusqu'aux approchants de midi et s'étonnèrent de se voir observés par une grappe de gens au sein de laquelle Philomène, la péripatéticienne, était la plus acerbe en invectives.

« Bravo, Ferdine ! éructait-elle de rage feinte. L'avis d'obsèques de ton homme n'a même pas encore été annoncé à la radio que tu te débauches avec ce nègre sans foi ni loi de Chrisopompe. Honte sur ta tête, coulie mangeuse de chien ! »

Les gens s'esclaffaient ou faisaient des commentaires égrillards sur la longueur du braquemard de Chrisopompe. Un farceur leur versa une boquitte d'eau dessus et cria :

« Je viens d'arroser leur jardin. J'espère que Beausoleil me paiera pour ça quand il reviendra, foutre !

— Au moins, on verra si c'est elle ou si c'est Beausoleil qui est bréhaigne », ajouta Man Cinna qui ne portait guère le ramasseur de tinettes dans son cœur.

Chrisopompe de Pompinasse, pas gêné pour deux sous, remit son pantalon et, cherchant Carmélise et Philomène du regard, cria victoire de ses yeux, ignorant qu'il avait été simplement manipulé par elles. Ferdine n'avait jamais prétendu qu'elle était la plus fidèle des femmes et que Chrisopompe, tout beau parleur qu'il était, ne parviendrait jamais à lui faire l'amour. Semblables propos n'étaient jamais sortis de sa bouche. Mais ça, et elle et Chrisopompe l'ignoraient ! La pauvresse s'était retranchée dans un coin de sa case, accablée de honte et suppliait le gandin de s'en aller, ce qu'il se gardait bien de faire, tout heureux de savourer son triomphe devant les nègres du Morne Pichevin.

« Il y a des mauvaises langues qui claironnent partout que je me fais aider d'une poudre magique pour charmer les femmes, eh bien maintenant vous avez la preuve que, tout ça, c'est des menteries de nègres jaloux. Ferdine a toujours été une concubine honnête mais elle n'a pas su résister à une chanson de Tino Rossi. Ha-ha-ha !

— Tu sais ce qui te reste à faire, coulie, aboya Carmélise. Tu retires tes pieds de chez nous en vitesse, sinon Romule te chiquetaillera en dix mille morceaux quand il rentrera au bercail.

— Dépêche-toi, oui, renchérit Philomène, Chrisopompe a dû te raconter des blagues. Beausoleil n'est ni mort ni parti à l'étranger. Il est bien vivant et je sais à quelle date il reviendra ici. Tu disposes encore d'une miette de temps pour t'escamper mais, passé ce délai, nous ne pourrons rien faire pour toi. Je suis une femme, je sais ce que c'est de perdre un homme qu'on aime du jour au lendemain mais tant pis pour toi qui as succombé aux macaqueries du sieur Chrisopompe. Il ne t'a pas forcée que je sache !

— Ah ça, pas du tout ! s'indigna le gandin en bouclant la ceinture de son pantalon. Autrement vous l'auriez entendue hurler, non ? »

Alors la jeune Indienne amarra ses paquets dans l'heure qui suivit sous l'œil réprobateur de quelques habitants irréductibles qui trouvaient sans doute qu'elle n'avait pas subi une correction à la hauteur de la faute qu'elle avait commise. On dut ceinturer Richard, le contremaître docker, pour qu'il ne lui flanque pas une volée. Pour se soulager, il fouetta le tronc du quénettier en grognant :

« Salope ! Vermine ! Ta coucoune te grattait, hein ?
Tu ne pouvais pas la frotter avec une serviette mouil-
lée, vicieuse va ! »

En réalité, chacun savait qu'il adressait ces repro-
ches à sa propre femme car il était de notoriété
publique — et c'est Radio-bois-patate qui le colpor-
tait — que Man Richard avait le feu aux fesses. Les
hommes qui ne lui avaient pas grimpé sur le ventre
étaient ceux qui avaient oublié de lui demander ses
faveurs, précisait-on avec méchanceté. Tout le quartier regarda Ferdine descendre les quarante-quatre
marches qui conduisaient au boulevard de la Levée,
son panier caraïbe trop rempli d'une main, l'autre
main fourrageant dans sa chevelure d'huile dans
laquelle le vent s'amusait à tournoyer.

« On ne possède pas de famille coulie, nous autres,
foutre ! » conclut Carmélise en écartant les jambes
pour pisser debout...

3

La fenêtre de l'inspecteur Dorval donnait sur l'allée centrale de la préfecture au fronton de laquelle flottait un extravagant drapeau bleu-blanc-rouge. Il avait beau actionner le ventilateur qui reposait à un angle de son bureau encombré de paperasse, l'appareil refusait d'aller plus vite et il fut obligé d'ouvrir la fenêtre, ce qui n'eut pour effet que de faire pénétrer davantage d'air chaud à l'intérieur. Il parcourut pour la énième fois le rapport d'autopsie de Romule Beausoleil sans rien découvrir qui pût éclairer sa lanterne. L'assassin avait utilisé un pic à glace d'un format tout à fait banal et un seul coup lui avait suffi pour trucider le lutteur de damier. Un coup porté de bas en haut ce qui pouvait signifier que son auteur était de taille inférieure, voire nettement inférieure, à Beausoleil. La pointe du pic avait traversé la gorge de part en part, frôlant de peu la moelle épinière. Le bougre était donc mort dans d'atroces souffrances, en perdant tout son sang jusqu'à la dernière goutte.

« C'est pas du travail de femme, ça..., marmonna Dorval. Ou alors ce devait être une sacrée femme ! »

Le rapport des hôpitaux de Paris lui était parvenu l'avant-veille : on s'était trompé mais de peu puisque le meurtre avait eu lieu aux premières heures du samedi de Pâques. Cette dernière expression fit sourire le policier. Ici, aux Antilles, on ne disait que Samedi-Gloria et les gens en profitaient pour demander à Dieu toute espèce de grâces. Il se souvenait qu'enfant, sa grand-mère l'obligeait à se plonger la tête dans un bassin et toute la maisonnée devait obéir à ce rite étrange dont il avait oublié la signification. On frappa à la porte de son bureau et son adjoint, Hilarion, entra d'un air pressé :

« Chef, le type du Bord de Canal, on lui a envoyé trois convocations, il n'a jamais pointé son nez ici. Faut qu'on aille le cueillir chez lui. Il se fout de notre tête, celui-là.

— Du calme ! C'est qui d'abord ce type-là ?

— Ben, Waterloo, chef, c'est vous-même qui avez insisté pour le convoquer. J'ai son dossier. Tenez, il a déjà été condamné par deux fois pour outrage à la force publique et une fois pour attentat à la pudeur. Le problème c'est qu'on ne retrouve nulle part sa trace à l'état civil. Sa mère n'a pas dû le déclarer.

— Y'a une voiture de libre ce matin ?

— Oui, la 404 est là. Au fait, chef, c'est l'anniversaire de ma benjamine demain, vous serez des nôtres ?

— On verra. En tout cas merci d'avance ! »

Dorval sentit qu'il devait s'extirper de ce bureau s'il ne voulait pas finir par s'y encroûter comme ses deux collègues du troisième étage de l'Hôtel de Police de Fort-de-France. Ils arrivaient vers neuf heures, un sandwich à la morue et une bière dans une main, *Antilles-Matin*, le seul quotidien du pays dans l'autre, et passaient la matinée à bâiller en feuilletant d'un œil distrait la page des sports.

« Doucement le matin, pas trop vite l'après-midi, lançait le premier à Dorval.

— Si tu continues comme ça, tu vas attraper un infarctus, mon bougre, ricanait l'autre. Dans notre profession, faut éviter de se faire du mauvais sang, si on veut vivre longtemps. Ha-ha-ha ! »

Des braillements firent résonner l'escalier central. Des braillements de bœuf que l'on mène à l'abattoir. Un gros bougre en tricot de peau, l'air complètement affolé, se débattait entre les mains de trois agents de police qui avaient le plus grand mal à le maîtriser.

« *Ladjé mwen ! Man di zôt ladjé mwen ! Man pa ni an patat a wè épi sa.* » (Lâchez-moi ! Je vous dis de me lâcher ! J'ai rien à voir avec tout ça.)

Dès qu'il vit l'inspecteur Dorval, il arrêta son trafalgar et prit un air penaud. C'était Lucifer, le vendeur de snow-balls de la Savane. Il achetait de la glace en barre à la Pointe Simon qu'il grageait dans une sorte de petite charrette à bras et il la migannait avec du sirop de grenadine ou de menthe contre la somme dérisoire de vingt francs. Il avait plusieurs fois servi d'indicateur à Dorval qui, en retour, le protégeait contre les agressions des vagabonds qui hantaient le Bois de Boulogne dès quatre heures de l'après-midi. Ces bougres-là voulaient toujours se rafraîchir la gorge gratuitement ou alors ils vidaient les poches de Lucifer, lui dérobant l'entièreté de sa recette de la journée. Dorval avait mis un terme à ces exactions en fourrant à la geôle pendant un mois le dénommé Sonson-Mulet qui était le fier-à-bras du quartier Volga-Plage. Lucifer ne comprenait donc pas qu'il soit arrêté et menotté alors qu'il était un serviteur zélé des forces de l'ordre. N'était-ce pas un peu grâce à lui qu'elles avaient pu remonter la filière d'un trafic de cigarettes américaines qui transitaient par l'île de Sainte-Lucie et s'écoulaient à l'unité sur les bancs de la Savane ?

73

« Inspecteur, qu'est-ce que j'ai fait ? »

Dorval fit un geste d'agacement en direction des trois agents.

« Laissez-le-moi, je vous prie... Lucifer écoute-moi bien. Il y a eu un meurtre il y a trois semaines au pont Démosthène. T'es au courant j'espère ?

— Et comment ! Beausoleil était un ami... enfin, je veux dire une connaissance. Il m'est arrivé de lui prêter de l'argent.

— Ah bon ! De l'argent pour quoi faire ? Ce type-là était conducteur de camion-tinette. Apparemment, il gagnait honnêtement sa vie, non ? fit Dorval.

— Il... il avait des vices... des petits vices, inspecteur.

— Comme quoi par exemple ?

— Il pariait sur les combats de coqs et ça lui arrivait de perdre toute sa solde. À ce moment-là, je le dépannais. Enfin, je veux dire que si la vente avait été bonne, je lui prêtais un petit argent. Rien du tout. Deux francs et quatre sous, pas plus. »

Dorval se mit à réfléchir profondément. Peut-être la solution de cette énigme se trouvait-elle dans le monde des gallodromes. Mais il s'agissait d'un milieu tout aussi fermé que celui des lutteurs de damier. Décidément ce Romule Beausoleil ne lui facilitait pas la tâche ! Il était vraiment l'archétype du nègre martiniquais en voie de disparition.

« Tu possèdes un pic à glace, Lucifer ? fit-il au vendeur de snow-balls.

— Évidemment ! Avec quoi je fabriquerais mes...

— Tu me l'amènes demain matin au pipiri-chantant, mon vieux, ou, alors, je te fais coffrer. Allons-y les gars ! »

Dorval et ses deux adjoints s'embarquèrent dans l'antique Renault de service, la 404 Peugeot ayant refusé de démarrer. Ils se rendirent directement au canal Levassor dans le but de dénicher Waterloo. À cette heure-là, les pêcheurs rentraient de Miquelon et une animation très vive régnait sur les deux rives de la rivière Madame. Le major était en train de décharger un canot dont il était le propriétaire lorsqu'il vit les policiers débarquer de leur véhicule. Il tenait une hachette à la main avec laquelle il s'apprêtait à débiter un thon et parut hésiter. L'un des ajoints de Dorval porta la main à la poche intérieure de sa veste en coton, ce qui eut le don de supprimer toute velléité agressive chez Waterloo. Cette fois-ci, il ne pouvait plus s'échapper car il aurait été la risée des marchandes de poissons et des clients qui le connaissaient tous et le respectaient. Un mâle-bougre ne s'enfuit pas comme un gamin pris en faute. Il fait face, surtout s'il a la conscience tranquille, ce qui semblait être le cas de Waterloo.

« On t'a convoqué et reconvoqué, t'as pas donné signe de vie, lui fit Dorval en lui barrant le passage. Tu nous prends pour des Mickey ou quoi ?

— J'ai rien reçu... vous avez, mis quelle adresse ?

— Te fous pas de nous ! s'énerva l'un des ajoints. On sait où t'habites et on sait aussi que ta femme a eu nos convocations en mains propres. Elle nous l'a confirmé tout à l'heure. »

Le policier mentait sciemment mais avec un tel aplomb qu'il désarçonna le fier-à-bras du Bord de Canal.

« Ne restons pas là, finit-il par lâcher. On sera mieux chez moi pour discuter. Vous ne croyez pas ?

— D'accord ! fit Dorval. On te suit mais fais pas le mariole, Waterloo. À la moindre embrouille, je te fais des misères. »

Le quartier Bord de Canal était un dédale tout en

longueur de cases et d'abris de pêcheurs où il était difficile de circuler sans se plonger les pieds dans une espèce d'eau boueuse qui couvrait le sol. Des gosses dépenaillés jouaient à la poursuite dans les ruelles étroites, insoucieux de bousculer les adultes. Waterloo les conduisit derrière la caserne des pompiers où il venait de se faire construire une nouvelle maison en bois du Nord dont il était très fier. Elle n'était pas encore peinte mais force était de reconnaître qu'elle avait belle allure.

« Ma femme lave son linge au pied de la Fontaine Gueydon, s'excusa-t-il. On est passé à côté d'elle tout à l'heure mais y'avait tellement de lessiveuses autour du bassin qu'elle ne nous a pas remarqués. Je vous sers quoi ?

— Rien du tout ! répondit Dorval pour ses deux adjoints. Waterloo, je veux savoir ce que tu as fait du Vendredi saint de cinq heures du matin jusqu'au Samedi-Gloria à midi.

— Quoi ! Mais c'est très loin tout ça, inspecteur. J'ai oublié... vous n'allez pas me mettre le meurtre de Beausoleil sur le dos ? C'est pas ce que vous êtes en train de faire, j'espère. J'avais soif de me gourmer avec ce type-là et j'étais sûr de le battre. Ça m'a privé d'une victoire formidable... !

— T'as fait quoi le Vendredi saint ? » insista Dorval.

Le fier-à-bras prit longuement sa respiration et fit mine de se concentrer. Puis il déclara que, ce jour-là, il était allé à la pêche avec son compère Milo et qu'ils étaient rentrés vers onze heures du matin. Après, il avait fait la sieste jusqu'à cinq heures de l'après-midi. Un autre de ses compères était venu jouer aux dominos avec lui, un charpentier de Trénelle dénommé Julien qui s'embesognait de temps à autre chez un béké du Bord de Mer.

« Après... après, je suis allé chauffer ma deuxième femme. Vous me comprenez, inspecteur. Je suis encore jeune même si je suis en train de finir ma cinquantaine et ma femme est souvent fatiguée. Vendre du poisson sous le soleil, c'est pas facile, vous savez. Alors, j'ai une petite poulette au Calvaire. Elle est bonne chez un gros mulâtre de la rue Victor-Hugo. C'est une agréable fille même si elle est un peu sosotte.

— Son nom ? demanda l'un des adjoints.

— Évita... Évita Ladouceur...

— On vérifiera », refit le policier.

Waterloo prit un air d'enfant surpris à commettre une mauvaise action et les supplia d'une petite voix de ne rien dévoiler à sa femme. Cette dernière acceptait toutes ses maîtresses à condition qu'elles aient le même âge qu'elle mais, dès qu'il s'agissait d'une jeunesse, elle tombait dans une rage folle et comme elle savait écrire (c'est elle qui tenait les comptes des trois canots de pêche que louait Waterloo) elle avait tout le loisir de lui infliger un serrage de vis.

« Ma femme est mon poteau-mitan, inspecteur. Sans elle, je ne suis rien, insista-t-il.

— Ne me dis pas que tu as passé toute la nuit chez Évita alors ! »

Waterloo hésita, chercha ses mots et se tut. Une femme monta les deux marches d'escalier en bois, courbée sous le poids d'un lourd panier débordant de thons sur lesquels elle avait placé des morceaux de glace en barre, un coutelas, un pic à glace ainsi qu'une paire de gants en plastique d'un jaune criard. Elle s'avança avec peine sur la véranda et les salua d'un signe de tête.

« C'est Man Waterloo... », fit le fier-à-bras.

La femme pénétra dans la case sans mot dire et on entendit le jaillissement d'un tuyau dans l'arrière-cour.

« Non, bien sûr... Je ne suis pas resté la nuit entière avec Évita, se dépêcha de répondre Waterloo à mi-voix, j'ai dû revenir ici. Il devait être... disons minuit-minuit un quart, je ne sais plus.

— Ta femme peut confirmer ? dit Dorval.

— Hélas non ! Quand je rentre à ces heures-là, elle dort à poings fermés. Je vous le répète : elle fait un job éreintant. En plus, je passe souvent la nuit sur le canapé du salon pour ne pas la réveiller. Ma femme est un pain-doux, oui...

— On se reverra, Waterloo. Tu as intérêt à ce que ton alibi tienne la route, mon vieux », fit Dorval en se levant.

Son idée était de partir en quête de Ferdine, la première femme indienne de Beausoleil, dont la disparition totale l'intriguait depuis le début de l'enquête. Il renvoya ses adjoints à l'Hôtel de Police avec le véhicule et se dirigea à pied vers le quartier indien d'Au Béraud, en traversant les Terres-Sainvilles. Marcher lui avait souvent débloqué des problèmes inextricables. Il longea le mur d'enceinte du cimetière des riches couvert de graffitis clamant et réclamant « AUTONOMIE ». À première vue, Waterloo n'avait effectivement aucune raison d'éliminer son rival, en tout cas pas de manière aussi atroce et aussi gratuite. Le peu que Dorval connaissait des règles du damier lui laissait à penser que les membres de cette confrérie étaient tenus par un certain code de l'honneur. Ceux qui s'y adonnaient cessaient d'être des voyous et des repris de justice dès l'instant où ils entraient dans la ronde du damier, encouragés par une foule de supporteurs enthousiastes. Il avait eu l'occasion d'assister à un seul et unique combat de ce type lors de la fête patronale du Morne Vert mais il s'agissait plus d'une démonstration folklorique que d'un véritable combat de « ladja » comme on disait en créole. Au « ladja », les combattants luttaient parfois jusqu'à la mort. En tout cas dans le temps, lui avait appris son père qui fut géreur de plantation avant d'intégrer l'administration des impôts.

Sur la place de l'église Saint-Antoine des Terres-Sainvilles, Dorval rencontra Fils-du-Diable-en-personne qui complotait avec quelques individus à l'allure louche. Dès qu'ils aperçurent le policier, trois d'entre eux se faufilèrent en direction du Pont de Chaînes tandis que le célébrissime bandit se bombait le torse, prêt à affronter son éternel rival.

« Alors, inspecteur ? goguenarda-t-il. C'est quand qu'on me passe les menottes, hein ?

— Tu ne perds rien pour attendre.

— Paroles ! Paroles en l'air ! Paraît que tous les mauvais coups qui se produisent à Fort-de-France, vous me les mettez sur le dos. Ha-ha-ha ! Vous voyez, j'ai mes antennes à l'Hôtel de Police. Il est vrai que vous êtes récent dans le pays. Moi, Fils-du-Diable-en-personne, ça fait bien vingt-deux ans que je sévis par ici. Vingt-deux ans ! »

Le type, qui était resté aux côtés du bandit, rit de toute sa bouche édentée, chose qui dérida Dorval. C'est vrai qu'il avait faraudé à son arrivée en Martinique en clamant haut et fort qu'il arrêterait tôt ou tard ce Fils-du-Diable qui se jouait de la police depuis plusieurs décennies. Le commissaire Renaudin l'avait regardé d'un air de profonde commisération et avait haussé les épaules. Ses collègues créoles s'étaient gaussés ouvertement de lui, jugeant qu'il revenait de Paris avec la grosse tête mais qu'au bout de deux mois, il reviendrait à une plus juste appréciation des choses, en un mot qu'il déchanterait, ce qui se produisit pour de bon. Fils-du-Diable-en-personne dérobait de l'argenterie dans les villas de Blancs-pays, des ballots de toile chez les commerçants levantins, des bijoux et des billets de banque chez les bourgeois mulâtres ou chinois et des victuailles chez la négraille. Il n'y avait guère que les Indiens qu'il laissait en paix, sans doute parce qu'ils étaient trop pauvres. Dorval décida de l'entreprendre sur le sujet :

« On ne respecte personne à ce qu'il paraît mais les Coulis, on n'y touche pas...

— Qui a dit ça ? fit le bandit, vexé. C'est une race qui a de la maudition sur sa tête, inspecteur et...

— T'as des nouvelles de Ferdine Naïmoutou ?

— Qui ?

— Fais pas le couillon, tu veux. L'Indienne qui a concubiné dix ans avec Romule Beausoleil, tu la connais, hein ?

— Je... je connais son papa. On a fait des affaires ensemble mais ça, c'était il y a très-très longtemps. Quant à cette Ferdine, elle ne m'a jamais intéressé. Je suis friand de femmes costaudes, moi, pas de bâtons de balai. On raconte qu'elle est retournée dans sa commune dans le Nord... à cause du chagrin qui la rongeait, vous comprenez... Je ne sais même pas si je la reconnaîtrais aujourd'hui. Bon, tout ça c'est bien joli, inspecteur, mais j'ai du boulot. Vous avez encore besoin de moi ? »

Le culot de Fils-du-Diable-en-personne avait toujours épaté le policier. À l'évidence, l'aigrefin était doué d'une intelligence supérieure et s'il l'utilisait à des fins condamnables, c'était tout bêtement parce qu'orphelin de naissance, il avait été ballotté de tantes en grands-mères qui le traitaient comme un serviteur ou le battaient. Du moins étaient-ce les seuls éléments fiables que comportait le dossier de l'énergumène. Il serra la main de Dorval et tira sa révérence dans un vaste éclat de rire. Le policier ne put s'empêcher lui aussi de s'esclaffer. Ce type-là était impayable ! Dorval hésita avant de pénétrer dans le quartier indien d'Au Béraud. Il ne nourrissait aucun préjugé particulier contre les Coulis mais ne pouvait s'empêcher de frissonner quand il songeait aux sacrifices auxquels ceux-ci s'adonnaient aux cours de leurs cérémonies religieuses. Enfant, son père le menaçait parfois de le vendre à un prêtre indien s'il continuait à faire le turbulent. En fait, il ressentait une immense curiosité envers ce groupe social marginalisé qui était le souffre-douleur de tous les autres et qui ne réagissait que rarement s'il en jugeait par les statistiques. Les crimes commis par les Coulis se comptaient, en effet, sur les doigts d'une main. Dorval fut surpris du caractère minuscule d'Au Béraud. Deux vastes hangars en bois, séparés en chambres sordides, qui faisaient face au canal Levassor et quatre ou cinq baraques individuelles en cercle autour desquelles des vieillards immobiles et hirsutes surveillaient une grappe d'enfants qui lançaient des agates. Ils ne bronchèrent même pas à l'arrivée de Dorval et ne semblaient comprendre ni le créole ni le français. Une femme dans la quarantaine se pencha à sa fenêtre et détailla le policier d'un air mauvais.

« Je cherche la maison de monsieur Naïmoutou, s'il vous plaît ? dit Dorval.

— Le papa ou le fils ?

— Le papa. »

La femme désigna du menton l'une des baraques et se claquemura d'un geste brutal. L'endroit tenait davantage de la cabane, avec sa toiture rafistolée et sa véranda branlante, que de la véritable maison. Du linge aux couleurs vives séchait sur un fil qui avait été accroché entre une poutre de la cahute et un arbre-à-pain autour duquel on avait cloué une planche à vaisselle. Un chien squelettique sommeillait dans un coin de la petite cour de terre battue et n'aboya même pas au passage de Dorval. Il semblait n'y avoir personne et le policier s'apprêtait à tourner les talons lorsqu'un râle, plus exactement un filet de voix rauque, retint son attention. Il rebroussa chemin à pas prudents, grimpa l'escalier en bois qui menait à la véranda et colla une oreille contre la porte. Il entendit plus distinctement la voix qui cette fois-ci avait tout l'air d'un râle d'agonie. Il bouscula la porte de l'épaule ce qui eut pour effet de la démantibuler et tomba sur un étrange spectacle. Un homme de haute stature était penché sur le corps d'une femme allongée sur un grabat et psalmodiait une prière dans une langue étrange et gutturale. L'intrusion de Dorval ne sembla pas troubler outre mesure la cérémonie. Le prêtre hindou — car tel devait être sa profession — jeta un regard distant au policier et continua à masser le ventre de la femme qui avait l'air de beaucoup souffrir.

« Je... je vous demande pardon », murmura le policier.

Alors l'Indien se redressa, couvrit la tête de la malade à l'aide d'un drap rouge vif et alluma deux bâtonnets d'encens qu'il ficha dans un chandelier. Il n'avait l'air aucunement surpris ni fâché. Il rangea son attirail avec soin avant de dire d'une voix posée, presque neutre :

« Je suppose que vous êtes de la police pour pénétrer chez les gens de si vilaine façon ? »

La qualité de son français étonna Dorval qui répondit d'un signe de tête.

« Il m'arrive de soigner certaines personnes quand les médecins ne peuvent plus rien pour elles, reprit l'Indien. Parfois, ça marche, d'autres fois, non... tout dépend de la foi de la personne. Je veux dire que si elle croit en moi et dans le pouvoir de la divinité, là elle a des chances de guérir. Mais que faites-vous chez moi ? »

Dorval douta un instant de se trouver devant le charpentier Naïmoutou, le père du coéquipier de Romule Beausoleil à la tinette municipale, tellement cet homme lui faisait de l'effet. Devançant ses questions, l'homme expliqua que dès sa plus tendre enfance, dans la lointaine commune du Macouba, il avait été mis sous la protection d'un grand sage indien qui lui avait enseigné la langue tamoule et des rudiments des livres sacrés de l'hindouisme. En outre, le Blanc créole, sur la plantation duquel son père était cabrouettier, l'avait pris en bonne passion, n'ayant pas de descendant mâle, et lui avait enseigné le français.

« Il me lisait à haute voix toutes qualités de livres qui, à l'époque, étaient trop forts pour ma pauvre intelligence, fit Naïmoutou. Mais ça m'a servi plus tard, je dois avouer... »

En fait, il était en voie de devenir instituteur lorsqu'il fut embarqué dans la grande grève de 1948, à Basse-Pointe, au cours de laquelle le béké de Fabrique fut décapité par des grévistes noirs et indiens déchaînés. Seize d'entre eux furent arrêtés et déportés à Bordeaux afin d'y être jugés. Des dizaines d'autres, dont Naïmoutou, qui était un jeune militant communiste, durent se cacher pendant plus d'une année, le temps que l'affaire soit oubliée.

« Je ne suis pas devenu instituteur, fit le prêtre, mais j'en ai profité pour gloutonner des tonnes de livres. J'avais trouvé refuge à Saint-Pierre chez un boucher avec lequel mon père avait coutume de faire des affaires. Il m'avait attribué une sorte de galetas abandonné d'où je ne sortais qu'à la nuit tombée et, encore, rarement. »

La malade eut un nouveau râle et Naïmoutou se précipita à son chevet. Il posa la paume de ses mains sur le visage de la personne sans ôter le drap, marmonnant une prière qui sembla calmer celle-ci.

« Elle souffre de quoi ? demanda Dorval.

— Ça n'a pas de nom... tout l'intérieur de son corps se dessèche, son sang lui-même se dessèche. Même les Blancs n'ont pas trouvé de nom pour cette maladie-là...

— Qui est cette personne ?

— Je n'ai pas le droit de vous le révéler, répondit le prêtre indien, soudainement moins amical. D'ailleurs, cette personne n'est même pas une Coulie. C'est une mulâtresse de bonne famille. Sortons, je vous prie... »

À l'air libre, les yeux marron de Naïmoutou diffusaient de brefs éclairs qui lui baillaient un air encore plus énigmatique. Toute sa personne respirait la plus extrême religiosité et Dorval se sentait très embarrassé pour pousser plus avant son interrogatoire. Il ne croyait en aucun dieu en particulier mais le spectacle de la foi lui faisait toujours très forte impression.

« Je souhaiterais avoir un entretien avec votre fille, Ferdine..., finit-il par lâcher.

— Qui ? Je ne connais personne de ce nom-là...

J'avais une fille, je vous l'accorde, il y a très longtemps de cela. Elle m'a désobéi, elle a trahi sa race. Je l'ai donc rayée de mon existence.

— Permettez-moi d'insister. Son ex-concubin a été retrouvé égorgé le Samedi-Gloria devant les latrines du pont Démosthène et...

— Ferdine n'est plus ma fille, monsieur. Je voudrais que ça soit clair pour vous une fois pour toutes, s'écria l'Indien. Je n'ai plus reçu de ses nouvelles dès l'instant où elle s'est mise en ménage avec ce moins-que-rien de Beausoleil. Plus de dix ans ont passé. D'ailleurs, elle n'aurait jamais eu le courage de revenir vivre à Au Béraud, vous pensez bien ! »

Dorval le remercia de son amabilité. Il ferait vérifier si la jeune fille n'avait plus remis du tout les pieds dans cette partie de l'En-Ville. L'épicier chinois Ho-Shen-Sang dit Chine saurait bien le renseigner, lui qui, derrière son comptoir, savait tout ce qui se tramait dans tous les milieux de l'En-Ville, quoiqu'il feignît d'être plus couillon que ses deux pieds.

Après la fuite éperdue de Ferdine l'infidèle (par la faute d'un chanter de Tino Rossi) et le départ de Romule Beausoleil pour Roches-Carrées où il se faisait initier aux règles du damier, leur case du Morne Pichevin fut livrée à tous les vents. Un goyavier commença à tiger au-dedans, lançant des branches hardies par la fenêtre dont le battant s'était brisé. Des herbes-à-marie-honte se mirent à grimper sur la véranda ainsi qu'une mousse de mauvaise apparence qui attaquerait à la longue le bois et le pourrirait. Personne n'osait s'approprier les lieux car on y devinait que la. malchance et la défortune y avaient établi leurs quartiers. Carmélise aurait pu y loger une partie de sa douzaine d'enfants et ainsi se retrouver plus à l'aise dans sa propre case mais elle leur interdisait même d'y aller jouer à cache-cache.

« Si vous approchez de chez Romule Beausoleil, leur serinait-elle, il y a un zombi à l'intérieur qui n'attend qu'une bonne occasion de vous happer. Prenez garde à vos fesses, oui ! »

Un peu gêné de cette décadence, Rigobert, le crieur de magasin de Syrien, entreprit un jour d'en reclouer certaines planches avant de se lasser. À quoi bon entretenir une demeure où personne ne reviendrait plus vivre ? Ni lui ni Richard, le contremaître docker, ni Man Cinna, ni Chrisopompe, ni personne n'était au courant de l'endroit où se trouvait exactement Romule Beausoleil. Seule Carmélise avait été mise dans le secret par Philomène parce qu'elles étaient des amies-ma-cocotte depuis l'époque où le quartier Morne Pichevin avait commencé à se constituer, dans l'entre-deux-guerres donc.

« *Kay-tala ni modisyon anlè'y* (Cette maison est maudite), s'écriait-on, *tout moun ka viv adan'y ka anni pwan lavôl* » (tous ceux qui y vivent disparaissent subitement).

« *Sé dwèt kay Djab-la* » (C'est peut-être la case du Diable), faisait Man Richard d'un ton mi-plaisant mi-apeuré.

Philomène et sa commère jugèrent d'un commun accord qu'il fallait faire quelque chose pour que Beausoleil ne soit confronté à aucune sorte de difficulté lorsqu'il reviendrait tout auréolé de son grade de combattant du damier. De là, conclurent-elles, seule la présence d'une nouvelle femme pourrait réanimer la maison. D'une femme étrangère au Morne Pichevin de préférence pour qu'elle ne se laisse pas influencer par les commérages des voisines. Philomène chercha dans les tréfonds de sa mémoire qui elle pouvait bien convaincre de venir habiter là. Ses cogitations durèrent plusieurs semaines sans le moindre résultat probant : il y avait bien cette petite chabine aux cheveux jaunes de Renéville qui était employée en tant qu'aide-couturière chez une dame laquelle fabriquait des robes sur mesure pour Philomène. Malheureusement, elle était trop empruntée, aussi sauvage en fait qu'une mangouste, et il était peu probable qu'elle acceptât de vivre seule dans un quartier qui avait aussi mauvaise réputation que le Morne Pichevin. Pourtant, elle était diantrement jolie, pensa Philomène, avec sa taille fine et son minois ovale tiqueté d'un semis de taches de rousseur. Elle aurait bien plu à Romule Beausoleil en tout cas mais elle n'était vraiment pas la personne qui convenait. Philomène songea également à sa nièce Adelise, fraîchement débarquée de sa commune du Gros-Morne, mais cette jouvencelle n'avait guère la tête sur les épaules. N'avait-elle pas largué son amoureux pour s'enticher d'un descendu, un bouseux du nom d'Homère ? Carmélise pour sa part, proposa une sienne parente éloignée qui était vendeuse chez un Italien de la rue François-Arago.

« Elle a des manières un peu garçonnières, avouat-elle à Philomène. Elle ne se poudre pas, ne se met pas de rouge sur les lèvres mais elle est courageuse au travail.

— Elle s'appelle comment cette perle rare ?

— Hermancia. On peut aller la voir quand tu veux. »

Il s'agissait d'une magnifique négresse bleu nuit à qui il suffisait de mieux peigner les cheveux et d'habiller son corps callipyge de manière moins grosso-modo, pour qu'elle rivalisât avec n'importe quelle

mulâtresse ou blanche. Aussitôt qu'elle la vit, Philomène sut qu'elle serait celle qui remplacerait Ferdine
dans le cœur de Romule Beausoleil. Elle vivait chez
une vieille dame à qui elle servait de compagne contre le gîte et le couvert, au quartier L'Ermitage, non
loin du cimetière des pauvres. La vieille, qui avait été
marchande de poissons, était à moitié paralysée et
ne parvenait pas à articuler correctement. Philomène eut pitié d'elle et trouva une remplaçante à
Hermancia. Cette dernière, au début réticente, se
laissa embarquer dans le tourbillon des bals populai-
res, des séances de cinéma au Parnasse et des pro-
menades à la campagne dans lesquels l'entraînèrent
la péripatéticienne et la mère poussinière. Jusque-là,
sa vie n'avait été qu'un vaste ennui : il lui fallait se
tenir debout dans le magasin de chaussures de l'Italien, cela qu'il y ait des clients ou pas, avec l'interdiction formelle de discuter avec les autres vendeuses.
Le soir, elle avait les jambes si lourdes qu'elle les
traînait pour avancer et quelqu'un, qui la découvrait
dans cette posture, n'aurait jamais pu soupçonner
qu'elle n'avait que vingt-deux ans à peine. Mais le
noir étincelant de sa peau accrochait tous les regards
et, sur son chemin, elle devait se protéger contre
etcétéra de propositions déshonnêtes qui lui étaient
faites par des bougres soi-disant en pâmoison. Elle
n'y répondait que par des sourires discrets avant de
presser l'allure, en dépit de la douleur, si d'aventure
un libertin plus entreprenant que les autres s'avisait
de lui coller aux talons.

« Petite cousine, lui fit Carmélise un beau jour, tu
ne peux pas continuer à mener une vie comme ça.
Tu t'esquintes pour rien, ma fille.

— Je sais... je sais. Mais que pourrais-je faire
d'autre ?

« — Tu sais laver, repasser, cuire le manger, tu n'es pas fainéante comme les jeunes négresses d'aujourd'hui qui gaspillent leur temps à lire des journaux d'amour, appuya Philomène, eh ben, j'ai un bon job pour toi. Mieux payé que chez ton Italien. En plus, tu seras tout le temps parmi nous puisque c'est à Morne Pichevin... »

Hermancia ne put réprimer un léger tressaillement. De tous les quartiers malfamés de l'En-Ville, c'était celui qu'elle redoutait le plus parce qu'elle avait entendu dire que nombre de manieurs de jambette et de rasoir y gîtaient, hors de portée de la maréchaussée. Et puis, elle s'était prise d'affection pour la vieille dame qui l'hébergeait. L'abandonner ainsi ne serait pas une bonne action, surtout pour une jeune fille aussi pieuse qu'elle. Mais Philomène s'arrangea pour faire taire ses scrupules et Hermancia s'installa dans la case entièrement repeinte et restaurée de Romule Beausoleil. La péripatéticienne avait dépensé une fortune pour cela, plus d'argent en tout cas qu'elle n'en avait jamais utilisé pour sa propre case. Toutes les planches pourries avaient été remplacées par du bon bois de courbaril, des persiennes avaient été ajoutées à la fenêtre et l'ensemble avait été repeint d'un jaune clair du plus bel effet. La case plut d'emblée à Hermancia. Elle disposa ses maigres effets sur l'étagère et aux clous fichés dans les cloisons, puis procéda à un nettoyage minutieux de tous ses coins et recoins. Quand l'intérieur fut, final de compte, à la hauteur de l'extérieur, Philomène lui fit un présent : une penderie. Hermancia fut tout à la joie de pouvoir enfin suspendre ses corsages et ses jupes sans qu'ils ne se froissent au bout d'un moment. Son bonheur était parfait jusqu'au jour où elle se mit à sourciller. Quand les deux femmes s'en inquiétèrent, elle déclara :

« Mon job c'est quoi au juste ? Cette case ne m'appartient pas et elle n'abrite personne dont j'aurais à m'occuper. Je suis devenue une vraie inutile ! »

Ses deux amies la rassurèrent. Elle aurait très bientôt à assumer une tâche de la plus haute importance. Pour l'instant, il leur était impossible de lui en révéler la nature mais elle pouvait leur faire confiance. N'avaient-elles pas vécu toutes trois comme des sœurs à ce jour ? C'est alors qu'elles réalisèrent qu'Hermancia n'avait peut-être jamais senti le poids d'un homme sur son ventre. Une lueur d'effroi traversa le regard de Carmélise. Sa lointaine cousine était vierge et nul doute qu'elle s'enfuirait à grandes enjambées le jour où Romule Beausoleil reviendrait s'installer dans sa case. Ou au contraire, elle lui rendrait la vie impossible, l'empêchant du même coup de préparer la revanche du quartier contre ce nègre-Congo de Waterloo. Il fallait donc parer au plus pressé. Plus question de l'emberlificoter comme la première fois ni de minauder avec elle. À problème crucial solution brutale, dit Philomène en répétant l'un des adages favoris d'un de ses clients qui était conseiller général. Alors, les deux négresses-matador organisèrent une bamboche du tonnerre de Dieu, une vraie bacchanale. Le motif en était l'anniversaire du fils aîné de Carmélise dont le seul titre de gloire était d'être le rejeton bâtard d'un Blanc-pays et donc d'avoir la peau sauvée de la noirceur. Autrement, il s'était fait mettre à la porte en première année du cours moyen et traînaillait dans les rues avec une bande de petits voyous qui traficotaient dans les vêtements volés. Ainsi donc, le rhum, l'anisette, le vermouth, le schrubb, le vin et même le champagne coulèrent à flots. L'ensemble du Morne Pichevin fut convié à partager l'événement et personne ne se fit prier. Un prélard fut installé sur une partie de la Cour des Trente-Deux Couteaux pour le cas où la pluie viendrait causer des emmerdations aux bambocheurs. Peu avant minuit, Carmélise prit Rigobert et Richard à part et leur susurra qu'Hermancia était vierge. Oui, mes amis, vierge comme la Sainte Vierge de la Bible ! Les deux hommes n'en crurent pas leurs oreilles et s'aperçurent que, pour de bon, elle manifestait beaucoup de réserve. Quand on l'invitait à danser, elle évitait que son cavalier ne se plaque trop sur son corps ou ne se frotte à elle comme c'était l'habitude des plus hardis d'entre eux.

« Elle appartient à qui cette mamzelle ? demanda Télesphore que ses compères venaient de mettre au parfum.

— À personne pour l'instant, s'empressa d'ajouter Carmélise. Son cœur est à prendre, messieurs, mais attention à vous ! Ne brutalisez pas ma chère cousine, non ! »

Chrisopompe, qui avait remarqué avant tout le monde ce teint d'ébène sublime, ce port de tête digne d'une reine d'Afrique, et qui avait déjà salivé sur Hermancia, fut le plus prompt à l'entreprendre. Foin de belles phrases ampoulées, de citations de Verlaine ou de poudres magiques avec elle ! Il usa, comme le commanda son flair, d'une stratégie plus directe et plus grossière. Il proposa à la jeune fille de lui porter un verre de limonade qu'il mélangea subrepticement avec deux fortes pincées de rhum Cœur-de-Chauffe. Puis, il revint vers elle et la mit au défi de boire le verre d'une traite comme le faisaient les femmes vaillantes du temps-longtemps.

« Prouve-moi que tu es de la même trempe que ces négresses-là ! » fit-il à Hermancia.

La jeune fille tomba naïvement dans le panneau, avala son verre d'un coup sec et perdit aussitôt le contrôle de ses sens. Chrisopompe l'entraîna dans une valse créole, lui reversa un verre de vermouth, la fit à nouveau danser sans que quiconque se rende compte de quoi que ce soit d'anormal. Lorsque Hermancia fut fin saoule, il la charroya dans la case de Romule Beausoleil et la dévora exactement de la même manière que Ferdine, trois ans plus tôt, lorsqu'il l'avait charmée avec un chanter de Tino Rossi. Le gandin trouva Hermancia encore plus succulente que la Coulie et, saoul lui-même comme un vieux macaque, il rameuta ses compères Richard et Rigobert pour qu'ils la partagent avec lui. Ils ne se firent pas prier. À tour de rôle, presque tous les hommes adultes du Morne Pichevin passèrent sur le ventre d'Hermancia laquelle eut beau véhémenter, n'attira l'attention de personne à cause du vacarme de la bamboche. Au matin, Philomène et Carmélise s'empressèrent de venir voir dans quel état se trouvait leur protégée. Elles craignaient un peu que ces malotrus ne l'aient un peu trop malmenée. Elles furent stupéfaites devant l'équanimité de la jeune fille qui leur bailla le bonjour comme si de rien n'était, se lava à grande eau avec l'eau d'un fût qui traînait dans la minuscule arrière-cour de la case, se passa une pommade odorante sous les aisselles, se vêtit de propre et leur lança, guillerette :

« Alors quand est-ce qu'on organise une nouvelle fête, mes chéries ? »

Tandis que son quartier se vautrait dans la débauche, Romule Beausoleil se pliait à la discipline de fer de son maître et cela durait déjà depuis trois mois et demi c'est-à-dire une éternité. Pa Victor lui avait d'abord enseigné à concordancer les battements de son cœur avec ceux de la terre.

« Pose le plat de tes mains par terre, lui avait-il ordonné. Rentre profondément en toi et écoute la terre vivre. Laisse monter dans chacune des fibres de ton corps son tressautement ténu. »

Dix fois, vingt fois, le ramasseur de tinettes s'était livré à cet exercice sans succès. Il allait se décourager lorsqu'un matin, alors qu'il venait de terminer ses ablutions près d'une source si bien cachée dans les bambous qu'on n'entendait que son chant, il se sentit vaciller. Les fromagers et courbarils tutélaires qui l'entouraient semblèrent s'incliner très légèrement. Le vent se mit à courir en tous sens dans leur feuillage. Puis, de manière distincte, il perçut le sourd martèlement venu des entrailles de la terre que lui avait tant de fois annoncé son initiateur. Romule ne bougea plus, cherchant à mettre la chamade de son cœur à l'unisson de celle de l'univers. Cela se fit presque naturellement et il en ressentit un profond bien-être. Son humeur maussade changea du tout au tout et il courut comme un fou jusqu'à la demeure de Pa Victor en braillant :

« Ça y est ! Ça y est ! J'ai enfin ressenti le frisson de la terre.

— Arrête-toi ! cria le vieil homme, le visage courroucé. Cesse de cabrioler comme un bambin, tonnerre du sort ! Ton périple ne fait que commencer et il y a encore un dur chemin à parcourir, alors préserve tes forces pour bientôt. »

Et le bougre disait vrai : dès le lendemain, il entraîna Romule à marcher au pas de charge sur les contreforts du Morne Pitault, dévalant les ravines, remontant l'à-pic des mornes sans reprendre souffle, se frayant un passage au coutelas dans l'entrelacement des halliers, des fougères arborescentes, des bambous et des lianes qui pendaient depuis les hautes branches des arbres. Les pieds de Romule furent vite en sang. Sa gorge devînt plus sèche qu'une savane en carême. Son cœur tournevirait dans sa poitrine, lui arrachant des ahans de détresse. Mais le maître du damier n'en avait cure. Il avançait, il avançait, il avançait, comme mû par une force secrète et jamais il ne tournait la tête pour s'assurer que son élève tenait le coup. Il se contentait de héler :

« Le damier cousine avec la Mort. Il est frère de la Vie. Il joue entre les deux. C'est donc affaire de nègres vaillants, hon ! »

Au bout d'un nombre incalculable de jours d'un tel régime, Romule perdit la notion de la souffrance, de la soif, de la faim. Il habitait désormais son corps et se sentait l'habiter : comme s'il était devenu deux personnes différentes dans une même carcasse. Pa Victor lui avait supprimé toute nourriture, hormis du thé-pays qu'il préparait avec des herbes inconnues et qui avait un goût si puissant qu'il fouettait le sang de Romule.

« Il te faut suer toutes les mauvaisetés de ton corps, lui avait expliqué le vénérable lutteur, surtout que, toi, tu viens de l'En-Ville ! Le damier exige pureté et claireté d'âme. Oublie les tribulations de ton existence passée et laisse-toi convoyer dans les régions que seule notre âme peut atteindre. »

Ils regagnèrent la maison de Roches-Carrées dès que le maître jugea que son élève était parvenu à accomplir ce nouveau parcours initiatique. Romule s'étonna de voir toutes les portes et les fenêtres largement ouvertes.

« C'est pour éviter que le Diable n'y fasse sa niche, dit le vieil homme. Quand tu fermes tout, c'est à ce moment-là que ce beau béké s'y sent bien. »

Pendant les quatre jours qui suivirent, il ne s'occupa plus de Romule, ne lui adressa plus la parole. Il reprit son petit train-train habituel : grager de la pulpe de coco pour nourrir ses poules, faire cuire du fruit-à-pain pour ses cochons, tresser de la fibre de bacoua pour en faire des chapeaux et fumer sa pipe avec une application qui avait toujours surpris le ramasseur de tinettes du Morne Pichevin. Il s'étonnait aussi de constater que Pa Victor ne dormait pas la nuit ou simplement une petite heure, juste avant le devant-jour.

« Je retourne en Guinée, lui avait révélé ce dernier, devinant la curiosité qui démangeait son élève. Il y a encore quelques vrais nègres capables de le faire dans ce pays mais ils deviennent de plus en plus rares, hélas ! »

Enfin, un après-midi, il conduisit Romule à une sorte de cagibi qui était fermé à l'aide d'une corde en mahault et que ce dernier avait toujours pensé être une case à outils. Pa Victor récita une courte oraison en langue bossale, versa quelques gouttes de rhum devant l'entrée du cagibi et s'écria à haute voix :

« *Ago lé-mô !* » (Salut à vous, ô morts !)

Puis il démarra la corde qui entravait un large battant en bois sculpté et ouvrit lentement ce dernier. À cet instant, Romule ne put s'empêcher de pousser un cri d'admiration. Des tambours magnifiques s'empilaient les uns sur les autres apparemment sans ordre. Des ventrus décorés de peintures rouge-vert-jaune, des longilignes hiératiques, des courtauds qui ressemblaient à des escabeaux, des plats comme ceux des Indiens. La peau de cabri qui leur couvrait la gueule était d'une fraîcheur elle aussi surprenante. On aurait juré que personne n'avait jamais battu ces tambours-là.

« À présent, fit Pa Victor, voici le plus raide : il faut mettre les battements de ton cœur en accord non seulement avec ceux de la terre mais en même temps, avec la cadence des tambours. »

Il pénétra dans le cagibi, caressa quelques tambours, en choisit un longiligne qu'il amena au centre de la cour de terre battue qui faisait face à sa demeure. Il s'assit dessus à califourchon et se mit à frapper sa peau en sourdine, les yeux renversés. Puis dans un brusque élan, il s'envola dans un frappé frénétique qui fit frémir l'air frais du soir qui s'approchait. Ses mains étaient des oiseaux-mouches, ses doigts des éclairs tandis que son buste demeurait roide et sa tête penchée sur le côté comme s'il écoutait une voix venue du fond du ciel. Le tambour criait :

« Pla-ka-tak ! Pak-pa-tak ! Pak-pa-tak !

Alors Romule se sentit frissonner. Son cœur chercha le rythme de la terre et s'alliança avec lui. Puis il entendit des mots et des phrases dans une langue qui n'était pas vraiment humaine mais qu'il comprenait presque parfaitement, une langue tout en chuintements et en sons gutturaux, une langue belle et fière qui lui baillait un sentiment de grandeur. C'était le tambour qui lui parlait ! Oui, directement à lui ! La force d'Afrique-Guinée montait en volutes au-dessus de sa tête et se déployait en vagues brûlantes sur son corps, le mettant dans une transe irrépressible. Sans le vouloir, il sentit ses jambes s'écarter et se mouvoir au même rythme syncopé du belair. Ses bras se dressèrent et se mirent à battre l'air, à mouliner la claireté de la nuit et de sa bouche jaillirent des onomatopées d'exaltation :

« Douf ! Dou-douf ! Douf ! »

Il dansa ainsi une nuit entière sans jamais s'arrêter une seule seconde et Pa Victor battit son tambour de la même façon, sans s'octroyer une miette de pauserreins. Ainsi Romule apprit à unir son cœur aux tressautements de la terre et du tambour, à s'ensoucher dans le sol et à s'en arracher pour lancer un coup de pied à la face d'un adversaire imaginaire, à tournoyer sur son corps sans jamais perdre l'équilibre, à feindre de frapper avant de se détendre dans une saccade de coups secs et mortels. Pa Victor lui hurlait :

« *Goumen ! Goumen, nèg mwen !* » (Combats ! Combats, mon nègre !)

Romule Beausoleil inventa, au cours de cette nuit-là, des coups personnels, ceux qui le feraient chavirer ses futurs ennemis en six-quatre-deux et que d'aucuns chercheraient à imiter en vain. Il mit au point une talonnade dans le genou de l'adversaire qui deviendrait bientôt célèbre à travers toute l'île. Au matin, Pa Victor semblait très fier de son élève. Ses cheveux, jusque-là poivre et sel, avaient pris un coup de neige et ses yeux étaient injectés de sang mais il riait, mû par une joie intérieure si puissante qu'elle finit par se diffuser aux arbres et aux fleurs environnants. Les flamboyants exhibèrent trente-douze mille corolles de sang et le jaune des alamandas défia le soleil naissant. La nature elle-même criait sa joie de la métamorphose du nègre du Morne Pichevin. Il s'était lavé de toutes les souillures de l'En-Ville, de l'envie, de la méchanceté, de la traîtrise, de la bassesse. De sa bouche sortait un créole pur, si pur qu'il irradiait les choses et les êtres autour de lui. Romule Beausoleil n'avait jamais éprouvé semblable sensation d'heureuseté de toute sa vie. Il chercha à se rappeler son âge et l'année dans laquelle on était mais n'y parvint pas. De toute façon, cela n'avait plus aucune importance maintenant. Il ne vivait plus dans le temps des Blancs mais dans celui de la terre, du tambour et de la langue retrouvés. Il était devenu homme-terre. Homme-tambour. Homme-langue. Plus jamais, il ne redescendrait dans cette ville d'opprobre et de stupre qu'était Fort-de-France. Il vivrait ici pour le restant de ses jours, aux côtés de ce grand maître du damier qu'était Pa Victor et l'image de Ferdine, sa douce et belle Indienne, qui n'avait cessé de le hanter dès son arrivée ici, se dissiperait peu à peu dans sa mémoire.

« *Lé ou ké paré, ou a di mwen !* » (Quand tu seras prêt, tu me le feras savoir !) lui dit un beau jour, énigmatique, Pa Victor.

Cette parabole troubla profondément Romule. Prêt à quoi ? N'avait-il pas franchi avec succès toutes les épreuves menant au statut de combattant du damier ? Ne pouvait-il désormais terrasser n'importe quel fier-à-bras de quartier, ces nègres qui s'abîmaient dans le rhum et le vice ? Il comprit de quoi il retournait quand il vit Philomène et Carmélise débarquer sans crier gare à Roches-Carrées, féliciter Pa Victor et lui offrir un gros paquet de tabac ainsi qu'un coutelas neuf de Saint-Domingue. Ces bougresses-là n'en avaient pas terminé avec lui. Elles voulaient qu'il revienne au Morne Pichevin et qu'il reprenne sa chiennerie de vie, ce ramassage des tinettes municipales qui ne lui rapportait que courbatures et courants d'air dans les poches. Il étala une telle maussaderie devant à la face des deux amies-ma-cocotte qu'elles demandèrent au vénérable de s'entretenir à part avec lui. Quand leurs conciliabules prirent fin, la péripatéticienne dévisagea Romule Beausoleil et lui déclara :

« Maintenant, il n'y a pas plus fort que toi au damier dans ce pays. Tu ne peux pas laisser tes amis croupir dans le déshonneur, mon nègre. Personne ne t'aime autant que les gens du Morne Pichevin. Ils espèrent ta venue comme celle du messie. »

Pris dans l'attrape, Romule Beausoleil négocia dix jours supplémentaires à Roches-Carrées, aux côtés de son initiateur et maître, ainsi qu'un combat, un vrai combat, avec un lutteur de cet endroit pour se faire la main. Faveur qui lui fut accordée volontiers...

4

Quand une enquête piétinait, l'inspecteur Dorval aimait à faire des rondes de nuit avec ses collègues dans le seul véhicule en parfait état de l'Hôtel de Police, une Prairie d'un modèle pourtant assez ancien. Son adjoint Hilarion ne cessait de pester contre ce qu'il considérait comme une perte de temps et surtout de sommeil mais le commissaire Renaudin était formel : dans les villes de plus de soixante-dix mille habitants, la police était tenue d'assurer de jour comme de nuit la protection du citoyen.

« Faudra qu'un jour il nous produise le texte qui dit ça ! ronchonnait le policier, espérant que Dorval abonderait dans son sens.

— Bof ! Au moins, ça nous permet de ne pas nous encroûter.

— S'encroûter ! Tu n'as que ce mot à la bouche. On n'est pas à Paris ici, mon vieux. On n'a pas de crime, de hold-up ou de kidnapping toutes les heures. »

À la vérité, ils roulaient dans les rues silencieuses sans rencontrer âme qui vive, sauf deux ou trois clochards inoffensifs ou quelque ribaude à la recherche d'un hypothétique client. Une seule fois, ils furent

100

confrontés à un gros coup : la bande à Fils-du-Diable-en-personne avait tenté de cambrioler le bar « La Rotonde », à l'heure de la fermeture. Deux des voyous avaient feint une bagarre tandis que les autres maîtrisaient les serveurs et braquaient la caissière qui fut contrainte de leur remettre la totalité de la recette de la journée. Son hurlement strident attira la voiture de police qui stationnait au Carénage. Dorval eut la présence d'esprit de tirer trois coups de feu en l'air, ce qui mit en fuite les lascars qui abandonnèrent la caisse dans un caniveau proche de « La Rotonde ». Du travail d'amateurs, telle fut la conclusion de l'inspecteur qui, une fois de plus, ne parvint pas à mettre le grappin sur Fils-du-Diable-en-personne.

« Tu t'entêtes encore à éclaircir l'affaire Beausoleil ? lui demanda Hilarion.

— Y'a pas de quoi en faire tout un plat, dit l'autre policier qui les accompagnait et conduisait le véhicule.

— Pourquoi tu dis ça ? fit Dorval.

— Eh ben, je le sens, mon vieux. Faut pas chercher d'explication trop compliquée avec ces zouaves-là. Il a dû se faire liquider pour une dette de jeu ou alors de combat de coqs. Pas plus ! »

La voiture approchait des murs imposants du Fort Saint-Louis qui ressemblait à un paquebot échoué à cause du mauvais éclairage de l'endroit. Soudain, ils aperçurent deux ombres qui s'esquivèrent dès que leurs phares balayèrent le trottoir. L'une parvint à bifurquer vers la Maison du sport tandis que l'autre trébucha, tenta de se remettre d'aplomb mais fut vite rattrapée par Dorval et Hilarion.

« Couche-toi par terre ! fit l'inspecteur.

— Bouge pas ! Bouge pas ! hurla Hilarion en pointant le canon de son revolver sur la tempe de l'homme qui gigotait malgré la prise de judo que lui avait faite Dorval.

— J'ai rien fait ! criait l'homme. Vous n'avez pas le droit...

— On a tous les droits, mon pote, fit Dorval en lui passant les menottes. Si t'as rien à te reprocher, pourquoi tu zigzagues quand tu vois la police, hein ? »

Ils ramenèrent l'individu à la voiture et l'installèrent à l'arrière. C'est quand ils l'observèrent à la lueur du plafonnier qu'ils reconnurent Télesphore, le crieur de magasin de Syrien. Hilarion éclata de rire et se mit à l'imiter :

« Popeline à cinquante francs le mètre ! Entr-r-r-rez, mesdames et messieurs ! "Le Palais d'Orient" vous offr-r-r-re toutes les merveilles de l'univers : pantalon en tergal à deux mille francs, corsages en soie... Ha-ha-ha !

— Arrête de déconner ! » fit Dorval, passablement surpris.

Télesphore avait, en effet, une réputation d'honnêteté à toute épreuve. Il ne figurait pas dans les fichiers et n'avait même jamais été conduit à l'Hôtel de Police. La seule chose qu'on pouvait lui reprocher, c'était d'occuper illégalement un bout de terrain à Marigot-Bellevue, à côté des cuves de kérosène de la Texaco, mais tel était aussi le cas d'une multitude de pauvres hères. Indifférents aux sommations d'huissier, aux destructions de leurs cases par des nervis à la solde du propriétaire des lieux, un Blanc créole irascible, aux menaces de la police et surtout aux risques d'explosion des cuves, les occupants de Marigot-Bellevue tenaient bon depuis bientôt une décennie.

« Fouille-le ! » dit Dorval à Hilarion.

Le crieur se laissa faire sans mot dire. Il s'enferma dans un mutisme buté et ne réagit pas lorsque le policier trouva une épaisse liasse de billets neufs dans la poche de derrière de son pantalon. Hilarion siffla de stupéfaction. L'autre policier plaisanta en affirmant que c'était là le montant de sa solde mensuelle.

« Tu étais avec qui ? demanda Dorval. L'autre type avec qui tu discutais, qui c'est ?

— Et vous faisiez quoi ? C'est quoi votre trafic au juste ? enchaîna Hilarion.

— C'est pas interdit... les combats de coqs, c'est pas interdit. Ce nègre-là me devait l'argent de deux paris.

— Les paris, ça se fait à l'intérieur des pitt-à-coqs, mon cher Télesphore, pas à l'extérieur, fit Dorval.

— On veut bien te croire, dit le troisième policier, mais comment tu vas prouver ton histoire, mon vieux. J'aimerais pas être à ta place. Y a eu une série de vols ces deux dernières semaines du côté de Redoute. On est obligé de te coller ça sur le dos. Ha-ha-ha ! »

Dorval s'installa au volant de la Prairie et demanda à ses collègues d'embarquer. Il avait son idée à lui. Il rassura tout de suite le crieur : il n'était pas en train de le conduire à l'Hôtel de Police. Il roula le long du Bord de Mer dont le calme n'était troublé que par le lapement feutré de la mer. À hauteur du pont de l'Abattoir, il vira sur la gauche et remonta le long du canal Levassor où il y avait un peu plus d'animation que dans le restant de l'En-Ville. Des gens étaient agglutinés autour de quelques camionnettes qui vendaient des grillades et de la bière. Cer-

103

tains jouaient aux dés sur des tables de fortune qu'ils replièrent dès qu'ils aperçurent la voiture de police.

« Télesphore, dis-moi, j'ai besoin d'un renseignement. Si tu me le donnes, disons que, ce soir, j'ai rien vu. T'es d'accord ? fit l'inspecteur Dorval.

— Je ne suis pas un indicateur.

— Fort bien ! s'énerva Hilarion. On t'embarque pour recel d'argent volé. T'as vu comment tes billets sont neufs ?

— Ils sont craquants même ! » rigola le troisième policier.

Dorval gara la voiture dans le noir, juste derrière la Caserne Gallieni. Il alluma une cigarette qu'il enfourna dans la bouche du crieur qui avait toujours les mains liées. Puis il en fit de même pour lui.

« On a toute la nuit, tu sais..., lâcha-t-il. Si ça t'amuse de jouer au plus fin avec nous, libre à toi !

— Bon d'accord, souffla le crieur. Vous voulez savoir quoi ? Ne comptez pas sur moi pour dénoncer qui que ce soit en tout cas. Ça, pas question ! »

Dorval tira deux longues bouffées et ouvrit sa portière pour recevoir un peu de fraîcheur. Il se retourna lentement vers Télesphore dont il pouvait voir les yeux fiévreux en dépit de l'obscurité.

« Je veux savoir si tu as rencontré Romule Beausoleil avant le Samedi-Gloria et quand exactement ?

— Oui... on s'est parlé le jeudi saint sur la Savane.

— À quel sujet ?

— Eh ben, de son fameux combat avec Waterloo, le major de Bord de Canal. Tout le monde en discutait à l'époque. Ça promettait d'être un sacré beau combat de damier. Radio-bois-patate disait que Beausoleil était allé chercher une force chez un vieux maître de la campagne du Lamentin.

— Une force ?

« — Enfin... un protègement, une sorte de talisman, je veux dire...

— Il devait se dérouler où, ce combat ? demanda Hilarion.

— À Debrosses... dans une savane où les garçons jouent au football d'habitude.

— Beausoleil t'a paru comment ?... Inquiet ? Sûr de lui ? » fit Dorval.

Télesphore hésita à répondre. Il demanda à être démenotté, requête à laquelle les policiers accédèrent sans trop se faire prier. Il devait être près de onze heures trente du soir. La ville était à présent comme morte. Dorval reprit le volant et ils se mirent à patrouiller aux Terres-Sainvilles.

« Je t'ai posé une question, compère, reprit-il.

— On n'a pas parlé directement de son combat mais... mais, je me rappelle qu'il m'a dit devoir accomplir une dernière chose avant d'affronter Waterloo. Quoi ? Il ne me l'a pas dit.

— Tu ne l'as plus revu après le jeudi saint ? fit Hilarion.

— Non... on ne se voyait pas très souvent. Je suis davantage ami avec Rigobert qui est son voisin au Morne Pichevin. Ah ! Il y a quelque chose qui me revient. Beausoleil était un peu embêté ce jour-là parce qu'on avait volé dans sa case. C'est ça ! Il s'était fait voler quelque chose. Là encore, il ne m'a pas précisé quoi. »

Les policiers débarquèrent le crieur à l'avenue Jean-Jaurès. Le bougre fila sans demander son reste. Hilarion s'étonna du fait qu'à aucun moment les gens du Morne Pichevin n'aient évoqué cette histoire de vol. Pourtant Hermancia, sa concubine, Philomène et Carmélise, ses voisines immédiates et bon nombre d'autres gens du quartier avaient été dûment convoqués à l'Hôtel de Police et interrogés. La case de Beausoleil avait été perquisitionnée le dimanche de Pâques même et Dorval n'y avait trouvé aucune trace d'effraction, sinon que la porte n'avait pas de serrure mais cela était courant dans le quartier.

« Faut qu'on revoie tout ce beau monde, fit l'inspecteur, le front barré par mille plis. On nous cache quelque chose.

— Jamais le commissaire Renaudin n'acceptera qu'on perde à nouveau du temps avec tous ces gens-là, rétorqua le troisième policier. Pour lui, cette affaire-là est classée.

— C'est ce qu'on verra...

— Hé, les hommes, si on passait faire une petite visite à notre ami Grand Z'Ongles ? On n'est pas très loin de chez lui. Il habite à la rue Jules-Monnerot, proposa Hilarion.

— Pourquoi pas ? » fit Dorval en souriant, l'air ailleurs.

La maison du quimboiseur avait curieuse allure. Elle détonnait parmi les petits immeubles en bois de trois ou quatre étages qui l'entouraient. Il s'agissait d'une case basse couverte de tuiles noirâtres disposant visiblement d'une cour intérieure où poussait un arbre-à-pain de taille relativement imposante. Sur la barrière d'entrée, le fabricant de charmes maléfiques avait écrit au pinceau, d'une écriture erratique :

Ici la maison du bonheur. Entrez, vous êtes les bienvenus mais laissez tous vos mauvaises pensées au vestiaire. Honneur et respect.

106

Le tout accompagné de dessins de croix et d'autres signes cabalistiques peints en rouge. Sur la chaussée, deux cercles jaunes avaient été dessinés de part et d'autre de la barrière. À l'évidence, ils étaient destinés à écarter les importuns et les curieux, la réputation de Grand Z'Ongles ayant dépassé les frontières de la Martinique depuis longtemps. Dorval et Hilarion décidèrent de pénétrer chez lui en catimini. Ils se hissèrent sur le muret d'une maison voisine et rampèrent jusqu'à atteindre la toiture de la case de Grand Z'Ongles. De là, ils entendirent des bruits étranges, des sortes de suçotements accompagnés de claquements brefs et violents. Le faire-noir était si total que les deux policiers se heurtèrent front contre front et faillirent chavirer, dans la cour intérieure du quimboiseur.

« On fait quoi à présent ? chuchota Hilarion.

— On attend... c'est pas tous les jours qu'on a l'occasion de voir un grand sorcier en pleine activité. Ha-ha-ha ! »

Hilarion ne semblait pas du tout rassuré et le ton goguenard de l'inspecteur ne lui inspirait rien de bon. En fait, s'il n'hésitait jamais à intervenir entre deux bagarreurs armés de couteaux ou à poursuivre un voleur trois fois plus costaud que lui, il avait une sainte frousse de tout ce qui de près ou de loin touchait au quimbois. Il croyait dur comme fer qu'on pouvait envoyer un mal sur quelqu'un, lui faire perdre la raison ou le faire tomber dans la dèche du jour au lendemain. À Dorval sceptique, il avait eu maintes occasions de bailler des exemples, à l'entendre, irréfutables. Demeurer accroupi sur ce muret, en plus chez un maître en sorcellerie, le rendait de plus en plus nerveux. Il palpa la poche de derrière de son pantalon et la forme oblongue de son revolver le rassura quelque peu.

« Hé, regarde ! » fit Dorval.

À l'intérieur de la case du quimboiseur, une bougie s'alluma. Puis deux. Puis trois. On distinguait très nettement, à travers les rideaux, deux formes humaines qui allaient et venaient en tous sens sans faire de bruit ni prononcer la moindre parole.

« On tire nos pieds d'ici, inspecteur..., grommela Hilarion dont les mains tremblaient et tous les poils du corps étaient hérissés.

— Ta gueule !... Hé, regarde-moi ça un peu. Ils sont maboules ou quoi ? »

Les deux silhouettes se poursuivaient à présent autour d'une table ovale et, de temps à autre, ce qui devait être un fouet claquait dans l'air, effleurant les épaules de la plus petite d'entre elles. Dorval glissa lentement le long du muret, qui faisait bien deux mètres cinquante de haut, et se rétablit avec difficulté sur le sol cimenté.

« *O makoumè-a, sa ou ka atann ?* » (Hé, tantouse, t'attends quoi ?) lança-t-il à son adjoint.

Il fonça sur la porte d'entrée qu'il ouvrit d'un coup de pied magistral. La surprise de Grand Z'Ongles et de son client fut si forte qu'ils se figèrent sur place, incapables de la moindre réaction sauf de se cacher le sexe des mains car ils étaient tous deux nus comme des vers. Dorval retint un fou rire.

« On joue à quoi là-dedans ? » demanda-t-il.

Le client, une sorte de chabin-mulâtre aux cheveux roux, prit un air accablé et chercha ses vêtements du regard. Grand Z'Ongles fulminait, les yeux exorbités, les lèvres frémissantes. Sa taille très au-dessus de la moyenne lui donnait un air encore plus ridicule que l'autre.

« Vous avez un mandat de perquisition ? articula-
t-il avec peine.

— Ah bon, tu discutes tous les jours avec le Diable
et je parie que t'as demandé à personne l'autorisation, fit Dorval. Qu'est-ce que t'étais en train de
foutre ?

— Je... je soignais monsieur.

— Et c'est qui monsieur ?... Monsieur, qui êtes-
vous ? »

Quand le docteur Bertrand Mauville, membre
éminent de la mulâtraille de Fort-de-France, homme
politique redouté, chevalier de la Légion d'honneur,
vénérable de la loge maçonnique « Liberté et Respect », déclina son identité, l'inspecteur Dorval se
demanda s'il ne venait pas de commettre la gaffe qui,
cette fois-ci, lui vaudrait un blâme de ses supérieurs.
Le commissaire Renaudin lui avait déjà souvent
reproché ses interventions à la limite de la légalité :

« On est sous les Tropiques ici, mon cher Dorval,
répétait-il, il faut employer la persuasion, faire
preuve de psychologie et non cogner dans le tas
comme vous en aviez l'habitude à Paris. »

« Vous souffrez de quoi, monsieur ? demanda Dorval qui se dit que, tant qu'à faire, autant aller
jusqu'au bout.

— Il souffre d'une blesse..., répondit Grand Z'Ongles pendant que Mauville s'habillait, le visage
décomposé.

— Une blesse ?

— Quelque chose qui s'est fracturé à l'intérieur de
son corps et qu'on ne peut guérir qu'avec des
passes...

— Tu-t-t-t-t ! Pas de ça, Grand Z'Ongles ! fit Dorval, se voulant très calme. Tes simagrées ne m'im-

pressionnent pas. Si tu veux passer la nuit au poste, t'as qu'à continuer à faire le couillon. »

Le sorcier se recouvrit d'une grande cape écarlate rayée de noir, déposa son fouet sur la table, referma quelques fioles à l'odeur désagréable qui traînaient dessus et fixant Dorval dans les yeux, lui dit :

« Le docteur Mauville est un bon chrétien. Chaque Jeudi saint, il fait l'ascension du Calvaire. Il se trouve qu'il a glissé et est mal tombé. Voilà tout !

— Le Calvaire de Fort-de-France ?

— Oui..., balbutia le rouquin, je soutenais ma mère qui est trop âgée pour se déplacer toute seule quand ma chaussure s'est encastrée entre une roche et un bout de bois mort. Un accident ridicule, je vous assure ! Sur le moment, je n'ai pas eu très mal mais, deux jours plus tard, j'ai senti comme un enfoncement au niveau de mon estomac et depuis ça n'a pas cessé. Ça m'étouffe...

— Mais vous êtes bien médecin ?

— On lui avait mis un piège, intervint Grand Z'Ongles, ça n'a rien à voir avec la médecine. Autrement, monsieur Mauville se serait cassé un bras ou une jambe et il n'aurait pas eu besoin de faire appel à moi. »

Dorval fit quelques pas dans la petite pièce remplie de livres ésotériques, d'amulettes, d'encensoirs et d'autres instruments bizarroïdes.

« Quand vous avez fait cette ascension, demanda-t-il à Mauville, vous n'auriez pas rencontré le nommé Romule Beausoleil par hasard ? Vous savez, le fameux combattant de damier.

— C'est qui ce type ?

— Arrêtez votre cinéma ! s'écria l'inspecteur en s'approchant à cinq centimètres du visage du chabin-mulâtre. Vous connaissez très bien une certaine

110

Philomène, une femme de mauvaise vie du Morne Pichevin. C'est elle qui me l'a dit. Vous avez déjà soigné des gens dans ce quartier-là alors jouez pas l'ignorant, s'il vous plaît ! »

Le docteur Mauville prit un air penaud. Il s'en voulait de s'être fait surprendre chez un personnage aussi sulfureux que Grand Z'Ongles.

« Oui..., concéda-t-il, je l'ai vu... de loin. Il faisait de... comment dire ? De l'excès de religiosité. Ça m'a intrigué.

— C'est-à-dire ? demanda Dorval.

— On avançait par petits groupes et à chaque station, il était le premier à réciter des prières à voix haute, à se signer, à... demander pardon au Seigneur.

— Vous lui avez adressé la parole ?

— Non... pas du tout. Pourquoi l'aurais-je fait ? Nous n'avons eu jusqu'à ce jour-là que des rapports très... très indirects... »

Les deux policiers s'entrevisagèrent et l'inspecteur fit un signe de tête à son collègue. Il était temps qu'ils s'en aillent. Apparemment, il n'y avait rien de fructueux à tirer de leur intrusion chez le quimboiseur des Terres-Sainvilles.

« Docteur Mauville, vous serez aimable de passer à mon bureau de l'Hôtel de Police cette semaine, je vous prie.

— La prochaine fois, frappez avant d'entrer ! » grommela Grand Z'Ongles.

La joute entre Romule Beausoleil, nouvellement entré dans la caste des grands combattants du damier, et le célébrissime Antonin Persévérant, major du quartier Morne Capot, dans la commune du Lorrain, eut lieu sur le pont de Dleau Bouillie. Son initiateur, Pa Victor, ne lui avait pas facilité la tâche en lui opposant pour son tout premier vrai combat l'un des nègres-Guinée les plus redoutés du Nord de la Martinique.

« *Sé ouben ou fô ouben ou môlpi* » (Ou tu es fort ou tu es mou), lui avait asséné le vénérable vieux-corps sans autre forme d'explication.

En guise d'avant-goût, les deux hommes avaient pris la route à pied depuis Roches-Carrées, en évitant d'emprunter la moindre route asphaltée et en se tenant assez à l'écart des plantations de canne où la récolte venait de prendre sa vitesse de croisière. La nuit, ils sommeillaient au pied des fromagers sous la protection des esprits nègres dont les allées et venues faisaient tressaillir Beausoleil. Le jour, ils se nourrissaient de cachimans-cœur-de-bœuf, de mangues, de goyaves ou, plus rarement, de la pulpe du cœur de cocotiers nains que Pa Victor abattait d'un seul coup de coutelas, non sans avoir demandé pardon à l'arbre au préalable. Le vieil homme lui avait interdit de prononcer la moindre parole durant leur périple qui dura deux jours et demi. De temps à autre, ils apercevaient au loin l'Atlantique et ses ourlets blancs et à ses pieds des bourgs que le vieil homme désignait du doigt en égrenant :

« La Trinité... Sainte Marie... Marigot... »

Sur les hauteurs empanachées de forêts du Morne-des-Esses, une bande de nègres-la-bourse-ou-la-vie fondit sur eux à l'improviste, ce qui bailla à Pa Victor l'occasion de démontrer à son disciple qu'il n'était pas encore un bout de bois creux que l'on pouvait casser d'une seule tape. Il affronta seul les quatre malandrins qu'il mit en déroute avec force coups de pied imparablement déroulés.

« Il te faut savoir aussi te gourmer sans l'aide ni de la terre ni du tambour. Mais tu apprendras ça avec le temps... », commenta-t-il en se propretant le corps couvert de meurtrissures à l'en-bas d'une source dont la pureté hypnotisa Beausoleil.

Final de compte, ils débouchèrent, après avoir traversé une rivière sublime, sur le Morne Carabin d'où ils purent découvrir une mer démontée, si démontée qu'elle semblait en procès avec l'univers entier.

« C'est ici... », laconiqua le vieil homme.

Ils franchirent pour la première fois un bourg, celui de Grand-Anse du Lorrain, dont la laideur et l'imposance tout à la fois impressionnèrent également Beausoleil. Personne ne prit leur hauteur. Les gens semblaient préoccupés d'écouter les soubresauts de la mer toute proche et de l'invectiver en leur for intérieur. Pa Victor conduisit son disciple au promontoire de la Crabière et lui dit :

« Remplis tes yeux de cette mer-là, regarde bien cette plage de sable noir. Imprègne-toi de la force qui se déverse en cet endroit. »

Ils demeurèrent immobiles, sous de robustes raisiniers que le vent s'acharnait à peigner. Romule Beausoleil, à la sensation qui s'emparait de tout son être, comprit qu'au Lorrain une magie émanait de l'air même qu'on respirait et il jura de venir finir ici le restant de ses jours. À la fin de l'après-midi du troisième jour, ils atteignirent le Morne Capot qui était un immense champ de cannes au mitan duquel un hameau, coupé en deux par une rivière babillarde, se nichait. Un grondement sourd leur parvenait bien avant qu'ils n'arrivent au ras des cases où une foule de gens s'était rassemblée. Des tambourinaires, buste nu, faisaient leur instrument parler français sous un soleil démoniaque. Romule Beausoleil se figea, extasié qu'il était devant la belleté des négresses noires qui lui faisaient fête. Jamais il n'avait vu un noir si pur, si violent, des dents si parfaites et si blanches, des pommettes aussi haut placées et des cheveux si abondants et crépus en même temps. Le galbe de leur corps, surtout de leur arrière-train, provoqua un désir brutal chez lui qu'il eut le plus grand mal du monde à maîtriser.

« *Hé Womil, goumen ba nou oswè-a !* » (Hé Romule, bats-toi pour nous ce soir !) s'écria une voix féminine en laquelle il reconnut celle de Carmélise.

À sa grande surprise, tout ce que le Morne Pichevin comptait d'amis et d'admirateurs était monté au Morne Capot en taxi-pays : Philomène, moulée dans sa robe bleue à paillettes, arborant ses éternelles chaussures à talons aiguilles rouge sang ; Chrisopompe de Pompinasse, le coursailleur invétéré de jupons en costume d'alpaga blanc ; Richard, le contremaître docker, Rigobert et Télesphore, les crieurs de magasins levantins et bien d'autres.

« *Nou la épi'w !* » (On te soutient !) hurlaient-ils en trépignant.

L'endroit, qui avait pour nom Plateau, était une véritable fourmilière et retentissait de l'appel des tambours, des cris de la marmaille, des rengaines des marchandes de boissons et de sorbet au coco, du frappement des dominos que des hommes rudes imposaient à des planches posées sur des tréteaux passablement branlants. L'un d'eux s'approcha de Pa Victor, lui fit un salut cérémonieux et déclara :

« Quand ton champion est prêt, on y va.

— Il est prêt », fit le major de Roches Carrées, sans tenir compte de la fatigue et de la faim qui accablaient son disciple.

Les deux combattants du damier suivirent l'organisateur de la joute dans un chemin étroit aux roches coupantes qui descendait à pic dans une ravine par-delà laquelle on distinguait des maisons un peu plus cossues qu'à Plateau. C'était l'autre moitié du hameau du Morne Capot. Une riviérette les séparait, surplombée par un pont de pierre minuscule au beau mitan duquel un géant se tenait les bras en croix, les jambes écartées, un rictus déformant sa bouche. Romule Beausoleil comprit tout de suite qu'il avait affaire au redoutable Antonin Persévérant dont la renommée avait atteint les rives de l'En-Ville plusieurs années auparavant. Une panique monta dans sa tête et il voulut courir, s'escamper à travers bois sans demander son reste, se perdre n'importe où mais très loin de cette exagération de la nature qui devait faire plus de deux mètres de haut.

« *Konyen'y anba grenn !* » (Frappe-le sous les génitoires !) fut le seul conseil que lui prodigua son maître en damier qui se fondit aussitôt dans la foule.

Romule Beausoleil avança d'un pas peu assuré vers son destin. Des deux côtés du pont de Dleau Bouillie, des tambourinaires déchaînaient des rythmes inconnus de lui et auxquels il aurait peine à accorder ses pas. Des rythmes d'une sauvagerie-moudongue, fort beaux et pourtant terrifiants. Quant à la terre, elle se fit soudainement frette à l'en-bas de ses pieds qu'il venait de libérer de ses sandalettes en plastique. Une froidure tout-à-faitement incompréhensible puisqu'il était cinq heures de l'après-midi et que le soleil ne s'était pas encore couché derrière la montagne Pelée. Le ramasseur de tinettes du Morne Pichevin chercha de l'aide dans les regards qui l'environnaient et tomba sur celui, plein de confiance, de Philomène. Il la maudit de l'avoir entraîné dans cette aventure qui ne correspondait en rien à son tempérament et qui n'aurait pour autre résultat que de lui procurer une mort prématurée. Il songea à Ferdine, sa petite Coulie adorée qu'il n'avait pas vue depuis trois mois, et de l'eau lui vint à la bouche. Pourquoi n'était-elle pas présente aujourd'hui ? Pourquoi n'avait-elle pas fait le voyage depuis l'En-Ville pour assister son homme ? Un doute affreux lui ennuagea l'esprit mais il se ressaisit là même en se disant qu'elle avait peut-être été retenue par son père, le prêtre indien du quartier Au Béraud. Ou peut-être qu'elle espérait un bébé. Cette idée enthousiasma Beausoleil et lui bailla un regain de courage. Il osa pour la première fois soutenir le regard hargneux d'Antonin Persévérant, découvrant à cet instant qu'il avait les yeux gris comme le Diable.

« *Lévé ti nèg an vil-la épi fésé'y anlè zékal ba mwen, wi !* » (Soulève-moi ce freluquet d'En-Ville et envoie-le-moi valdinguer sur l'écale du dos, oui !) braillait un supporteur hystérique du géant.

« *Fann tjou sa ! Pa ba'y an miyèt chans, non !* » (Démolis-le ! Ne lui laisse pas la moindre chance, non !) renchérissait une vendeuse de sorbet tout en servant ses clients à tour de bras.

Le combattant du Morne Capot se carra sur ses jambes, étendit les bras, non sans avoir soufflé une prière entre les paumes de ses mains jointes. Puis il se mit à se dandiner, essayant de concordancer le ballant de son corps avec celui des tambours, chose qui se réalisa sans peine. Son buste ruisselait d'une sueur mauvaise dont l'odeur parvint aux narines de Beausoleil qui devina qu'il s'était certainement enduit le corps d'une mixture maléfique. Et dire que, lui, il venait d'abattre deux jours et demi de marche, qu'il n'avait fait que grignoter des fruits et que Pa

Victor ne lui avait offert aucun protègement contre la sorcellerie ! Quand il fut sur le pont de Dleau Bouillie, à moins de deux mètres de son adversaire qui n'avait cesse de tournoyer sur lui-même en balançant des coups de pied dans le vide, Beausoleil implora la Sainte Vierge Marie, la déesse hindoue Mariémen qui lui avait ôté sa puanteur de ramasseur de pots de chambre et les esprits nègres qu'il avait appris à connaître à Roches-Carrées, aux côtés de son initiateur au damier. Puis, il se lança dans l'arène, se laissant pénétrer par les tambours qu'il dompta dans sa tête, cogna le sol du talon à la recherche des frémissements de la terre-mère, banda ses muscles, y compris ceux des mâchoires, et gueula :

« *Antonen, ou sé an sakré ti kakayè ! Vini'w la pou man fésé'w atè !* » (Antonin, tu n'es qu'une mauviette ! Approche un peu que je te renverse par terre !)

Les nègres du Morne Pichevin applaudirent bruyamment, les femmes sautant d'une joie débornée. Alors Beausoleil se détendit et visa le nombril du géant mais sans même se déplacer, ce dernier esquiva le coup grâce à une feinte extraordinaire qui arracha un murmure d'admiration au public. Et, presque dans le même ballant, il fit tournoyer sa jambe gauche dans les airs et toucha son adversaire dans les côtes. Beausoleil en eut le souffle coupé et un voile noir lui boucha soudain la vue. Il plia sous le choc, s'arc-bouta sur ses cuisses et se remit à danser avec maladresse au son des tambours tandis que, dos tourné, le géant savourait son avantage, acclamé par ses partisans.

« *Woy ! Woy ! Woy !* » (Sacrebleu !) clamaient ces derniers.

« Romule, courage, mon nègre ! » hurla Philomène.

Puis, avec une brusquerie qui tétanisa Beausoleil,
l'un des tambourinaires entama une cadence folle,
obligeant les autres à le rattraper, et se mit à chanter
un bel-air si profond qu'il saisit le monde aux
entrailles. Ce changement de tempo déséquilibra
encore plus le ramasseur de tinettes. Il ne voyait
même plus les visages aimés, il n'entendait que d'une
manière ténue les encouragements de Carmélise et
de Philomène et seul le soleil bleuté de cette fin de
journée lui semblait vivant. Était-il déjà parti dans le
pays des sans-chapeau ? Et à nouveau, le géant fonça
sur lui, le souleva comme il l'aurait fait d'une vulgaire botte de canne à sucre et fut sur le point de le
fracasser sur le pont lorsque le galop d'un cheval
arrêta son élan. Tout le monde se retourna. Sur la
petite éminence qui surplombait Dleau Bouillie, le
Blanc-pays Honoré de La Vigerie, propriétaire des
cent cinquante hectares de la plantation Pirogue,
passait sur son cheval couleur d'hermine, casqué et
botté, indifférent au cirque des nègres. Beausoleil
profita de cette courte hésitation du géant pour
riposter. Il réussit à lui placer deux coups du dos du
pied, l'un à la tempe, l'autre à la cuisse gauche, sans
que le mastoque en parût aucunement ébranlé. À
présent, un méchant silence s'était établi sur le
Morne Capot. On venait d'entrer dans les choses
sérieuses. La mort rôdaillait dans les parages, prête à
fondre sur sa proie. On le pressentait à une certaine
qualité de l'air, aux zigzaguées des merles dans les
arbres. D'ailleurs, le visage des deux lutteurs s'était
empreint de gravité. Le rouler des tambours s'était
fait plus feutré. Chacun des spectateurs retenait sa
respiration. Antonin Persévérant se bomba le torse

et dans une sorte de dévalée monstrueuse fondit sur Beausoleil auquel il tenta de briser les membres. Le géant éructait des insanités, crachait une bave fétide, accompagnant chacun de ses gestes de « Hon ! » tout bonnement terribles. Beausoleil résistait tant bien que mal, se débattait comme quelqu'un qui était sur le point de se noyer, les yeux hagards.

« *Tjenbé kôw, nonm !* » (Reprends-toi, l'ami !) s'écria Pa Victor qui avait fendu la foule pour se trouver au bord du pont.

À l'instant même, Beausoleil sentit une secousse zigzaguer dans chaque fibre de sa chair. Une force le redressait, insufflait de l'énergie à ses bras et de la légèreté à ses jambes. Il parvint à se dégager et à imposer aux tambourinaires d'alliancer leur rythme au sien bien que certains tentassent de résister. Puis il prit son envol et planta deux pieds lourds comme du plomb dans la poitrine du géant qui s'affala en hoquetant. Un « Oooh » de stupéfaction parcourut le camp des nègres du Morne Capot. Des femmes se voilèrent même la face avec le pan de leur robe créole. Le soleil chuta derrière les mornes aussitôt remplacé par des flambeaux en bambous.

« *Antonen, ou pèd ta'w la !* » (Antonin, tu as perdu ton combat !) proclama l'organisateur de la joute en enjoignant à quatre bougres robustes d'emporter le corps du vaincu.

Les nègres du Morne Pichevin entourèrent leur héros et improvisèrent un défilé de carnaval si endiablé que les natifs-natals de l'endroit finirent par se joindre à eux.

« Persévérant était un profiteur », déclara une vieille femme du Plateau en guise d'oraison funèbre.

Toute la nuit, le Morne Capot fêta la victoire du nègre d'En-Ville. Beausoleil chercha Pa Victor afin de le remercier mais ce dernier s'était éclipsé. Sans doute avait-il déjà repris, à pied, le chemin de Roches-Carrées. Au matin, on se rua dans le taxi-pays. Chacun avait hâte de retrouver les lumières d'En-Ville, l'animation du pont Démosthène et du Morne Pichevin. Désormais on parlait à Beausoleil avec une déférence appliquée. Il avait réussi son examen de passage au grade de grand maître du damier. Il était prêt maintenant à affronter ce chien-fer de Waterloo qui avait dérespecté les nègres du Morne Pichevin. Arrivé chez lui, Beausoleil constata l'absence de Ferdine. Il frappa à la porte de chacune des cases de la Cour des Trente-Deux Couteaux, demanda qui l'avait vu, si elle avait laissé une commission pour lui et toute une tralée de questions angoissées auxquelles Philomène répondit d'un ton tranchant :

« Oublie cette Coulie-là ! Elle n'était pas faite pour un homme de ta valeur. Sais-tu qu'elle t'a encornaillé avec ce freluquet de Chrisopompe de Pompinasse pour trois fois rien : un chanter de Tino Rossi.

— Un... un chanter de Tin... Tino Rossi ?

— Tu as bien entendu, mon vieux. »

Romule Beausoleil regagna sa case, brisé. Des larmes lui zigzaguaient sur les pommes de la figure qu'il essuyait avec le revers de sa manche. Soudain, sur le pas de sa porte, il découvrit, assise dans une posture lascive, presque provocante, une négresse aux formes appétissantes.

« Je suis Hermancia, dit-elle très simplement. C'est moi qui vais habiter avec toi à présent. Entre, je t'ai préparé un court-bouillon de coulirous, oui. »

Le Blanc créole Jonas Dupin de Malmaison se prenait pour un hobereau à cause de la vastitude de ses propriétés, sises pour la plupart dans la plaine de Rivière-Salée. Aussi parce qu'il avait renoncé à compter ses rejetons mulâtres tant à la campagne que dans les bourgs environnants et bien entendu à Fort-de-France. C'est lui qui avait dévirginé Carmélise à peine âgée à l'époque de quatorze ans et qui lui avait baillé cet enfant aux yeux verts si clair de peau dont la bougresse de Morne Pichevin était tellement fière. De Malmaison ne perdit jamais le contact avec la jeune femme qu'il continua à fréquenter, de manière irrégulière il est vrai, bien qu'il eût largement dépassé la soixantaine. Il n'oubliait pas l'anniversaire de son fils bâtard et quand il faisait un voyage dans les Amériques à la recherche de variétés plus performantes de canne à sucre, il ramenait souvent quelque babiole pour Carmélise. Lorsque cette dernière clamait :

« Les amis, je n'ai pas le temps de bavarder avec vous aujourd'hui, mon homme doit passer me voir », on savait qu'une Peugeot 203 grise l'attendrait au pied des quarante-quatre marches, non loin du pont Démosthène pour l'emmener vers une destination inconnue des gens du Morne Pichevin. Carmélise revenait dans la soirée, fraîche, pimpante mais épuisée et partait dormir immédiatement. Elle réserverait sa matinée du lendemain matin à raconter à ses commères les fantaisies lubriques du seigneur de la plaine de Rivière-Salée.

« Hon ! hon ! hon ! Foutre qu'un Blanc-pays a des cochonneries dans sa tête », commentait-on en rigolant.

Jonas Dupin de Malmaison était aussi un grand coqueur. Il hantait les gallodromes du pays avec son soigneur, un nègre borgne qui lui était dévoué comme un chien, et pariait des sommes mirobolantes qu'il lui arrivait de perdre de fort mauvais gré. Son coq le plus fameux, Éperon d'Argent, un calabraille acheté à prix d'or à Caracas, déplumait sans discontinuer tous ses adversaires jusqu'au jour où une maladie s'empara de lui. À l'entraînement, il refusa de sautiller ou de becqueter. Puis, à la longue, il ne se leva même plus et son aliment spécial demeura près de lui des jours entiers sans qu'il y touchât. Jonas Dupin de Malmaison était au désespoir et promit une forte récompense à quiconque lui procurerait un remède-miracle pour son coq favori. Toutes espèces de quimboiseurs, guérisseurs, docteurs-feuilles et autres séanciers défilèrent à Château-Plaisance, la Grand Case à colonnades entourée de bougainvillées et de magnolias où depuis trois siècles sa lignée s'était ensouchée. Rien n'y fit. Le coq continua à dépérir dangereusement et Jonas à se répandre en lamentations auprès de tout le monde.

« J'ai une solution pour toi... », hasarda un jour Carmélise.

Et la jeune négresse d'expliquer qu'elle connaissait un amateur de combats de coqs, un dénommé Romule Beausoleil, qui lui-même était le bon compère d'un expert en la matière, un dénommé Télesphore, lequel exerçait la profession de crieur de magasin de Syrien. D'abord sceptique et peu désireux de désavouer son nègre borgne qui vivait la déchéance du coq-calabraille comme une preuve de son inutilité, Jonas ne fit point cas de la proposition de sa femme-dehors. Ce n'est qu'au moment où le volatile arriva au seuil de l'agonie qu'il se résolut à le confier à Beausoleil. Ce dernier partagea avec Télesphore les deux cent mille francs d'avance que le béké leur avait fait parvenir par l'intermédiaire de Carmélise. Ils soignèrent le coq au Morne Pichevin dans un premier temps mais Télesphore, jugeant que l'air marin lui serait du plus grand bien, le transporta dans sa cahute de Marigot-Bellevue, adossée aux immenses cuves de kérosène de la Texaco. En fait, il avait parfaitement identifié le mal dont souffrait Éperon d'Argent : les poules lui manquaient. Tout simplement. Tout bêtement. Alors il l'enferma dans une calloge pendant dix jours avec une tralée de femelles et le coq, ragaillardi, s'en donna à cœur joie. Ensuite, il le força à ingurgiter un breuvage à base d'eau de mer et d'extrait de pine de tortue-carette, ce qui, là encore, ressuscita le volatile. Mais chaque fois que Beausoleil lui demandait des nouvelles du coq, il déclarait, maussade :

« Hon ! Je fais ce que je peux, compère. Je ne suis pas le Bondieu. Tu m'as remis un animal presque mourant, oui... Attends un petit brin. On verra bien... »

Carmélise avait piqué une crise de colère mémorable lorsqu'elle avait appris que le coq ne se trouvait plus au Morne Pichevin. Jonas Dupin de Malmaison lui avait baillé son accord pour qu'elle confie le coq à Beausoleil à la condition expresse qu'elle pût garder un œil sur lui et qu'elle lui fasse régulièrement un rapport sur son état de santé. L'absence du coq obligea Carmélise à mentir au Blanc-pays, chose qu'elle détestait :

« J'ai la jupe légère, avait-elle coutume de proclamer, je la soulève dès qu'un homme argenteux me sollicite mais s'il y a un défaut que je n'ai point et que je ne souffre pas, mesdames-messieurs, c'est la mensongerie. »

Ainsi donc, elle mentait mal, s'empêtrait dans ses explications, ce qui finit par alerter le béké qui lui accorda une semaine, pas davantage, pour lui ramener le volatile. L'ultimatum qu'il lui avait fixé tombait le jeudi saint car le lendemain, il avait inscrit le coq pour un combat de haute tenue qui devait se dérouler au gallodrome de la route de Moutte.

« Jeudi saint, tu m'entends, Carmélise ? Pas un jour de plus, sinon gare à toi ! » ronchonna-t-il après s'être vautré entre ses cuisses comme au tout premier jour car, dans un pays normal, il en eût fait sa femme légitime, ce qui, dans une colonie au passé esclavagiste telle que la Martinique, était rigoureusement impossible.

Carmélise se mit alors à rendre la vie dure à Beausoleil qui à son tour entreprit de tisonner Télesphore. En réalité, Éperon d'Argent ne se contentait plus de coquer les poules et de boire de l'eau de mer mêlée d'aphrodisiaques : il voulait à nouveau se battre. C'était visible. Dès que le crieur s'approchait de sa calloge, il se mettait en position d'attaque et quand il lui tendait son manger, il le becquetait avec férocité. Une idée folle traversa alors la tête du bougre, idée contre laquelle il lutta plusieurs jours d'affilée mais qui finit par s'imposer à lui. Il ferait le coq se battre pour son propre compte et gagnerait ainsi un bon paquet d'argent, mille fois plus en tout cas que les deux francs-quatre sous que lui concédait le Syrien Abdallah, son patron. Il en avait, en outre, assez de s'égosiller à la devanture de son magasin et d'être la risée de la marmaille d'école qui passait exprès à la rue François-Arago pour le gouailler en ces termes :

« Appr-r-r-ochez, mesdames et messieurs, culottes noires pour femme à gros derrière à cinquante francs ! Soutiens-gor-r-rge pour tétés-quénettes à dix fr-r-r-rancs ! Entr-r-r-trez Entr-r-r-rez ! »

Il avait beau les houspiller, leur voltiger des cartons vides ou injurier leurs manmans, ces petits garnements ne se décourageaient pas et recommençaient leurs agaceries tous les jours que le Bondieu faisait, qu'on fût dans la fournaise du carême ou que les pluies-avalasses s'abattent sur l'En-Ville, noyant les trottoirs et recouvrant entièrement la chaussée. S'il gagnait une grosse somme, il pourrait arranger sa cahute, en faire une case digne de ce nom et s'adonner enfin à sa passion, la pêche de nuit. N'ayant pas de gros besoins, n'étant encombré ni de concubine ni d'enfants, il pourrait vivre à l'aise sans se forcer et surtout sans esquinter sa voix. À trois jours du Jeudi saint, Télesphore brava l'interdit séculaire qui pesait sur les nègres dès que « la chose du béké » était en jeu. Cette « chose du béké » pouvait être tout et n'importe quoi : un champ de canne à sucre, un arbre fruitier, une route, un cheval, un hangar ou une femme. Présentement, il s'agissait d'un coq de combat, en outre du plus vaillant coq de la Martinique, ce qui rendait la faute encore plus grave. Trop connu à cause de son teint jaunâtre, de ses taches de rousseur et de sa dégaine de m'en-fousben, Télesphore savait pertinemment qu'il ne pourrait pas se rendre au gallodrome avec pareil volatile sans se faire repérer sur-le-champ. Il forgea alors un stratagème dont l'extrême complication devait lui être fatale. À Marigot-Bellevue vivotait un nègre anglais de l'île de Sainte-Lucie, sans doute pourchassé par la police de son pays, qui faisait profession de tout faire. Il suffisait de l'appeler pour qu'il vous consolide une toiture, répare un filet de pêche, charroie des caisses de morue salée ou soigne une plaie purulente. Dès qu'on ouvrait la bouche, on n'avait pas terminé de lui poser une question, qu'il acquiesçait d'un « Yes, man ! » obséquieux. En plus, il ne demandait pas cher ou parfois même oubliait de se faire payer.

« Il a dû commettre quelque crime sauvage à Sainte-Lucie, supposait-on, et il veut qu'on l'oublie définitivement, que personne ne retrouve sa trace. »

Le Saint-Lucien accepta volontiers de faire combattre le fameux coq du Blanc-pays Jonas Dupin de Malmaison. Futé, il proposa de lui teinter le plumage des ailes d'une autre couleur et de lui retailler le moignon de crête qui lui restait après moult affrontailles toutes plus féroces les unes que les autres. Ce coq-là était sûrement un maître-savane, un major, mais de près il n'était pas beau. Tout son corps, en particulier le pourtour de sa tête, était marqué par les coups de bec de ses adversaires. Télesphore, un coq à lui sous le bras, se rendit donc au gallodrome de l'Acajou où le coq du béké devait faire son premier combat de convalescent. Il feignit d'ignorer le Saint-Lucien et engagea son volatile dans un combat sans importance que ce dernier gagna sans difficulté. Lorsque le nègre anglais fit son apparition, tous les coqueurs du lieu s'émerveillèrent de la prestance de son coq dans lequel personne ne reconnut Éperon d'Argent. Après quelques hésitations, un mulâtre arrogant accepta de lui opposer le sien et des paris fantastiques s'engagèrent sur leur future joute. Télesphore se garda bien d'ouvrir la bouche et d'exhiber la moindre liasse de billets. L'accordaille qu'il avait passé avec le Saint-Lucien était claire et nette : trois quarts pour lui, un quart pour

126

le nègre anglais. À la sonnerie annonçant l'ouverture
des hostilités, son cœur cessa presque de battre. Il se
crispa sur son banc tandis que les parieurs encoura-
geaient de la voix leurs favoris. Une chaleur insup-
portable envahit vite le petit gallodrome. Dans
l'arène de terre battue, parfaitement circulaire, les
deux coqs s'éperonnaient à qui mieux mieux, recu-
lant, avançant, volant droit devant eux, le bec déjà
ensanglanté.

« *Fouté'y ba mwen !* » (Terrasse-le !) hurlait le
mulâtre à son coq en s'agrippant à la rambarde de
l'arène.

Le nègre anglais demeurait impavide, sûr de son
affaire. Au bout de trois minutes, Éperon d'Argent
avait acculé son adversaire, un coq-faisan du plus
beau bleu, et s'acharnait sur lui, encouragé par les
parieurs. Une onde de joie envahit Télesphore.
Enfin, il pourrait s'acheter un vrai canot, un gommier taillé à même le bois, qui filerait sur les eaux
de la rade de Fort-de-France. Il se dressa au moment
où le coq du béké s'apprêtait à porter l'estocade mais
son cri resta cloué au fond de sa gorge. Une stupeur
s'abattit sur le gallodrome. Le coq du mulâtre dans
un ultime sursaut venait de planter son ergot droit
au beau mitan du cou de son adversaire et Éperon
d'Argent de s'effondrer comme une masse tout en
rendant l'âme. Des hurlements de joie saluèrent cette
victoire inespérée. Le mulâtre bondit dans l'arène et
s'empara de son coq qu'il se mit à embrasser et à
mignonner comme s'il s'était agi d'un nourrisson.
Ses partisans sarabandaient dans les travées, tout
aussi excités et certains se dirigeaient déjà vers la
table des paris afin de recevoir leur dû. Le nègre
anglais jeta un regard douloureux à Télesphore qui

se trouvait sur le banc le plus élevé de l'arène et baissa la tête, accablé.

« *Patat sa !* » (Merde alors !) fit le crieur entre ses dents, incapable de bouger.

Le nègre anglais en profita pour filer comme une mèche, plantant là son associé sous les sarcasmes des coqueurs. L'un d'eux se saisit d'Éperon d'Argent par les pattes et le fit tourner en l'air, le visage hilare. C'en était trop pour le crieur qui s'en alla par la porte de derrière, l'esprit embrouillé par trente-douze mille pensées. Qu'allait-il faire à présent ? Comment annoncer la triste nouvelle à son compère Romule Beausoleil ? Sans doute la réaction du béké serait-elle dévastatrice et, pour de bon, elle le fut. Le Jeudi saint, au petit jour, il vint lui-même au rendez-vous des quarante-quatre marches, à l'en-bas du Morne Pichevin, où une Carmélise penaude et tremblotante lui fit part du décès (par maladie, mentit-elle sans conviction) de son cher Éperon d'Argent. Le Blanc-pays tomba dans une rage démentielle. Il sortit un fouet de cheval de sa voiture et châtia sa femme-dehors sans ménagement sous l'œil intéressé d'une grappe de badauds qui allaient siroter leur absinthe matinale.

« Hé, Blanc, touche pas à cette négresse ! s'interposa l'un d'eux.

— *Tiré tjou'w la !* » (Écarte-toi d'ici !) s'écria en créole Jonas Dupin de Malmaison qui aussitôt se fit reconnaître comme un bougre d'ici même et non un quelconque marin européen comme ceux qui hantaient l'endroit à la brune du soir à la recherche de chair fraîche.

On les laissa tranquilles dans l'instant. Ou plus exactement, on ficha la paix au Blanc-pays qui, certainement, avait d'excellents motifs de foutre une volée à cette coquinasse de Carmélise.

« *Ki moun ki tjwé kôk mwen an ?* » (Qui a tué mon coq ?) la harcelait-il sans cesser de la frapper.

« C'est... c'est monsieur Romule Beausoleil, oui... », mentit-elle pour la troisième fois de sa vie...

5

Avachi sur son lit, dans son appartement aux murs couverts d'étagères où s'entassaient des livres, l'inspecteur Dorval rêvassait, un stylo-bille entre les dents. Il venait de se souvenir qu'il avait reçu la visite, deux mois plus tôt, au commissariat, d'un drôle d'énergumène qui l'avait fait rire aux larmes. Le bougre, vêtu comme quelqu'un qui allait servir de témoin à un mariage, lotionné jusqu'aux pieds, les cheveux gominés, avait voulu déposer plainte contre un certain Romule Beausoleil.

« Je m'appelle Chrisopompe de Pompinasse, avait-il clamé de sa voix de fausset, enfin, vous ne trouverez pas ce nom à l'état civil. Disons que je suis Constant Favier et...

— Âge ? Adresse ? Profession ? lui avait demandé sèchement Hilarion, l'adjoint de Dorval.

— Heu... j'ai trente-deux ans sur ma tête et j'habite tantôt le Morne Pichevin tantôt ailleurs.

— Vous faites quoi dans la vie ? » avait repris Dorval, amusé.

Le coursailleur de jupons s'était contorsionné sur sa chaise, avait levé les yeux au ciel et, d'un ton très ferme, avait déclaré qu'il faisait des études pour devenir avocat, ce qui dérida Hilarion d'ordinaire peu enclin à l'amabilité avec ce genre d'énergumènes.

« Et ta plainte, elle porte sur quoi ?

— Voilà..., commença Chrisopompe de Pompinasse, assez embarrassé, j'ai... j'ai un voisin, un monsieur très bien, il est ramasseur à la tinette municipale... eh ben, un jour, il a découché, il est parti avec une autre femme sans doute, bref il n'a pas baillé d'explications, il a disparu de chez lui pendant des semaines entières.

— Et alors ? C'est pas ton problème. Il a commis un délit, ce gars ? Il a volé quelque chose ? fit Hilarion en durcissant le ton.

— Laissez-moi achever mon histoire, s'il vous plaît... Eh ben, sa concubine se sentait seule. C'est une petite Coulie pas méchante du tout, Ferdine qu'elle s'appelle... elle se sentait seule et je lui faisais la conversation le soir sur le pas de sa porte. On était devenus de bons zigues. Ah ça, oui ! Elle me préparait du macadam pour mon déjeuner.

— Bon-bon, dépêche-toi, s'énerva l'adjoint de Dorval, on n'a pas que ça à faire, figure-toi. »

Chrisopompe de Pompinasse révéla qu'il avait forniqué avec la Coulie sans l'avoir vraiment voulu parce qu'elle était subitement tombée sous le charme d'un chanter de Tino Rossi qu'il aimait à fredonner. Hilarion et Dorval brocantèrent un regard incrédule et pétèrent de rire. Le premier saisit Chrisopompe au collet en lui ordonnant de déguerpir au plus vite du commissariat s'il ne voulait pas que la police s'intéresse de trop près à lui. Le coursailleur de jupons résista, contraignant Hilarion à noter sa plainte :

« Lorsque son homme est rentré, après un sacré bon bout de temps de vagabondage, tout le quartier l'a mis au courant de l'infidélité de sa concubine et comme mamzelle avait plié armes et bagages, il s'est retourné contre ma personne. Il menace de me couper les graines. C'est un bougre costaud, qui aime se battre. Il est champion au damier. Je suis en danger, oui... »

Dorval n'avait plus entendu parler de cette affaire et Hilarion, la jugeant insignifiante, l'avait confiée à un subordonné. Mais, aujourd'hui, il revoyait très nettement la frayeur qui déformait les traits efféminés de ce Chrisopompe de Pompinasse. Son allure prêtait à la dérision mais, en fait, le bougre semblait tout à fait terrorisé à l'idée que Beausoleil le prive de ses parties génitales. Dorval s'assit sur son lit et prit une feuille de papier qu'il plia en quatre.

« Allons-y, tout bêtement, mon pote. Suspects dans cette colonne, motifs dans celle d'à côté... », soliloqua-t-il.

Puis il inscrivit ce qui suit :

Waterloo, major du Bord de Canal : a eu peur d'affronter Romule Beausoleil au combat du damier et l'a fait assassiner ou l'a assassiné lui-même.

Ferdine, la Coulie : a voulu se venger de son ex-concubin et c'est pourquoi elle a disparu de la circulation.

Naïmoutou-père, le prêtre indien d'Au Béraud, parce qu'il mûrissait sa vengeance dès le premier jour où sa fille était partie concubiner avec ce nègre de peu.

Hermancia, la seconde femme de Beausoleil, celle qu'il a retrouvée en rentrant de son initiation au damier, parce qu'elle le jugeait responsable du viol collectif qu'elle avait subi.

Chrisopompe de Pompinasse qui vivait dans la hantise que le ramasseur de tinettes lui coupe les couilles.

Carmélise : à cause de cette histoire de coq de com-

bat qui lui avait valu les pires ennuis avec son Blanc-
pays dont elle était en passe de perdre les faveurs.

Dorval émit un sifflement de perplexité. Cela en faisait des gens qui avaient d'excellentes raisons d'en vouloir à Romule Beausoleil et de le trucider. Une bonne demi-douzaine !

« Devait pas dormir tranquille, ce gars-là... », marmonna-t-il en se servant un rhum vieux.

Philomène, la péripatéticienne la plus prestancieuse du Morne Pichevin, avait été ramassée à deux reprises et conduite au poste à cause des rixes de plus en plus fréquentes qui éclataient aux alentours de ce quartier entre les marins européens et les protecteurs des femmes de mauvaise vie. Les premiers refusaient de payer parfois, jugeant qu'ils faisaient un honneur à une négresse de l'enjamber et les seconds se mettaient dans une rogne du tonnerre de Dieu, organisant des embuscades à leur encontre. Jets de bouteilles vides, volées de coups de roches, coups de poing, cris et injuriées étaient devenus monnaie courante dès que la nuit tombait.

« Je n'ai pas de maquereau sur le dos, protestait-elle. D'ailleurs, je n'ai rien à voir avec ces bagarres. Demandez aux autres filles, vous verrez. »

Effectivement, elle se défendait toute seule contre l'imprévisibilité de ses clients. Elle se vantait d'être une mâle-femme, une femme à deux graines qui conduisait sa vie comme elle l'entendait.

« Je n'ai aimé que deux hommes dans ma vie, proclamait-elle à qui voulait l'entendre, Amédée Mauville et le général de Gaulle. Amédée était professeur de latin au lycée Schœlcher. Il est mort en dissidence à la Dominique pendant la dernière guerre. »

Dorval avait profité de ces rafles pour la questionner sur la vie de Beausoleil. Il ne se résolvait pas à clore le dossier comme l'y incitait de plus en plus fermement le commissaire Renaudin. Il éclaircirait ce mystère, dût-il y mettre plusieurs mois. On enterrait trop vite les victimes dans ce pays et leurs assassins se baladaient avec un peu trop de gloriole à son gré. Dès l'instant où ses collègues lui avaient rétorqué qu'on était sous les Tropiques et pas dans le 14e arrondissement de Paris, ils en avaient terminé avec lui. Dorval s'était juré, en rentrant au pays, qu'il ne se laisserait pas engluer dans le farniente insulaire. Ainsi à force de cuisiner Philomène, la câpresse féerique du Morne Pichevin avait fini par avouer que la soudaine présence d'Hermancia dans la case de Beausoleil, à son retour de Roches-Carrées, n'était pas due au hasard mais à la volonté de Carmélise et d'elle-même de lui faire oublier la Coulie Ferdine. Cette infidèle, cette ingrate l'avait ensorcelé, affirmait Philomène, et notre devoir était de l'aider à échapper à son emprise.

« D'ailleurs, Hermancia est une cousine éloignée à Carmélise, précisa-t-elle. Elle n'avait pas trouvé chaussure à son pied quand nous lui avions proposé l'affaire et elle risquait de finir vieille fille. Nous lui avons rendu service.

— Un fameux service, oui, ironisa l'inspecteur. Nous avons des antennes dans votre quartier, figurez-vous, et nous savons très bien comment s'est déroulé l'accueil d'Hermancia à Morne Pichevin. Dans le Code pénal, ça s'appelle un viol collectif et ça peut coûter vingt ans de prison. Comme elle n'a pas porté plainte, on ne s'en est pas mêlé.

— Qui c'est le traître qui vous a parlé ? s'exclama Philomène pour qui la solidarité de quartier n'était pas un vain mot. Qui ? Ce ma-commère de Chrisopompe de Pompinasse ? Ce prétentieux de Richard ? Ou alors Man Cinna ? Cette boutiquière ne me souffre pas, comme si j'étais la cause de l'éléphantiasis qu'elle porte aux deux pieds. »

Dorval la calma. Il n'était pas question pour lui de dévoiler l'identité de son informateur. Profitant de son avantage, il obligea la péripatéticienne à avouer qu'Hermancia n'avait pas été mise au courant du sort qu'on lui réservait. En fait, elle avait même été victime d'une machination, chose aggravée par le viol, non prémédité admit Dorval, qu'elle eut à subir le jour de la bamboche organisée en son honneur par les habitants du quartier.

« Donc Hermancia n'aimait pas Beausoleil d'amour, conclut Dorval, et ses sanglots, sa mine éplorée lors de la découverte du cadavre, tout ça c'était du faire-semblant, non ?

— Je... je ne sais pas...

— Allons, Philomène, arrêtez ce petit jeu ! Beausoleil aimait Ferdine avec qui il venait de passer dix années sous le même toit et vous voulez me faire croire que, subitement, son cœur a chaviré pour votre Hermancia qu'il ne connaissait ni d'Ève ni d'Adam ?

— Vous oubliez que Ferdine était une infidèle et que tout le monde le savait. En plus, elle s'est enfuie avant son arrivée...

— Halte là ! Vous l'avez obligée à partir. Vous, Philomène, et votre complice Carmélise et, là, c'est toujours mon informateur qui parle. Je n'invente rien. »

La péripatéticienne accusa le coup et reconnut tout ce que Dorval voulait. Elle accepta de conduire Dorval chez la vieille dame à qui la jeune négresse avait servi de dame de compagnie avant d'être piégée par Carmélise. Depuis le meurtre de Beausoleil, Hermancia avait déserté la case de ce dernier et Philomène supposait qu'elle avait trouvé refuge chez son ancienne patronne. Mais la maison de cette dernière au Pont de Chaînes était fermée. Elle semblait même tomber en ruine puisque, à l'étage, une fenêtre déglinguée se balançait au gré du vent. Dorval interrogea les voisins qui déclarèrent que la vieille femme était morte six mois auparavant et que ses héritiers se trouvaient tous en France.

« Je ne suis pas plus curieuse qu'une autre, fit une femme à la bedondaine respectable, mais, il y a quelque temps de cela, on a vu une jeune fille attendre chaque soir devant la porte. Elle avait une petite mallette et ne disait bonjour à personne. Elle pleurait parfois. Et puis, final de compte, une ambulance est venue la chercher.

— Une ambulance ? s'étonna l'inspecteur. Pourquoi ? Elle s'était évanouie ?

— Non... elle déparlait, la pauvresse... »

Pas de doute : Hermancia avait été conduite à l'hôpital psychiatrique de Colson. Elle était tombée folle pour avoir dû supporter tant de péripéties dans un laps de temps aussi rapproché, elle qui avait mené jusque-là une existence végétative auprès de la vieille dame à qui elle servait de dame de compagnie. Avant de se séparer de Philomène, Dorval la mit en garde contre toute nouvelle manigance.

« Sinon, je ne pourrai rien faire pour vous. Déjà vous avez dépassé certaines limites...

— Inspecteur, je vous assure qu'Hermancia joue la comédie. Elle n'est pas plus folle que vous et moi.

— Et pourquoi jouerait-elle la comédie ?

— Eh ben... pour moi, c'est évident. Je n'y avais pas songé au début, déclara Philomène, j'avais pensé

136

que seul Waterloo pouvait être l'assassin de Beausoleil mais, maintenant, je suis presque sûre que c'est Hermancia la coupable. Elle possédait une de ces forces dans les bras, cette jeune négresse ! »

Dorval se promit de lui rendre une petite visite à l'hôpital psychiatrique dès qu'il en aurait le temps. Il fila à Terres-Sainvilles, chez le Chinois Ho-Shen-Sang, pour y goûter une soupe aux vermicelles dont on lui disait le plus grand bien depuis quelque temps. Le restaurant du Chinois faisait en même temps office de boutique et de bar. On y trouvait de tout : depuis les remèdes chinois aux noms imprononçables mais qui se vendaient comme des petits pains jusqu'aux fers à défriser les cheveux en passant par le riz rouge ou les lampes à pétrole. Un véritable capharnaüm dans lequel Ho-Shen-Sang se retrouvait sans la moindre hésitation. Le bougre informait discrètement Dorval sur les allées et venues de Fils-du-Diable-en-personne que l'inspecteur s'était juré d'arrêter. En contrepartie, la police fermait les yeux sur les menus trafics auxquels se livrait la tribu de Ho. Du plus âgé, une créature à la barbe blanche qui lui arrivait jusqu'aux genoux et qui marchait cassée en deux, au plus jeune, qui devait avoir à peine six ans, tout le monde travaillait dans les différents commerces du Chinois, cela de cinq heures du matin à minuit, tous les jours de la semaine, même à Noël.

« Salut, Ho ! Tes affaires roulent ? demanda Dorval en prenant place à une table.

— Bonjour, monsieur l'inspecteur. Ah ! Les affaires ne vont pas comme je voudrais. La vie est devenue raide ces temps-ci, vous savez. Très raide... »

Il servit un verre d'alcool de riz à Dorval ainsi qu'une assiettée de rouleaux de printemps. À cette heure-là, le restaurant était encore désert Les rideaux étaient tirés et Ho n'avait pas besoin de se contorsionner pour livrer les secrets du quartier à Dorval.

« J'ai entendu quelque chose à propos d'un docteur... », commença-t-il en zieutant par précaution autour de lui.

Dorval sourit. Les manœuvres d'approche de Ho lui rappelaient celles d'une mante religieuse qui vient de repérer une proie. Son visage glabre semblait à ces moments-là presque enfantin.

« Un docteur ?

— Oui... le docteur Bertrand Mauville, un chabin-mulâtre aux cheveux roux. Mais si, vous savez qui c'est. Il parle souvent à la radio et on voit sa photo dans les journaux. C'est un monsieur important...

— Et on dit quoi à son sujet ?

— Qu'il ne bande pas ! » chuchota le Chinois.

Dorval rigola franchement et demanda à Ho pourquoi il ne l'approvisionnait pas en remèdes chinois puisque tout ce que l'En-Ville comptait de vieux-corps venait chez lui trouver les moyens d'une nouvelle jouvence sexuelle. Le restaurateur-boutiquier savait fort bien que cela faisait partie des business fort lucratifs auxquels il se livrait et que Dorval pouvait faire cesser du jour au lendemain, d'autant que l'Ordre des pharmaciens avait déposé plusieurs plaintes contre le Chinois.

« On dit aussi qu'il a tout essayé. Tout..., reprit-il. Et... et que Romule Beausoleil l'a emmené chez un séancier de Roches-Carrées.

— Quoi ? Quand ça ?

— Heu... avant sa mort.

— Bien sûr, avant sa mort, couillon ! s'énerva Dorval, mais quand exactement ? »

Ho promit de se renseigner davantage. L'esprit de

l'inspecteur travaillait à cent à l'heure. Il se remémora sa visite surprise chez Grand Z'Ongles, le quimboiseur, et la découverte du docteur Mauville chez ce dernier sous le prétexte de réparer une blessure. Foutaises que tout ça ! Mauville était à nouveau en quête d'un élixir pour redresser sa virilité puisque, très probablement, celui que lui avait fourni Beausoleil n'avait pas eu le succès escompté. Dorval le consigna aussitôt sur sa liste des suspects. Motif : le docteur ne voulait pas que Beausoleil répande à travers l'En-Ville la nouvelle de son impuissance.

« De là à tuer un gars. Non... là, je déconne... », murmura Dorval en rayant mentalement le nom de Bertrand Mauville de sa liste.

Pris d'un doute, il le réinscrivit et demanda à Ho pour la forme des nouvelles de Fils-du-Diable-en-personne mais il avait l'esprit ailleurs. Il sortit en oubliant de régler sa note. Toute cette histoire était bien compliquée. Peut-être même insoluble. Qui sait ? Il avança à l'avenue Jean-Jaurès, saluant coiffeurs et commerçants. Des postes de radio s'égosillaient de partout, créant un vacarme finalement très chaleureux. Un Syrien tenta de l'aguicher avec une paire de chaussures en faux cuir. Un gamin lui soutira quelques sous pour acheter un snow-ball à la grenadine. Dorval réalisa que l'essentiel de ses pensées depuis plus d'un mois était consacré à l'éclaircissement du meurtre de Romule Beausoleil. Pourtant, d'autres crimes tout aussi graves s'étaient produits après celui-là et, n'eût été le zèle de son adjoint Hilarion, le commissaire Renaudin eût pu l'accuser de laxisme. Dorval négligeait tout pour son enquête sur le ramasseur de tinettes. Jusqu'à ses conquêtes féminines qui finirent par le larguer une à une.

« Faut que je me nettoie un peu la tête de cette histoire... », se dit-il en lui-même.

À hauteur de chez Jojo, le coiffeur qui avait l'un des plus beaux coups de peigne de Fort-de-France, une main amicale se saisit de la sienne. Il se retourna pour se trouver face à face avec Télesphore qui venait se faire raser. Dans le minuscule salon, deux hommes jouaient aux dominos en bavardant gaiement avec Jojo qui s'occupait d'un client. Le coiffeur accueillit Dorval avec un large sourire. Il n'aimait pas la maréchaussée mais force était de reconnaître que cet inspecteur-là était sympathique et, en plus, il ressemblait comme deux gouttes d'eau à Sidney Poitier, l'un de ses acteurs préférés après l'immense, l'incomparable Charlton Heston. Comme c'était l'heure des avis d'obsèques sur Radio-Martinique, tout un chacun se cousit la bouche. C'était un rituel auquel nul ne pouvait déroger bien qu'il agaçât un peu Dorval que son séjour prolongé en France avait déshabitué des mœurs locales. Cette fois-ci, il ne put que se féliciter d'avoir été contraint de les écouter.

« Nous avons le regret de vous annoncer le décès de monsieur Edgard Saint-Morel, âgé de quatre-vingt-six ans. Cet avis est diffusé de la part de son fils Germain... Nous avons le regret de vous annoncer le décès de mademoiselle Ferdine Naïmoutou, partie rejoindre le Seigneur à l'âge de vingt-neuf ans. Cet avis est diffusé de la part de son père Vincent Naï-moutou, de ses sœurs Lisa et Josiane, de son frère André. L'enterrement aura lieu à l'église Saint-Antoine des Terres-Sainvilles cet après-midi à seize

140

heures. Le corps sera inhumé au cimetière des pauvres... »

Dorval planta là son monde et se rua au quartier Au Béraud où vivaient les Naïmoutou. Une illumination venait de s'imposer à lui : la malade que soignait Naïmoutou le jour où il lui avait rendu visite n'était, ne pouvait être que Ferdine, sa propre fille. Comment n'y avait-il pas pensé plus tôt !

« Couillon ! Couillon que je suis ! » grommelait-il en courant sur les trottoirs bondés de passants qui le regardaient ahuris.

L'entrée d'Au Béraud était plongée dans un silence bizarre entrecoupé des litanies en tamoul de femmes indiennes. Elles s'étaient rassemblées autour de la case du prêtre et jetait sur celle-ci des pétales de bougainvillées tout en faisant brûler des morceaux d'encens dans des casseroles plates. Dorval s'en voulut de troubler ce rite funéraire. Il freina le pas et fut sur le point de tourner les talons mais une intuition le poussa à résister à cette envie. Il pénétra dans la case de Naïmoutou et vit le corps, à visage découvert cette fois-ci, de Ferdine, allongée sur la même natte que la première fois. Des parents, tous indiens ou métis indiens, étaient agenouillés près de la dépouille et priaient à mi-voix. Naïmoutou ne semblait pas surpris de la venue de l'inspecteur. Il n'opposa aucune résistance aux menottes que celui-ci lui enfila et demanda à sa famille, qui voulait s'interposer, de continuer à veiller sa fille.

« Je n'en ai pas pour longtemps... », leur lança-t-il.

Au commissariat, il refusa tout net de répondre à la moindre question. Il prit un air absent qu'Hilarion interpréta comme du mépris. On le mit en cellule tandis que Dorval faisait le nécessaire pour que le corps de Ferdine ne soit pas inhumé le jour même mais transporté à l'Hôpital civil en vue d'une autopsie.

« Votre affaire Beausoleil paraît relancée, commenta le commissaire Renaudin de son ton désabusé habituel. Finalement, vous aviez peut-être raison de vous entêter, Dorval... »

L'inspecteur reprit sa liste de suspects et entoura le nom de Naïmoutou d'un gros cercle rouge.

Lorsque, au retour de son séjour initiatique à Roches-Carrées, Romule Beausoleil eut regagné son quartier de Morne Pichevin et qu'il y fut accueilli en héros pour avoir terrassé Antonin Persévérant, le grand-maître du damier du Lorrain, lorsque l'ex-ramasseur de la tinette municipale (il avait été passé au grade de conducteur du camion grâce à l'entregent de Philomène) se fut consolé de la disparition de sa petite Coulie chérie de Ferdine et qu'il se fut acclimaté aux chairs planturueuses de la négresse Hermancia, lorsqu'il trouva normal que les pêcheurs lui apportent une part de leur plus belle prise, que les couples viennent le consulter afin qu'il mette un holà dans leurs bisbilles, que les gamins fautifs s'enfuient à sa seule vue ou acceptent stoïquement la calotte qu'il leur flanquait derrière la tête, eh ben à ce moment-là il entra pour de vrai dans sa peau de fier-à-bras.

« *Sé mwen ki majô Môn Pijwen atjèman !* » (Je suis désormais l'homme fort du Morne Pichevin!) se répétait-il, incrédule.

Il avait, en effet, quelque peine à croire que tel était désormais le rôle que le destin lui avait assigné, lui qui n'aimait rien tant que la tranquillité et qui n'avait pour tout vice que les combats de coqs. Il fut

142

même ahuri quand on vint entreposer chez lui le butin que les dockers occasionnels dérobaient régulièrement aux bateaux de la Compagnie générale transatlantique. Rien qu'en se servant modérément dans les caisses de pommes de terre, de jus de raisin ou de morue salée, il n'avait plus besoin de travailler. Et lorsque d'aventure, la maréchaussée exaspérée s'aventurait à la Cour des Trente-Deux Couteaux, c'est à lui que le quartier faisait appel pour négocier la reddition d'un marloupin ou la rétrocession de quelque argenterie de valeur pour laquelle un mulâtre bourgeois avait remué ciel et terre, surtout s'il s'agissait d'un objet de famille.

« Ah, Beausoleil, bravo, mon nègre ! le flattait-on. Tu es le digne remplaçant de major Bérard, oui. »

Or, il avait déjà oublié l'épisode de la défaite de ce dernier et ne montrait aucun empressement à laver l'injure faite au quartier par le sieur Waterloo. Il faut préciser que sa renommée de brillant combattant du damier, initié en plus par cet être de légende qu'était Pa Victor, avait fait le tour de Fort-de-France. Si bien que Waterloo et sa bande de nègres-marrons de Bord de Canal se tenaient à carreau. Ils avaient cessé de venir boissonner dans les caboulots de la route des Religieuses ou de la Transat et de provoquer les gens du Morne Pichevin. Un calme relatif s'était établi entre les protagonistes mais Philomène, rancunière à souhait, mangeait son âme en salade. Elle trépignait de colère dès qu'elle apercevait l'ombre de Waterloo et maugréait :

« Tu ne perds rien pour attendre, toi ! Beausoleil va te fendre le foie en deux morceaux, tu verras. »

Cependant la câpresse féerique soupçonnait ce dernier de s'entêter à rechercher les traces de Ferdine tant il aimait à drivailler du côté des Terres-

Sainvilles ou du Pont de Chaînes, soi-disant parce que entre lui et Fils-du-Diable-en-personne l'amicalité s'était soudain réchauffée. Les deux bougres, accompagnés fréquemment des crieurs Rigobert et Lapin Échaudé, formaient une bande joyeuse dont la principale préoccupation était la fréquentation assidue des gallodromes et des tables de jeu de dés. Philomène avait, sans l'avouer, désapprouvé le fait que Carmélise ait confié à Beausoleil ce coq extraordinaire qui arrachait des cris d'admiration à tous ceux qui le voyaient.

« C'est mon parrain qui me l'a offert », mentit la mère-poussinière qui était d'ailleurs enceinte d'un treizième enfant de père inconnu.

Philomène l'obligea à cracher la vérité, chose qui renforça l'ire de la péripatéticienne. Voilà que cette Carmélise qui ne savait pas tenir sa croupière mêlait des Blancs-pays aux affaires du Morne Pichevin ! Elle, Philomène, qui faisait boutique de ses charmes avec les nègres, les mulâtres, les chabins, les Syriens et les marins européens de passage, s'était toujours refusée à deux races, les békés et les coulis, la première parce que c'étaient des salopards d'esclavagistes, la seconde parce qu'elle la considérait comme plus bas que du caca de chien, selon ses propres termes. À diverses reprises, Carmélise avait tenté de la faire fléchir en faveur de Jonas Dupin de Malmaison ou d'un autre de ses pairs qui l'avait aperçue à Fort-de-France mais Philomène bravachait :

« Je ne suis pas une négresse d'habitation, moi. Je vous laisse les champs de canne et le crachat des commandeurs. »

Bien qu'originaire de la commune rurale du Gros-Morne, elle se sentait souverainement citadine pour avoir participé à la construction du quartier Morne

Pichevin sur cette petite éminence boisée, au sud de l'En-Ville, d'où l'on apercevait d'un côté le port et de l'autre la place de la Savane. Cela avait été un combat mémorable, une véritable épopée. Il avait fallu déboiser au coutelas, y faire monter les planches et la tôle ondulée, résister à la boue et aux moustiques, ne pas se décourager quand le propriétaire des lieux faisait détruire les cases, accueillir les nouveaux arrivants, dompter ceux, plus anciennement installés, qui voulaient profiter de leur détresse, bref il avait fallu établir un ordre au Morne Pichevin et Philomène fut le bras droit de feu major Bérard dans cette tâche. Carmélise, beaucoup plus jeune, n'avait pas expériencé ces temps héroïques et il était compréhensible qu'elle éprouvât une moins grande soif de revanche que la péripatéticienne. Cette dernière tentait de modérer son impatience et gardait toutefois bon espoir qu'un jour ou l'autre Beausoleil, fort de son initiation par le vénérable Pa Victor, affronterait Waterloo car il ne se dérobait pas lorsqu'un combat se présentait. Ainsi il avait fessé sur l'écale du dos Sonson-Mulet, le major de Volga-Plage, démantibulé Ernest Lafleur de Kerlys, Hector Bonséjour qui régnait à l'Ermitage et des tas d'autres fiers-à-bras. À chaque fois, Beausoleil avait confirmé aux yeux de ses supporteurs qu'il était celui qu'habitait le plus de vaillantise.

« *Joy mal nèg nou ni la-a !* » (Quel sacré bonhomme on possède là !) s'extasiait-on à la Cour des Trente-Deux Couteaux.

Une année passa, puis deux et on était sur le point de franchir la troisième quand Philomène décida que la joute tant attendue entre Romule Beausoleil et Waterloo aurait lieu le Samedi-Gloria.

« Soit le Samedi-Gloria soit, au pire, le dimanche de Pâques », se répétait-elle.

Tout le monde était très chrétien dans le quartier sauf monsieur Rigobert qui passait son temps à injurier le Bondieu lequel, à l'entendre, s'était montré trop complaisant envers les Blancs et trop scélérat envers les nègres. Même si, la nuit, on consultait les quimboiseurs nègres ou les prêtres indiens, les gens du Morne Pichevin étaient baptisés, avaient fait leur première communion, portaient parfois une petite croix au cou et fréquentaient tous les dimanches l'église de Sainte-Thérèse, la plus proche de leur quartier. En outre, le Samedi-Gloria était, à travers tout le pays, un jour où se déroulaient les plus beaux combats de damier. Après avoir demandé pardon à la Vierge, à Jésus-Christ, au Saint-Esprit et à Dieu le Père le matin, les combattants s'en allaient, l'après-midi, rompre les os d'un adversaire qui parfois décédait dans les jours qui suivaient. Les abbés, et le premier d'entre eux, l'évêque Henri Varin, comte de la Brunelière, la maréchaussée, Radio-Martinique, les instituteurs et le Gouvernement avaient beau dénoncer cette « barbarie africaine », qui démontrait que « le nègre avait encore un long chemin à parcourir jusqu'à la Civilisation » (le docteur Bertrand Mauville *dixit*), la négraille s'entêtait à se gourmer au son des tambours-bel-air.

« L'année 1964 ne passera pas sans que notre honneur soit lavé », ruminait Philomène qui cherchait désespérément une occasion, un moyen d'attirer l'attention de Romule Beausoleil sur ce pourquoi elle l'avait fait introniser grand maître du damier.

C'est, final de compte, l'annonce — par Radio-bois-patate, toujours bien informée — de la destruction prochaine de Morne Pichevin par les autorités

municipales qui lui en donna l'occasion. Certes, cel-
les-ci avaient usé d'un grandiloquent mot français
encore inconnu dans le quartier, celui de « Rénovation », mais le plus illettré d'entre les nègres savait
fort bien ce qui se cachait derrière lui. D'autant
qu'un conseiller municipal, qui venait rameuter les
foules à la veille des élections, avait laissé échapper
que seuls seraient relogés ceux qui possédaient des
titres de propriété. Or, mis à part la boutiquière Man
Cinna et le contremaître docker Richard qui étaient
parvenus, par on ne sait quel miracle, à s'entendre
avec le propriétaire des lieux, la centaine d'habitants
du Morne Pichevin n'était constituée que d'occupants clandestins. Romule Beausoleil, désormais au
volant du camion de la tinette municipale, avait eu
un jour confirmation de cette infamie et il sentait
bien que tout le monde espérait une réaction de sa
part. On lui faisait confiance. On savait qu'en tant
que major, il ne pouvait pas laisser chasser des
malheureux qui avançaient dans cette chienne de
vie une main devant-une main derrière. Philomène
sauta sur l'occasion :

« À ce qu'il paraît, Waterloo raconte partout qu'on
veut raser le Morne Pichevin parce qu'on est le quartier le plus malfamé d'En-Ville, oui. »

Le sang de Beausoleil ne fit qu'un tour. Il descendit derechef au Bord de Canal et se mit en quête du
fier-à-bras de l'endroit, une rage terrible lui déformant les traits.

« *Ba'y lè !* » (Qu'on lui ouvre le passage !) disaient
les gens à sa vue.

Il trouva Waterloo sur la rive droite du canal
Levassor, en palabre avec deux pêcheurs qui étaient
en train de repeindre leur gommier. Le bougre était
de dos et au frémissement qui étreignit ses compè-

res, il comprit qu'un événement grave était sur le point de se produire. Quand il se retourna, il fut estébécoué de voir que Romule Beausoleil s'était agenouillé sur le sol et qu'à l'aide d'un morceau de charbon de bois, il y traçait une ligne droite. Alertés, des boissonniers du coin sortirent des débits de la Régie où ils tuaient le temps en cognant des dominos avec une mollesse étudiée et s'approchèrent des deux adversaires quoique à distance assez respectueuse. Une conque de lambi se mit à corner l'arrivée des derniers pêcheurs de la journée. Beausoleil fusilla son adversaire du regard et, désignant la ligne du doigt, lui lança :

« Ici, c'est ma mère, de l'autre côté c'est la putaine qui t'a mis au monde. Regarde ce que je lui fais. »

Et le major de damer le sol du pied sur la partie qui était censée représenter la mère de Waterloo, de le piler du talon, de lui cracher dessus. Le fier-à-bras du Bord de Canal était donc défié dans son propre fief et cela de la plus vilaine manière. Il observa le sol qui portait les empreintes des pieds de Beausoleil, ouvrit la bouche pour dire quelque chose avant de se raviser. Puis, très lentement, il avança, enjamba la ligne et fit subir le même sort à la partie qui symbolisait la mère de Beausoleil.

« *Koukoun manman'w té pli laj ki an bonda léfan !* » (La foufoune de ta mère était plus large que le cul d'un éléphant !) éructa-t-il.

Les badauds émirent un murmure d'admiration. Leur major ne les décevrait pas en dépit de la réputation toute neuve de ce Beausoleil qu'on avait toujours connu ramasseur de tinettes et qui, à leurs yeux, le demeurerait toute sa vie quoi qu'il fît. D'ailleurs la municipalité ne projetait-elle pas de raser l'infâme trou à rats où il vivait ? Les bulldozers n'étaient-ils pas déjà prêts à bousculer les cases fétides en tôle ondulée et fibro-ciment qui avaient champignonné à Morne Pichevin ?

« *Sakré nèg Bô Kannal ki ou yé !* » (Espèce de nègre du Bord de Canal !) fit Beausoleil, les lèvres écumantes de colère.

« *Sakré nèg Môn Pijwen ki ou yé !* » (Espèce de nègre du Morne Pichevin !) riposta Waterloo tout aussi hors de lui.

« Fesse-le par terre, oui ! » s'écria une marchande de poissons qui tenait un large panier vide d'une main et un pic à glace impressionnant de l'autre.

Les deux combattants s'arrêtèrent, interloqués.

« Je suis Man Waterloo, fit-elle à l'adresse de Beausoleil, si tu touches à un poil de cheveu de mon homme, tu auras affaire à moi ! »

Le défi étant lancé dans les règles de l'art, les deux lutteurs de damier se calmèrent comme par enchantement. Un supporteur de Waterloo s'approcha de Beausoleil et lui dit dans un français hésitant, sur un ton qui se voulait solennel :

« Tu as piété sur notre territoire. C'est à toi de fixer la date du combat. Que la maudition s'installe sur ta tête de nègre-Guinée !

— Samedi-Gloria.

— Où ça ?

— Là où vous voudrez, répondit Beausoleil. Près de la cascade de Trénelle, ça ne me dérange pas. Ou bien dans la savane de Débrosses, si vous préférez. »

Le supporteur de Waterloo interrogea ce dernier du regard qui acquiesça. Puis le fier-à-bras du Bord de Canal retourna à ses occupations, près du gommier que repeignaient ses deux compères.

« *Watèlo, kouté tibwen, sanmdi-gloriya sé lanmô'w ou ké trapé !* » (Waterloo, écoute un peu, Samedi-

Gloria, tu trouveras ta mort!) lança Beausoleil en s'en retournant à son tour.

À son arrivée au bas des quarante-quatre marches du Morne Pichevin, une grappe d'habitants l'attendait déjà — Radio-bois-patate va vite — pour lui faire fête. Philomène, très excitée, s'écriait :

« À présent, nous avons un homme dans le quartier, foutre! Un vrai homme!

— Qu'ils viennent nous jeter dehors! » renchérit Carmélise dont le ventre énorme ballottait dans sa robe trop serrée.

Ce soir-là, ils burent du rhum jusqu'à plus soif à la lueur de lampes-tempête et de torches de bambous. Un danser s'improvisa grâce à deux négrillons qui se mirent à taper avec des bouts de bois sur une boîte métallique et à la voix entraînante du sieur Chrisopompe de Pompinasse. Mais Philomène prit son protégé à part et lui dit :

« Pâques n'est pas loin, Romule. Je sais que tu es devenu un maître du damier et je ne doute pas de ta victoire mais il te faut un protègement quand même. Les nègres du Bord de Canal traficotent avec des nègres anglais qui sont experts en sorcellerie. Suis-moi! »

Elle le conduisit dans sa case où elle ouvrit le seul livre qu'elle possédait (avec le manuscrit des « Mémoires de céans et d'ailleurs » de son amant, Amédée Mauville, décédé à l'époque de l'amiral Robert) : *L'Enchiridion, recueil d'oraisons admirables par Sa Sainteté le Pape Léon III.*

« Répète après moi, fit-elle. Il faut que ces prières-là restent dans ta tête. Le jour du combat, tu les réciteras à nouveau.

— Mais... j'ai pas de mémoire pour les leçons, Philomène, tenta de protester Beausoleil.

150

— Ne discute pas inutilement ! Allons-y... D'abord les neuf noms de notre Seigneur Jésus-Christ : + Anthos + à nostro + noxio + Bay + Gloy + Apen + Jagia + Agios + Hischiros... bon... Maintenant, une prière pour vaincre les ennemis : la droite du Seigneur a fait voir toute sa force. La droite du Seigneur a montré sa puissance, en m'élevant. La droite du Seigneur a marqué quel est son pouvoir ; la vie ne me sera pas ôtée, mais, au contraire, je vivrai, et je raconterai les merveilles du Seigneur. Le Seigneur m'a puni par sa justice, il m'a châtié à cause de mon crime, mais sa bonté m'a délivré de la mort. Ainsi soit-il. »

Romule Beausoleil se montra aussi bon élève dans la foi chrétienne qu'il l'avait été, à Roches-Carrées, dans celle des esprits nègres et l'apprentissage des règles du damier. Il avait même hâte maintenant que le Samedi-Gloria soit là...

Après que Ferdine, l'Indienne, eut adultéré avec ce déjuponneur de Chrisopompe de Pompinasse qui imitait si bien Tino Rossi et qu'elle se soit trouvée obligée de fuir le Morne Pichevin avant le retour de son concubin, sa première idée fut de se réinstaller dans sa commune natale de Macouba, dans l'extrême-nord de la Martinique. Bouleversée, elle n'avait même pas emporté ses bijoux, même pas le magnifique collier-forçat en or de Cayenne que lui avait offert Beausoleil à l'occasion de son anniversaire l'année d'avant. Le bougre avait dû se ruiner pour l'acquérir ou alors il avait dû s'entendre avec ce chef-voleur de Fils-du-Diable-en-personne face auquel aucune serrure de villa bourgeoise ne résistait. Elle n'y songea qu'au moment où l'autobus démarra à la Croix-Mission et s'en voulut de sa précipitation. Immanquablement, Romule penserait, à la vue du collier abandonné, qu'elle ne l'avait jamais aimé et, cela, elle ne pouvait pas le supporter. Des larmes lui vinrent aux yeux qui attirèrent les regards de ses voisines, de solides marchandes de légumes descendues de la campagne le matin même et qui s'en revenaient la bourse pleine, un sourire de satisfaction sur les lèvres. Car s'il y avait un homme que son cœur avait chéri, un seul homme en trente et un ans d'existence, c'était bien le ramasseur de tinettes. Elle avait dû supporter la maussaderie de son frère (qui pourtant était le collègue de Beausoleil), la rage froide de son père qui menaçait d'appeler les foudres du dieu Maldévilin sur sa tête et quantité d'autres tracasseries à côté desquelles les chiquenaudes racistes des habitants du Morne Pichevin étaient finalement fort peu de chose. À l'arrêt d'autobus de Courbaril-Duchamp, elle eut la tentation de descendre et de refaire le chemin en sens inverse à pied mais elle ne savait pas où aller. Désormais, le quartier Au Béraud où croupissait la race indienne à Fort-de-France, lui était interdit. Elle n'avait même plus guère de nouvelles de son père depuis deux ans. D'ailleurs, elle avait dû lui jurer qu'elle n'enfanterait pas de Beausoleil pour qu'il accepte d'organiser une cérémonie de vœu en l'honneur de la déesse Mariémen afin que cette dernière ôtât l'odeur d'excréments qui s'était incrustée à la longue sur la peau de son homme. Son père lui avait remis une plante, qu'elle avait fait lever derrière sa case, dans un minuscule jardin créole où prospéraient l'oignon-pays, le céleri, la christophine et l'igname, afin que chaque mois elle se prépare un thé-pays qu'elle devait boire à la fin de ses règles. Elle n'osa jamais désobéir à cette promesse et c'est pourquoi tout le monde à Morne Pichevin, à commencer par Beausoleil, la croyait bréhaigne.

« Chaque mois, pendant douze ans, j'ai étouffé un petit être innocent dans mon ventre », songeait-elle au moment où l'autobus atteignit la commune de Trinité.

Elle accepta la farine de manioc mêlée à du sucre et la timbale de limonade que lui offrit l'une de ses voisines de siège mais ne répondit qu'évasivement à ses interrogations. Qui pouvait comprendre sa douleur ? Certainement pas ces bougresses joviales et rondouillardes qui s'esclaffaient durant tout le voyage en racontant à tour de rôle des histoires salaces. Certainement pas ces vieux-corps pensifs qui étaient descendus toucher leur pension à Fort-de-France. Ni même ce chauffeur téméraire qui faisait la course avec un autre autobus et prenait les tournants à la vitesse d'un manège de chevaux de bois. Une seule fois un trafalgar avait éclaté entre Beausoleil et elle. Elle s'en souvenait nettement et y avait vu un présage d'infélicité, voire de malheur. C'est quand cette gourgandine de Carmélise, qui enfantait chaque neuf mois pour un homme différent, lui avait confié un coq de combat pour qu'il le soigne.

« Tu es amateur de combats de coqs, pas soigneur..., avait protesté Ferdine.

— Occupe-toi de tes affaires, s'était vexé Beausoleil. Je fréquente les pitt-à-coqs depuis que je ne porte plus de culotte courte, alors c'est pas à moi que tu vas apprendre ce qu'il faut faire et ce qu'il ne faut pas faire dans ce domaine-là. »

Ferdine avait détesté le volatile aussitôt qu'elle l'avait vu. Certes, il était resplendissant et possédait un plumage du plus bel effet mais elle devinait dans son œil marron, qui brillait trop, une menace sourde qu'elle ne parvenait pas à identifier. Beausoleil lui avait construit une calloge en bois de goyavier et s'occupait lui-même de le nourrir, ce qu'il faisait avec un soin qui ne lui était pas naturel. Le bougre semblait quasiment envoûté par le coq et c'est justement ce qu'elle craignait. Lorsque, à deux heures du matin, il la réveillait pour qu'elle lui prépare son café avant d'aller rejoindre le camion-tinette au pont Démosthène, la première chose qu'il faisait, c'était de le baigner, de lui caresser les ailes, de lui masser les cuisses avec du citron et de lui bailler à manger dans ses mains.

« Il est malade, gravement malade, avait lâché Beausoleil, ne te fie pas à son allure ! Il était presque moribond quand Carmélise me l'a remis. »

Ferdine n'en croyait pas un mot. Cette bête-là cachait quelque chose sous ses airs de grand convalescent. Dès que Beausoleil était parti au travail, elle l'épiait par la fenêtre pour voir s'il ne se ragaillardissait pas, cela des heures durant. Puis un beau jour, la calloge disparut. Ferdine avait entendu Beausoleil comploter avec Rigobert et Télesphore, les deux crieurs de magasins de Syriens, l'avant-veille. Quand elle demanda à son homme des nouvelles du volatile, ce dernier rétorqua, brutal :

« Comment ? C'est pas toi qui ne pouvais pas le souffrir ? Eh ben, je t'en ai débarrassé et maintenant fous-moi la paix ! »

Mis à part cette fâcherie, il n'y avait guère de nuages dans leur union. Ferdine sortait peu et ne fréquentait pas les maquerelleuses qui s'asseyaient l'après-midi à l'ombre du quénettier de la Cour des Trente-Deux Couteaux pour distiller des ragots sur autrui. Elle se savait l'objet de railleries mais s'était toujours refusée à amadouer celles qui menaient la danse à savoir Philomène, la péripatéticienne, et son amie-ma-cocotte de Carmélise. Parfois, elle entendait la première apostropher Beausoleil :

« Hé mon nègre, ta Coulie fait la fière ou quoi ?

— Ne l'embêtez pas ! faisait le ramasseur de tinettes. Cette femme-là est aussi bonne que du pain-doux, oui. »

Il faut dire que Ferdine, bien qu'elle ne l'ait jamais montré, n'appréciait pas du tout l'espèce de familiarité, d'intimité même qui existait entre son homme et la câpresse féerique. Ce n'est pas parce qu'elle était la plus belle créature du monde qu'elle devait se croire le droit de régenter la vie des gens, enrageait Ferdine. Mais, Philomène, impériale, n'avait cure des mimiques boudeuses de la Coulie. Elle pénétrait dans leur case comme dans un moulin, s'asseyait et partageait le rhum avec Beausoleil à n'importe quelle heure du jour et de la nuit sans que ce dernier esquissât le moindre geste d'impatience ou d'agacement. Il était complètement sous le charme de la péripatéticienne et Ferdine sentait bien qu'elle aurait beau tempêter, rien ne le briserait. Au fur et à mesure que les années passaient, cette emprise se faisait plus forte. Philomène ne saluait même plus Ferdine ou alors lui baillait une tape condescendante sur l'épaule avant de s'entretenir avec Beausoleil. La Coulie pressentait, là encore, que cette relation ne manquerait pas de provoquer une catastrophe au sein de leur couple un jour prochain et envisageait de plus en plus sérieusement de convaincre son homme d'aller vivre dans un autre quartier. Elle avait entendu dire qu'à Rivière l'Or, les gens occupaient, sans qu'il y ait la moindre réaction des autorités, des terres ayant appartenu à une ancienne distillerie. Lorsqu'elle s'en ouvrit à Beausoleil, celui-ci éclata d'une sainte colère :

« Tu es folle dans le mitan de la tête, eh ben Bondieu ! Je suis comme qui dirait un natif-natal du Morne Pichevin et je le resterai jusqu'à ma mort. Tu m'entends ? Quand je suis arrivé ici en 1937, il n'y avait que quatre cases et des halliers partout. On a dû déboiser au coutelas. Tout le monde ici me connaît, je suis l'ami de tout le monde et tu voudrais que j'aille vivre parmi des étrangers. Jamais pas ! »

Radio-bois-patate lui fournit l'occasion de revenir à la charge une nouvelle fois. Celle-ci avait diffusé le bruit que la mairie voulait raser le quartier pour y construire des maisons neuves que personne autour d'eux n'aurait les moyens d'acquérir. La mine, en général gouailleuse, des habitants du Morne Pichevin s'était assombrie et on ne discuta plus que de cela pendant un bon paquet de mois.

« M'en fous ! avait gueulé le ramasseur de tinettes. Que ces chiens-fer de la mairie posent la pointe du petit orteil ici et ils verront à quelle race nous appartenons, foutre ! »

Il ne blaguait pas. Les hommes avaient rassemblé des roches à l'en-haut des quarante-quatre marches en prévision d'une attaque de la maréchaussée. Leurs femmes aiguisaient jambettes, coutelas et becs d'espadon-mère avec une détermination farouche. Emportée par l'enthousiasme ambiant Ferdine avait fini par se joindre au groupe de négresses-majorines qui charroyait des planches en vue de barricader les entrées du quartier autres que celle de l'escalier des quarante-quatre marches. À cette occasion-là, elle avait ressenti comme un début d'acceptation de la part des plus mouches-à-miel d'entre ses voisines mais, dès que la rumeur du bulldozage du Morne

Pichevin s'éteignit, tout redevint comme avant. Ferdine, perdue dans ses songeries, finit par s'endormir dans l'autobus et ne le vit pas arriver à Macouba où elle n'avait pas pu prévenir sa parentèle. C'est le chauffeur qui la secoua après que toutes les marchandes soient descendues. Il était aux approchants de six heures du soir et la nuit menaçait de tomber avec sa brusquerie habituelle. Or, Ferdine avait encore huit bons kilomètres à abattre avant de parvenir à l'habitation Gradys où ses oncles étaient employés, notamment Tengamen Zwazo qui était un sage indien de la plus haute réputation.

« Tu dors où, ma petite dame ? lui demanda le chauffeur d'un air égrillard.

— À Gradys. Tu m'emmènes ? fit Ferdine dans un élan de hardiesse.

— J'ai fini mon trajet pour aujourd'hui mais, pour une aussi jolie petite capistrelle que toi, je vais faire un effort. Tu t'appelles comment ?

— Ferdine Naïmoutou.

— Ah bon ! Je connais ta famille. Où tu vivais pour que je n'aie jamais vu ta figure auparavant ?

— En ville.

— Bien-bien-bien... écoute ma fille, je descends à Fort-de-France trois fois par semaine. Je suis toujours stationné à la Croix-Mission. Si un jour, l'envie te prend, viens me voir, je me marie avec toi tout-de-suitement. »

Et le bougre d'éclater de rire, ce qui dérida la jeune fille à son tour. La nuit était tombée sur la plantation Gradys lorsqu'ils y arrivèrent. Les cases à nègres et à Coulis étaient fermées dur comme clou et seules les fines lueurs des lumignons transparaissaient à travers les fentes des cloisons. Ferdine ne savait à quelle porte frapper. Il y avait si longtemps qu'elle avait quitté cette campagne, à l'âge de dix ou onze ans probablement ! Elle erra dans le sentier qui traversait le hameau, indécise et déjà apeurée par les bruits étranges émanant des grands bois environnants lorsqu'une fenêtre s'ouvrit et Tengamen le vénérable lui dit :

« Viens ma fille ! Nous t'attendions. Ta paillasse est déjà prête. Il y a une bassine d'eau derrière la case, lave-toi les pieds avec. Tu as faim ?

— Non... non, tonton.

— C'est bien. Je vais me coucher. On parlera demain. Referme bien le taquet de la porte. »

Ferdine passa l'une des plus belles nuits de sa vie. Elle rêva qu'elle voyageait dans l'Inde heureuse dans un nuage de pétales de roses et de bougainvillées, accompagnée de chants de gloire et qu'elle faisait ses ablutions dans un fleuve si immense qu'il semblait, à l'horizon, avaler le ciel. Des tambours-matalon résonnaient dans la voûte des manguiers gigantesques et une musique céleste enveloppait les êtres et les choses. Que la terre indienne était douce ! Plus douce que sirop-miel ! Plus tendre que le sourire d'un nourrisson ! Au matin, Tengamen fut tout sourire. Il lui demanda :

« Ton voyage s'est bien passé ?

— Fatigant, tonton... Je me suis endormie dans l'autobus dès Marigot.

— Je ne parle pas de ce voyage-là mais de celui que je t'ai fait accomplir cette nuit. »

Ferdine retint un « oh » de stupéfaction. Elle faillit renverser le bol d'eau de café que lui avait servi la femme du vieil érudit. Sans attendre sa réponse, ce dernier déclara :

« Justement, on manque de bras ces temps-ci. J'ai bien besoin d'une amarreuse supplémentaire. Ama, prête de vieilles hardes à cette jeune fille. Qu'elle s'habille et qu'elle nous rejoigne sur la parcelle Boucan-Mêlé pour sept heures au plus tard ! »

Ainsi Ferdine qui n'avait jamais connu que les rues animées de l'En-Ville et la cohue des voitures fut-elle jetée dans l'enfer de la canne à sucre. Son job consistait à s'aligner derrière un coupeur de canne et à amarrer par bouts de dix la canne qu'il venait de sectionner en trois morceaux. Travail éreintant sous un soleil sans pitié, au mitan des fourmis rouges et des serpents-fer-de-lance. Travail qui la brisa le second jour à la fin duquel elle tomba évanouie à même le champ, les jambes enflées et le plat des mains décoré de vilaines ampoules. Pendant les trois jours suivants, elle demeura dans un état d'hébétude, assise à scruter dans le vague, sous la véranda de la case de Tengamen, son grand-oncle, celui qui avait transmis le savoir à son père avant que ce dernier n'émigre à Fort-de-France.

« Cette vie-là n'est pas faite pour toi, conclut le vénérable. Que Nagourmira, Mariémen et Bomi te protègent ! »

Alors Ferdine comprit qu'il lui demandait de regagner ses pénates. Elle reprit l'autobus, plus guillerette qu'à l'aller, bavarda même pendant une bonne moitié du trajet avec le chauffeur qui avait vraiment d'honnêtes intentions et débarqua sans crier gare au quartier Au Béraud. Son père était occupé à préparer un autel pour une prochaine cérémonie. Il la regarda sans étonnement et lui dit :

« Moi aussi, je t'attendais. Depuis un bon siècle de temps, oui. Entre ! »

6

Dorval n'avait jamais eu à enquêter dans le milieu des grands planteurs blancs créoles de la Martinique et n'y avait d'ailleurs, à l'instar de ses collègues de l'Hôtel de Police, jamais pénétré. La noblesse coloniale réglait ses différends soit à l'amiable soit en exilant les protagonistes en Guadeloupe, à Puerto-Rico ou carrément aux États-Unis. Elle avait horreur que la justice, ou toute autre forme d'administration, mette le nez dans ses affaires et le faisait comprendre aux hauts fonctionnaires hexagonaux fraîchement débarqués dans l'île, à commencer par le préfet. C'est le doigt sur la couture du pantalon que ce dernier répondait aux admonestations téléphoniques du chef de la caste, Henri Salin du Bercy, pétainiste notoire du temps de l'amiral Robert, qui avait pu échapper à l'épuration grâce à l'éloignement des îles françaises d'Amérique.

« Tu y vas sans moi..., lui avait glissé Hilarion, son adjoint lorsque l'inspecteur émit l'idée d'aller interroger Jonas Dupin de Malmaison à Château-Plaisance, imposante villa créole située au cœur même des plantations de celui-ci.

— L'esclavage a été aboli en 1848, je crois, ironisa Dorval.

— Je sais... mais, au fait, tu as averti le commissaire Renaudin. Ça fera du raffut, ton histoire...

— Écoute-moi bien, Hilarion, c'est moi qui ai la responsabilité de cette enquête et je n'ai pas à lui rapporter mes moindres faits et gestes.

— Comme tu voudras. Tu ne diras pas que je ne t'ai pas mis en garde. »

Dorval refusait de capituler. Son supérieur hiérarchique avait eu beau lui démontrer l'absurdité qu'il y avait à chercher le pourquoi du meurtre d'un nègre des bas quartiers, notoirement enmanché avec des voleurs et des gredins de la pire espèce, le sosie de Sidney Poitier s'entêtait. Romule Beausoleil n'était peut-être qu'un conducteur de tinette municipale, il vivotait certes dans une case du quartier sordide du Morne Pichevin mais ce n'était pas une raison pour que son assassin continue à vivre sa vie comme si de rien n'était. Il y avait quelqu'un qui, au petit matin du Samedi-Gloria, alors que Beausoleil était sur le point de disputer le combat de sa vie, l'avait attiré près des latrines du pont Démosthène et lui avait enfoncé un pic à glace sous le menton. Quelqu'un ou quelqu'une. Naïmoutou-père avait été rapidement mis hors de cause mais pas libéré car il avait laissé délibérément mourir sa fille Ferdine. Non-assistance à personne en danger, lui avait asséné Dorval lorsque, au bout de six heures d'interrogatoire, il fut évident que le prêtre indien n'avait pas pu tuer Beausoleil. En effet, lorsqu'il officiait dans une cérémonie, il avait l'obligation de suivre un certain nombre de prescriptions, toutes très strictes, faute de quoi il pouvait la rater et du même coup perdre tout aura auprès de celui qui l'avait commanditée mais aussi des fidèles.

« Pendant trois semaines, avait-il expliqué, je ne

dois ni boire ni fumer ni avoir de relations sexuelles. Tous les matins, je dois me laver le corps avec du lait de vache fraîchement tiré et je dois jeûner jusqu'au soir. L'essentiel de mon temps se passe en prières... Monsieur Ardaye m'avait demandé de lui préparer une cérémonie d'offrande à Bomi pour que son fils qui fait ses études à Bordeaux réussisse à ses examens. »

Cela avait pu être aisément vérifié. Monsieur Ardaye, l'un des rares Indiens occupant une position enviable, était le chef du service de propreté de la ville de Fort-de-France et c'est lui qui avait recruté en masse des balayeurs et des éboueurs de sa race au début du siècle pour leur éviter de clochardiser dans l'attente de leur rapatriement en Inde, une fois leur contrat achevé. Ce patriarche avait pris sa retraite depuis 1950 mais continuait à garder un œil sur tout ce qui avait trait à ce service. Il avait fait de Naïmoutou son protégé à cause des connaissances religieuses de ce dernier et de sa relative maîtrise de la langue tamoule. La cérémonie avait été fixée au Vendredi saint et avait bien eu lieu, donc il n'était pas pensable que Naïmoutou ait cherché à venger sa fille à ce moment-là.

« Si Ferdine a sombré dans la débauche, avait-il dit, c'est parce qu'un jour, je m'étais saoulé la veille d'une cérémonie et que je n'ai pas pu trancher la tête du mouton d'un seul coup. Ma main a tremblé. Nagourmira m'a puni... la colère des dieux peut être terrible.

— Pourquoi n'avez-vous pas conduit votre fille à l'hôpital ou au moins l'avoir fait consulter par un médecin ? demanda Dorval.

— Ferdine était tombée chimérique, je vous l'ai déjà répété cinquante fois. Quand elle est revenue vivre avec moi, je l'ai reçue comme une enfant prodigue. Tout le quartier peut en témoigner. C'est vrai que pendant des années, j'avais désiré sa mort. Je ne pouvais pas supporter qu'elle concubine avec ce nègre sans foi ni loi de Beausoleil mais c'était ma seule fille et j'avais décidé de lui pardonner. Seulement, elle ne mangeait plus. Elle restait prostrée pendant la journée, ne parlait avec personne, refusait de sortir de la maison. La tristesse la rongeait de l'intérieur et contre ça, aucun médecin ni aucun hôpital ne peut rien. Moi-même, j'ai essayé de la sauver et...

— Bon sang ! C'était elle que vous soigniez le jour où je suis passé chez vous ? fit Dorval en écarquillant les sourcils. C'est elle que vous cachiez sous un drap rouge ?

— Oui, inspecteur... c'était ma fille. Elle n'a pas eu de mère, la pauvre. Ma femme est morte en couches... donc, à force de ne rien manger, Ferdine était devenue maigre comme un bâton-lélé. Ses os crevaient presque sa peau et elle n'arrivait même plus à se tenir debout. »

Naïmoutou fondit en larmes ce qui désarçonna Dorval et ses adjoints. L'homme avait l'air on ne peut plus sincère et Hilarion était d'avis qu'on le libérât provisoirement. Dorval avait toutefois sa petite idée : il prolongerait l'incarcération du prêtre indien de quelques semaines pour que l'assassin de Beausoleil s'imagine que, désormais, il avait échappé à la justice. Il ne serait plus sur ses gardes et, inévitablement, il finirait par commettre quelque imprudence. Au moment où on allait l'embarquer à bord du car de police pour regagner la prison de Fort-de-France, Naïmoutou demanda à parler à Dorval en particulier.

« Quelque chose me revient, inspecteur...

— Dites toujours.

— Ferdine parlait souvent d'un coq de combat que le béké de Malmaison avait confié à Beausoleil. Un coq extraordinaire à ce qu'il paraît. Un beau jour, le coq a disparu. Soit il a été volé soit il est mort, ma fille n'a jamais su ce qui s'est passé mais elle affirmait qu'à la suite de ça, Beausoleil a eu de gros ennuis.

— Quel genre d'ennuis ?

— Ça, elle ne me l'a pas précisé...

— Pourquoi vous me dites ça maintenant ?

— Pour rien, inspecteur... pour vous montrer que ce Beausoleil n'était pas le brave bougre que vous croyiez. Il avait beaucoup de vices. Il jouait au sèrbi, il était amateur de combats de coqs, il se gourmait au damier... »

Lorsque la voiture de fonction aborda l'allée légèrement sinueuse, bordée de chaque côté de palmiers royaux, qui conduisait à Château-Plaisance, Dorval ne put retenir un sifflement d'admiration. Mais aussitôt une manière de timidité l'envahit et il se mit à rouler au pas alors que la route était parfaitement empierrée. Il déboucha devant un vaste perron d'une blancheur éclatante, orné de deux jarres en grès débordantes de fleurs. La demeure, elle, était si imposante — elle avait été construite en style louisianais — que le policier demeura un bref instant sans réaction. Il ne vit pas arriver une grosse nounou noire, mamelue et fessue, les cheveux noués par un madras rouge vif, qui donnait la main à un garçonnet blanc. Elle avait jailli de la véranda, l'air sévère, comme prête à affronter un ennemi. Avant même que Dorval eût ouvert la bouche, elle déclara :

164

« Missié Jonas n'est pas là. Il ne reçoit pas le mardi. Vous avez téléphoné ?

— Je peux parler à son épouse ? »

La nounou parut épouvantée. Ou plutôt scandalisée. Ses traits grossiers se déformaient sous l'effet des mimiques qui les agitaient en permanence. La parfaite négresse de plantation, pensa Dorval.

« Mais... mais madame ne vous connaît pas. Elle...

— Je peux entrer ?

— Quoi ! Non ! Ne faites pas ça ! Missié va être enragé après moi. Revenez demain. »

Et elle fit barrage de son corps à Dorval qui avait gravi les premières marches du perron. Elle semblait au bord de l'hystérie.

« Justina, va préparer le manger de Baudouin ! » tonna une voix masculine qui fit sursauter tant la nounou que le policier.

Jonas Dupin de Malmaison, encore en tenue de cheval, apparut au balcon du premier étage et jeta un regard lourd de mépris à celui qu'il confondit d'abord avec un de ces nègres qui défilaient à Château-Plaisance afin de quémander un job, l'accablant de leurs litanies de flatteries. Dorval lui présenta sa carte :

« Mille excuses pour le dérangement. Police !

— Comment vous vous adressez à moi là ? hurla le béké. Déguerpissez de chez moi immédiatement, tonnerre de Brest ! Voilà ce qui arrive quand on apprend à lire à ces singes. Justina, fais rentrer Baudouin. Tu es devenue sourde ou quoi ? »

Le planteur descendit d'un pas agité l'escalier de bois en colimaçon qui reliait le premier étage de la maison au rez-de-chaussée et que l'on apercevait du perron en dépit de la douce pénombre qui régnait à l'intérieur. Ses bottes faisaient craquer les marches d'un bruit sinistre. La nounou, affolée, entraîna le garçonnet en relevant ses jupes, manquant de chuter sur la véranda. Dorval garda l'apparence du calme absolu mais une sorte de nervosité lui fit battre les paupières plusieurs fois de suite.

« Vous voulez quoi ? aboya le Grand Blanc dont le visage cramoisi lui donnait l'air d'être au bord de l'apoplexie. Moi, j'ai une tonne de travail à abattre aujourd'hui. La récolte va se terminer dans trois semaines et je n'ai pas livré tout mon contingent de cannes à l'usine. Je suis pas fonctionnaire, moi !

— Je suis venu vous parler d'Éperon d'Argent... »

Le béké tiqua. Cessant de fouetter ses bottes, il observa plus attentivement son interlocuteur. Dorval était le type même de nègre qu'il abhorrait : rasé de près, élégamment vêtu, parlant un français presque sans accent créole et surtout peu intimidé par son regard bleu de descendant de colon.

« Ah ! Le gouvernement a recommencé avec sa lubie de vouloir interdire les combats de coqs. On n'est pas en France ici, monsieur. On est dans une colonie. Ça fait trois siècles que nous faisons les coqs se battre. Si ça dérange les bonnes âmes de là-bas, elles n'ont qu'à...

— Il ne s'agit pas de ça. Vous aviez confié Éperon d'Argent à un nommé Romule Beausoleil et ce dernier a été retrouvé assassiné le mois dernier. »

Jonas Dupin de Malmaison était si furieux d'avoir été interrompu par Dorval qu'il suffoquait. Il descendit le perron, sembla hésiter et déclara :

« Suivez-moi. Je vous le répète : je ne suis pas fonctionnaire, moi. Vous, votre paye tombe tous les mois qu'il pleuve ou qu'il vente. Moi, je dois achever ma récolte. J'ai soixante-trois ouvriers agricoles à payer chaque semaine. »

Deux vastes bâtiments se dressaient derrière Château-Plaisance : l'un qui servait de cuisine où des négrillonnes babillardes s'activaient à éplucher des ignames ; l'autre portait l'inscription « ÉCONOMAT ». Le planteur se dirigea vers ce dernier, pestant toujours contre l'administration qui importunait les honnêtes gens tout en les pressurant d'impôts.

« Éperon d'Argent était une sacrée bête, fit-il. Ce coq-là n'a pas perdu un seul combat en deux ans... hon ! Alors bien sûr, ça faisait des jaloux... »

L'économat n'était qu'une pièce à moitié vide dont tout un angle était occupé par un bureau et des dossiers de grand format qui s'empilaient à même le plancher. Un chabin portant des lunettes à fine monture était plongé dans l'un d'eux et ne les vit pas arriver.

« Ti Victor, fit le planteur, comment vont les choses ce matin ? »

Et se tournant vers Dorval, ajouta :

« C'est mon géreur. Un type très compétent...

Sans regarder le policier, le chabin sourit et fit tourner son stylo entre ses doigts d'un air satisfait. Dorval remarqua qu'il avait un sixième doigt à la main gauche.

« Pas mal, monsieur, répondit-il, Pièce Séguineau a été entièrement coupée. On y a fait cinquante-deux piles.

— Ah formidable !

— La canne de Formose est meilleure que la BH. C'est vrai qu'elle est fragile mais, quand elle a bien pris dans le sol, elle grimpe.

— Et Pièce Monsigny ? » demanda de Malmaison.

Le visage du géreur se rembrunit. Il ferma son dossier et le rangea sur une petite étagère qui surmontait le bureau.

« Par contre là, on a quelques petits ennuis, fit-il, embarrassé. Depuis quelques jours, il nous manque quatre coupeurs et Nicaise, l'amarreuse qui a été piquée par un serpent, n'a toujours pas repris.

— Faut embaucher des gens du Diamant ou de Sainte-Luce, fit le planteur. Cette année, je veux être au clair avec l'usine. »

Tandis qu'ils continuaient à discuter de la bonne marche de la plantation, Dorval cherchait le moyen de revenir à Éperon d'Argent. Son regard fut attiré par des espèces d'affichettes clouées aux murs de l'économat sur lesquelles le géreur, très probablement, avait inscrit des indications chiffrées et des noms de travailleurs agricoles. L'écriture appliquée de ce dernier l'intrigua mais de Malmaison ne lui donna pas l'occasion d'interroger le chabin.

« Bon-bon, je suis rassuré, fit-il. Allons voir les coqs puisque ça a l'air de vous intéresser. Hé ! Ti Victor, mets-moi la pression sur les arrimeurs. J'ai l'impression que ces bougres-là fainéantent. J'ai vu des piles de canne entassées près de la gare hier matin. »

Le planteur traversa l'immense cour de terre battue qui s'étendait devant Château-Plaisance, salué bien bas par des valets obséquieux auxquels il ne répondait que par un grognement. Tout le monde faisait mine d'être affairé à la vue du Blanc-pays mais Dorval devina que, dès que celui-ci avait le dos tourné, la plupart d'entre eux se prélassaient tranquillement à l'ombre des magnolias et des zamanas majestueux.

« En fait, je ne m'occupe pas personnellement de mes coqs, fit le planteur. J'ai un soigneur qui a un don pour ça. Il suffit qu'il caresse les plumes d'un coq pour que la bête lui obéisse. C'est pas facile à dresser un coq de combat, vous savez... »

168

Ils arrivèrent dans un sous-bois où étaient alignées un nombre incroyable de calloges. Un nègre borgne distribuait du maïs à quelques volatiles qu'il avait libérés mais qu'il retenait par une ficelle attachée à leur patte.

« *Tout bagay ka woulé ?* (Tout baigne ?) lui demanda le planteur, jovial.

— Comme ci-comme ça, patron, répondit le soigneur qui était vraiment hideux.

— Il était amoureux d'Éperon d'Argent, reprit de Malmaison en prenant Dorval par le bras. Le coq dormait dans sa case, jamais dehors. Pas vrai qu'Éperon d'Argent était comme ton fils, hein ? »

Le borgne sourit faiblement. Une lueur de tristesse ennuagea son unique œil dont la fixité mit Dorval mal à l'aise.

« Je peux lui parler seul à seul ? demanda Dorval.

— Pardon ? C'est mon bras droit, ce nègre-là. Ça fait vingt ans et des poussières que, tous les jours, lui et moi, on élève des coqs. Il n'a rien à me cacher, ni moi non plus. Pas vrai, compère ?

— Oui, missié...

— Vous ne travaillez tout de même pas le Vendredi saint ? demanda Dorval.

— Il n'y a pas de jours fériés pour les coqs, intervint le planteur. Un coq n'est pas un fonctionnaire. Il doit s'entraîner sans arrêt s'il veut gagner ses combats. Il suffit que vous le négligiez un jour ou deux pour qu'il perde les bons réflexes. Pas vrai, mon bougre ?

— C'est vrai, missié... »

Dorval était partagé entre le dégoût et la pitié devant ce vieil homme cassé qui avait passé l'entièreté de son existence à satisfaire la passion gallodromique de son patron et cela probablement sans obtenir grande rétribution. Quand il ne serait plus bon à rien, Jonas Dupin de Malmaison lui offrirait quelques carreaux de terre ingrate aux marges de sa plantation, comme c'était l'usage.

« C'est si vrai, insista le planteur, que c'est un coq qu'on avait trop négligé qui lui a crevé l'œil. À l'époque, mon soigneur venait d'entrer dans le métier de soigneur et perdait beaucoup de temps à courir les femmes. Quand il a ôté le coq de sa calloge, la bête n'a pas fait ni une ni deux, elle lui a enfoncé son bec dans l'œil. Tu t'en souviens, mon bougre ?

— Hélas, oui, missié... »

Dorval comprit qu'il n'y aurait rien à tirer du vieux nègre éborgné. Le planteur revenait déjà à Château-Plaisance, rasséréné.

« Tout de même, fit le policier. Quand vous avez appris la mort d'Éperon d'Argent, vous...

— Allez droit au fait, monsieur ! J'entends dire ici et là que j'aurais fait assassiner ce Romule Beausoleil qui avait prétendu sauver mon coq. Pff ! Les gens racontent n'importe quoi. Éperon d'Argent était fichu, bel et bien fichu. Quand un animal va sur le déclin, ça se voit, croyez le vieil amateur de combats de coqs que je suis.

— Pourquoi l'avoir confié à Beausoleil alors ?

— Oh ! Pour faire plaisir à une petite concubine que j'ai au Morne Pichevin. Carmélise, c'est son nom. Elle s'imaginait ainsi... comment dire... y gagner du prestige à mes yeux. Ha-ha-ha !

— Pendant la Semaine sainte, votre soigneur n'a pas quitté Château-Plaisance ? Il a de la famille, non ? »

Le planteur s'esclaffa.

« Lui de la famille ? C'est un orphelin que mon père a recueilli bébé. On a été élevés comme des frè-

res ici. Le jour où il mettra le nez hors de la plantation, croyez-moi, ce jour-là les coqs auront des
dents. Ha-ha-ha ! Que ce soit à Noël, pendant le Carnaval ou à Pâques, il est mon seul employé à garder
la maison. Le seul ! Tous les autres partent en drivaille, bien sûr. »

Lorsque l'inspecteur Dorval quitta Château-Plaisance, il eut l'étrange sensation d'avoir pénétré dans
un autre monde, d'avoir remonté le temps même.
Bien qu'on fût en 1964, cette plantation lui donnait
l'impression de n'avoir pas bougé d'une maille
depuis 1800. Fallait-il rayer de Malmaison et son soigneur de la liste des suspects ?...

À quelques jours du Jeudi saint, une fièvre s'empara du quartier Morne Pichevin. Le grand jour
approchait, celui du combat, qu'on savait à l'avance
mortel, entre Romule Beausoleil et Waterloo, l'impu-
dent major du quartier Bord de Canal. Le conducteur de camion-tinette était traité à l'instar d'un roi.
Man Cinna, la boutiquière, n'inscrivait même plus
les commissions qu'il achetait sur son carnet de crédit. Richard, le contremaître docker, lui rapportait la
meilleure part du butin récupéré dans les cales des
bateaux de la Transat. Mais c'est Philomène qui se
montrait la plus radieuse, la plus attentive envers le
combattant de damier. Elle avait cessé de se saouler
à la bière « Lorraine » dès la brune du soir et passait
de case en case pour raffermir le moral de ses
troupes :

« Dès que Beausoleil en aura fini avec la peau de
Waterloo, mes amis, on organisera la défense de nos
maisons. Si la mairie croit qu'elle rasera le Morne
Pichevin, elle se trompe, foutre !

— On leur fera avaler leur grand mot de "Rénovation", vous verrez ! » appuya Carmélise.

Mais la pénurie de crabes de terre, élément indispensable au matoutou consommé à Pâques, embêtait plus d'un. On avait beau tendre des ratières dans les halliers environnants, c'est à peine si on parvenait à attraper deux ou trois crabes de bien piètre aspect. La sécheresse extrême qui sévissait dans le pays semblait être la cause de ce dérangement inhabituel qui faisait ronchonner Rigobert, le crieur :

« Voilà qu'au jour d'aujourd'hui, on sera obligé d'acheter des crabes au marché, messieurs et dames ! Foutre que la vie du nègre est raide sur cette terre. Non ! Non ! Non ! »

Romule Beausoleil s'était retranché derrière une impassibilité qui impressionnait le monde mais qui, en fait, masquait une réelle anxiété à mesure que la date fatidique du Samedi-Gloria approchait. Il n'ignorait pas que la réputation du sieur Waterloo n'était pas surfaite. Il avait vu combattre le nègre-Guinée. C'était un démon au damier. Quand il pliait les genoux et tournoyait sur ses reins pour balancer son coup de pied au ventre de l'adversaire, les spectateurs ne pouvaient s'empêcher de retenir leur souffle. Waterloo alliait puissance et belleté du geste. Ce n'était pas un lutteur grosso-modo, une brute maladroite comme ceux que Beausoleil avait affrontés et défaits depuis son retour de Roches-Carrées, le fief de Pa Victor.

« Honneur et respect sur la tête de Waterloo, oui ! » murmurait-il comme pour se rassurer.

Au moins n'y aurait-il pour lui aucune honte à être défait par un tel adversaire. Une nuit, il fit un rêve curieux : il avait retrouvé Ferdine, sa Coulie adorée, au bord d'une rivière si claire qu'elle reflétait même l'envol des colibris et le passage des nuages de beau temps. Elle était assise sur une roche et parlait avec l'eau qui lui répondait à-quoi-dire deux très vieilles amies. Quand Ferdine s'aperçut de la présence de son homme, elle poussa un cri. Aussitôt une vague énorme s'éleva à hauteur du ciel et fonça en direction de Beausoleil qui voulut se sauver mais sentit des racines lui pousser aux pieds. Le fracas de la vague le réveilla en sursaut, baignant dans sa sueur, et Hermancia alluma une bougie avant de s'agenouiller pour demander secours à Jésus. Au seul nom de Ferdine, prononcé à haute voix par Beausoleil pendant son rêve, elle était persuadée que la Coulie tentait par des moyens maléfiques de se le réapproprier. Beausoleil, pour sa part, n'eut jamais l'explication de ce qui devint, parce qu'il revenait souvent, un cauchemar. Certains jours, il reprenait confiance en lui. Une euphorie secrète l'envahissait qui le faisait se sentir comme qui dirait immortel. D'une égorgette bien sentie, il enverrait ce monsieur Waterloo valdinguer dans la poussière. Aucun doute là-dessus.

« Si on faisait une descente sur les nègres de Volga-Plage ? proposa un jour Rigobert lorsque la pénurie de crabes se fit trop criante.

— Ils ne sont pas des enfants de chœur, rétorqua Carmélise. On a intérêt à bien préparer les choses.

— De quoi vous inquiétez-vous ? intervint Philomène. Nous possédons le major le plus redouté de Fort-de-France et vous voudriez que des gens qui vivent avec de la boue jusqu'aux genoux toute la sainte journée nous fassent trembler. »

La péripatéticienne exagérait à peine. Le quartier de Volga-Plage avait été conquis sur la mangrove, puis sur la mer, grâce à des cases sur pilotis qui avaient poussé en désordre et s'effondraient parfois lorsque la mer se faisait rebelle. Même en carême, ses ruelles n'étaient qu'une sorte de boue noirâtre qui vous collait au talon et dégageait une odeur fétide parce qu'on y déversait ordures et excréments et qu'en outre, des cochons y pataugeaient en complète liberté. Royaume des moustiques et des maringouins, le seul et unique avantage du quartier était qu'il ne manquait jamais de crabes. Au contraire, les nègres de Volga-Plage faisaient toute l'année une chasse effrénée à ces mantous poilus et pansus dont la grosse pince pouvait sectionner le doigt d'un homme. Mais cette année-là, cette maudite année 1964, la sécheresse s'était abattue sur eux également quoique avec moins de rigueur qu'ailleurs à cause de la proximité de la mer. Volga-Plage ne vendrait peut-être pas de crabes à l'extérieur comme d'habitude mais il aurait de quoi satisfaire à Pâques la gourmandise de ses habitants.

Une nuit, sous la houlette d'un Romule Beausoleil réquisitionné pour la circonstance et donc maussade, une grappe de gens du Morne Pichevin prit la direction de Volga-Plage armée de sacs en guano et de gourdins. Très vite, ils se mirent à lever les ratières posées dans la mangrove, tout heureux de la grosseur des crabes qui leur tombaient sous la main. Une cinquantaine d'entre eux avait déjà été récoltée lorsqu'un bougre de Volga-Plage donna l'alerte. En cinq sec, tout ce que l'endroit comptait de personnes valides encercla les voleurs en commençant à vociférer et à proférer des menaces abominables. Des becs de mère-espadon furent brandis, ce qui provoqua une retraite éperdue de Carmélise et d'autres négresses au plus profond de la mangrove.

« *Nou lé zôt néyé oswè-a* » (Ce soir, on veut que

174

vous vous noyiez) s'écriait une femme de Volga-Plage, fort excitée.

« *Si zòt lé chapé, fè pa lanmè* » (Si vous voulez avoir une chance de vous échapper, prenez par la mer) ironisa une voix masculine.

Les dérobeurs de ratières, désemparés, se tournèrent vers Romule Beausoleil. Le lutteur de damier, qui tenait une torche en bambou, la jeta et s'avança sur les nègres de Volga-Plage d'un pas calme mais décidé.

« C'est Beausoleil, s'écrièrent certains. Il va nous dérailler, oui. »

Ils hélèrent en vain le nom de leur major, le sieur Sonson-Mulet qui portait toujours beau même s'il n'était plus le fringuant combattant d'avant-guerre. Ce dernier avait déjà pris la poudre d'escampette, peu désireux d'affronter Beausoleil dont la réputation s'était amplifiée de jour en jour depuis qu'il était revenu de son séjour initiatique à Roches-Carrées. Alors les voleurs s'en donnèrent à cœur joie : non seulement ils vidèrent toutes les ratières qu'ils purent trouver mais, en plus, ils s'approchèrent au plus près des cases qu'avaient piteusement regagnées les habitants de Volga-Plage et se mirent à les insulter avec la dernière des férocités. À minuit, le barouf était terminé. Une douzaine de sacs débordants de crabes fut égalitairement partagée à la Cour des Trente-Deux Couteaux sous le contrôle scrupuleux de Philomène. Pâques, qu'on atteindrait dans une dizaine de jours, promettait d'être une bamboche à cracher le feu. Il n'y avait que Beausoleil à ne pas montrer la moindre fierté à l'égard de ce qu'il considérait comme une provocation inutile, une sorte d'opération punitive dont les motifs lui échappaient puisque personne n'était jamais mort pour avoir manqué de crabes à Pâques. Ou de cochon à Noël d'ailleurs. Les années fastes succédaient aux années maigres et nul n'était besoin d'aller taquiner le destin de façon si mesquine. C'est pourquoi il refusa tout net la part de crabes qu'on lui avait réservée en dépit des récriminations d'Hermancia. Et c'est à dater de cet instant-là qu'il se mit à souffrir de violents maux de tête qui le rendaient comme fou. Il sentait une sorte de marteau cogner avec hargne contre l'enclume de ses tempes jusqu'à les faire vibrer et les globes de ses yeux devenaient deux boules de feu. Il avait beau se précipiter vers le fût qui recueillait l'eau du toit et y plonger la tête, l'y maintenir plus que de raison, il n'obtenait que de très brefs soulagements à la suite desquels sa douleur redoublait de violence. Il devint insomniaque, perdit l'appétit et ne toucha plus au corps de sa compagne Hermancia qui avait tout essayé comme remèdes-des-halliers, après qu'elle eut dévalisé le stock d'aspirines Aspro de la boutique de Man Cinna.

« C'est un mal de tête envoyé, ça... », conclut Philomène, taraudée par l'inquiétude.

Le Samedi-Gloria approchait à grand vent-grand mouvement et il n'était pas question qu'après tant d'efforts le lutteur de damier ne soit pas fin prêt pour livrer ce combat décisif contre Waterloo. Elle réussit à convaincre Beausoleil d'aller consulter le docteur Bertrand Mauville qui lui prescrivit des radiographies et lui bailla une liste interminable de médicaments aux noms compliqués. Mais la souffrance était désormais si intenable que le bougre hurlait comme un condamné à mort et ses cris se répandaient à travers tout le quartier, emplissant le cœur de chacun de sombres présages.

« Ferdine se venge..., fit un jour Man Richard, l'épouse du contremaître docker.

— Tu veux dire quoi ? s'étonna Carmélise.

— Je veux dire comme ça que Beausoleil avait fait un vœu à une divinité indienne. Je ne m'en rappelle pas le nom. Ma...

— Mariémen.

— Oui, voilà ! Mariémen, c'est bien ça, dit Man Richard. Grâce à elle, il avait pu enlever l'odeur de la tinette municipale de son corps. Le papa de Ferdine est un prêtre couli. C'est lui qui avait tout manigancé. Mais maintenant que sa fille a été rejetée par Beausoleil, il a fort bien pu appeler la colère de Mariémen sur notre homme. »

L'explication de Man Richard laissa plus d'un songeur. Elle n'avait en tout cas rien d'absurde. Toutefois, Chrisopompe de Pompinasse, le coursailleur de jupons, proposait une autre explication. À l'entendre, Beausoleil, lors de son initiation à Roches-Carrées, avait fait allégeance à des esprits africains qu'il avait négligé d'honorer depuis et qui présentement lui demandaient des comptes.

« Voilà où ça vous mène, ajouta l'enjôleur, de vous acoquiner avec la sauvagerie. Moi-même, heureusement que mes ancêtres sont des Gaulois. »

Le bougre avait un teint couleur de chocolat de première communion qui démentait formellement une telle affirmation mais celle-ci impressionna les nègres du Morne Pichevin dont fort peu savaient lire et écrire. Chrisopompe déclara que la seule solution pour mettre fin aux maux de tête de Beausoleil était qu'il aille se repentir à l'église. Qu'il se confesse de tous ses péchés, à commencer par ses accointances répétées avec les démons indiens et africains. L'idée, qu'un major pût s'agenouiller dans un confessionnal comme un gamin penaud et raconter par le menu à un prêtre ses méfaits, parut si saugrenue qu'elle provoqua un éclat de rire général. Les hommes du Morne Pichevin ne fréquentaient pas l'église de Sainte-Thérèse toute proche, sauf pour les enterrements et encore demeuraient-ils sur le parvis à prendre la blague. Messes, confessions, vêpres et tout ça, c'était réservé à la marmaille, aux femmes et aux vieux-corps, pas à des bougres gros-gras-vaillants qui mordaient la vie à pleines dents. Mais le mal de Beausoleil empirant, Philomène, après moult calculations, se résigna à avouer qu'elle avait la certitude qu'il payait là la profitation qu'il avait exercée sur les gens de Volga-Plage.

« Nous avons poussé Beausoleil à devenir un major profiteur, dit Philomène. Nous n'aurions jamais dû ratiboiser les ratières de Volga-Plage et humilier ces nègres-là en plus. Tout se paye, vous savez. Il existe une justice divine. »

Effectivement, après l'épisode, somme toute dérisoire, du vol des crabes, Beausoleil perdit le sens du juste et de l'injuste, du licite et de l'illicite. Il se crut tout permis, invulnérable même, et se drapa dans une arrogance qui insupportait ses propres compères Rigobert et Télesphore. Il vous calottait pour un regard de travers ou un bonjour pas assez empressé. Il s'emparait de la moitié des objets volés ramenés dans le quartier et les revendait à son seul profit avec l'aide de Fils-du-Diable-en-personne, le major des Terres-Sainvilles. On commença à ronchonner ici et là mais Philomène s'employa à calmer le monde :

« Pardonnez à Beausoleil, mes amis ! plaidait-elle. Dans peu de temps, il doit livrer un combat méchant dans lequel il risque sa vie. Soyez patients ! »

Quelle que fût la cause des maux de tête du fier-à-bras, Hermancia dut se résoudre à faire appel à l'abbé Firmin de l'église de Sainte-Thérèse. Celui-ci exigea que Beausoleil se déplace à sa rencontre au presbytère et cela en plein jour afin que chacun se rende bien compte que ce blasphémateur faisait sa reddition aux préceptes de la sainte Église catholique et apostolique. L'ecclésiastique jubila lorsque, titubant, la tête enveloppée dans une serviette contenant des morceaux de glace, Beausoleil vint tirer la sonnette du presbytère. L'abbé Firmin le laissa espérer exprès un long moment sur le trottoir afin que chacun eût bien le loisir de contempler la détresse du champion de damier et, en lui ouvrant la porte, il lui brandit aussitôt un gros crucifix en bois et tonna :

« À genoux, mécréant ! Demandez à notre Seigneur Jésus-Christ que vous avez négligé à ce jour qu'il jette un œil bienveillant sur votre personne ! »

Beausoleil fit tout ce que lui ordonna l'abbé. Il ne pouvait plus supporter les coups de boutoir que la douleur infligeait à son crâne. Il sentait qu'il allait devenir fou.

« Allez, mon fils, fit l'abbé, allez rejoindre les vôtres ! Votre douleur est passée. Provisoirement en tout cas. Dieu vous ordonne pour vous guérir tout à fait de faire amende honorable le Jeudi saint. Vous remonterez le Calvaire à genoux, les bras en croix, et à chaque station, vous réciterez par cœur chacun des passages de la Bible qui y correspond ! Allez ! »

Beausoleil n'eut point le choix. Il se mit à l'école de Chrisopompe de Pompinasse (fameux détenteur du Certificat d'études primaires) et apprit nuit et jour des pages entières du livre sacré, ce qui, vrai de vrai, amenuisa ses maux de tête et finit par les faire disparaître...

Quand Waterloo vit les deux policiers s'approcher de sa case d'un pas décidé, il sut que son alibi avait été éventé. Sa petite femme-sur-le-côté, sa chère Évita Ladouceur n'avait pas eu la force et le courage de résister au harcèlement de questions que cet inspecteur Dorval avait dû lui infliger au commissariat. Il ne lui en voulut pas car elle lui avait gentiment offert sa jeunesse sans faire attention à ses cheveux qui commençaient à grisonner et aux commentaires moqueurs du voisinage. Elle était son réconfort, son refuge, son havre de paix après qu'il eut passé la journée à se coltiner avec sa mégère de femme légitime. Cette dernière n'était pas non plus une mauvaise femme. Elle n'avait jamais rechigné à la tâche, charroyait des paniers de poissons pour les vendre à la criée et se montrait très économe. Simplement, elle ne lui passait aucun caprice et le tançait aussi sévèrement qu'un garçonnet. Une fois même, elle l'avait poursuivi avec son pic à glace à travers le dédale du Bord de Canal et le monde, au lieu de tenter de la calmer, en avait fait des gorges chaudes, certains encourageant la bougresse à lui faire la peau. Qu'avait-il commis de si gravissime ? Trois fois rien : il avait renversé un peu de café noir sur une nappe flambant neuve qu'elle venait d'acheter à un colporteur syrien.

« Vous vous expliquerez plus tard... », fit l'un des policiers à Waterloo qui voulut tenter une ultime parade.

Il se laissa emmener sans résistance sous l'œil ahuri des gens du Bord de Canal qui ne le reconnaissaient plus. Dans le panier à salade, il refusa la cigarette que lui tendit un policier et regarda avec curiosité les menottes qu'on lui avait passées pour la toute première fois de sa vie, juste au moment où il abordait la soixantaine. Elles ne lui faisaient pas mal contrairement à ce qu'il avait toujours imaginé et la froideur qui s'en dégageait était paradoxalement apaisante. On le conduisit au bureau d'Hilarion, l'adjoint de l'inspecteur Dorval. Celui-ci n'avait jamais été un tendre avec les fiers-à-bras de quartier.

« Faut pas nous raconter des craques », fit le policier d'une voix lente tout en consultant un document, ses lunettes descendues sur la pointe de son nez.

Waterloo ne broncha pas. Ses épaules s'affaissèrent un peu, lui donnant l'air d'un ours-mamé assez pitoyable.

« Voici ce qu'affirme votre concubine Évita Ladouceur : "Waterloo est passé me voir Jeudi saint, vers midi, et m'a apporté un kilo de poissons. Il m'a dit qu'il reviendrait le soir mais je ne l'ai pas vu. J'ai veillé inutilement jusqu'à onze heures et demie. Le lendemain, je suis restée seule toute la journée, sauf que j'ai fait un tour à la chapelle du Calvaire pour mettre un cierge en l'honneur de la Sainte Vierge. À cinq heures de l'après-midi de ce Vendredi saint, Waterloo a enfin réapparu. Il avait l'air inquiet et nerveux." Vous m'écoutez ? Faudra nous confirmer tout ça tout à l'heure...

— Hon-on !..., murmura le major, sans débâillonner les dents.

— Bien... Je continue donc. "Waterloo m'a demandé de lui chauffer de l'eau pour qu'il prenne un bain. Il avait les mains couvertes de boue et ses vêtements dégageaient une vilaine odeur. Il m'a dit avoir aidé un boucher à jeter la carcasse d'un bœuf dans le canal Levassor. Des taches de sang avaient sali ses manches. À sept heures, il avait fini de se baigner et a grignoté des patates douces que je venais de faire frire. Il ne m'a pas beaucoup parlé contrairement à son habitude. Il m'a même demandé de fermer la radio et de ne pas allumer la lampe. On est restés dans le noir comme ça jusqu'à environ huit-neuf heures du soir et après, il est parti." Vous êtes d'accord avec tout ça, Waterloo ?

— Évita qui parle bien français comme ça ? tenta de faire diversion le bougre.

— T'occupe pas ! On a arrangé ses phrases mais pour l'essentiel, c'est ce qu'elle nous a raconté », commença à s'énerver Hilarion qui était d'un tempérament plutôt vif.

L'inspecteur Dorval fit son entrée dans le bureau de son adjoint. Il avait l'air surpris d'y trouver le major du Bord de Canal menotté de la sorte.

« Son alibi de l'autre fois, s'empressa de lui expliquer Hilarion, c'était du pipi de chat. Tenez, lisez les déclarations de sa concubine du Calvaire ! »

Pendant que Dorval parcourait le dossier, Waterloo resongea à la façon dont il avait enguillebaudé cette jeunesse-là. L'affaire s'était déroulée au cours de la fête du 14 Juillet, sur la place de la Savane. Après le défilé militaire, les gens s'agglutinaient autour des tables de dés ou de dominos ou s'adonnaient au rhum et à l'absinthe dans de petites paillotes hâtivement construites où les vieux-corps décorés racontaient leurs exploits de Verdun ou des Dardanelles. La femme de Waterloo y tenait depuis toujours un petit bar ambulant qui était en général très lucratif. Cette année-là, elle n'avait pu dénicher aucune jeune fille assez sérieuse pour la seconder et s'en plaignit amèrement à son homme. Ce dernier fut bien obligé de lui bailler de l'aide en début d'après-midi mais il rongeait son frein car, dès six heures du soir, sa bande de boissonniers s'en irait paillarder dans les bars de l'En-Ville, cela jusqu'au lendemain matin. Pour la première fois depuis la fin de la guerre, il risquait de se trouver privé de cette drivaille salutaire qui lui permettait d'oublier les écrasantes responsabilités pesant sur ses épaules. Tenir son rôle de major de quartier n'était pas une sinécure. Être patron de trois canots de pêche non plus. Les matelots étaient inconstants et trafiqueurs. Ils tombaient malades plus que de raison ou le feignaient tout en exigeant d'être inscrits à la Sécurité sociale, chose impossible pour la totalité des équipages. Parfois, certains d'entre eux attrapaient une fâcherie dans laquelle il était contraint de mettre très vite un milieu s'il voulait que les sorties en mer soient fructueuses. Il y avait en particulier un mauvais chabin, un type irascible et aussi susceptible qu'un péter chaud, qui venait suppléer les défections de tel ou tel de ses matelots. Le bougre se nommait Télesphore et sa profession officielle était celle de crieur chez le commerçant en tissus Wadi-Abdallah, un sacré roublard qui trônait au fond de son magasin derrière un énorme poste de radio qui diffusait de la musique arabe à tue-tête toute la journée. Télesphore était un fou de pêche et il ne cachait pas qu'il caressait depuis longtemps le rêve de posséder son propre gommier. Bien entendu, la dérisoireté de sa paye chez Wadi-Abdallah l'empêcherait à jamais de le concrétiser si bien que de temps à autre, lassé de s'égosiller sur le trottoir de la rue François-Arago, il venait solliciter un job chez Waterloo. Au début, ce dernier s'était méfié de lui car il entretenait d'étroites relations d'amicalité avec un autre crieur qui habitait le Morne Pichevin, Rigobert, lequel ne pouvait pas ne pas être comme peau et chemise avec le sieur Romule Beausoleil, celui que son quartier avait désigné comme le successeur de feu major Bérard. Beausoleil était donc le préposé à la revanche contre Waterloo et il était fort probable qu'il ait demandé à son bon zigue Télesphore d'espionner son futur adversaire. Plusieurs fois, le fier-à-bras du Bord de Canal récusa les offres du chabin en se moquant même de sa personne :

« Trente francs le demi-mèt-r-r-re de popeline, mesdames et messieurs de la compagnie ! Entr-r-r-rez chez Wadi-Abdallah, vous y tr-r-r-rouverez toutes les richesses de l'univers ! »

Mais Télesphore avait su contrôler son caractère soupe-au-lait et fini par émouvoir Waterloo. Cet homme-là chérissait vraiment la mer ! À la façon dont il en parlait, nul doute n'était possible là-dessus mais le major du Bord de Canal garda toujours un œil très veillatif sur son matelot occasionnel. Quand Radio-bois-patate fit courir la nouvelle de l'intronisation de Romule Beausoleil en tant que grand maître du damier, suite à son séjour à Roches-Carrées auprès de Pa Victor, Waterloo chercha habilement à tirer les vers du nez de Télesphore. En vain. Le chabin était muet comme une tombe, très sourcilleux aussi sur le chapitre de l'amicalité. Le temps passant, Waterloo finit par s'habituer à sa présence, épisodique il est vrai. Il songeait à tout cela, mélancolique, dans la paillote où il vendait les boissons aux côtés de sa femme, ce jour du 14 Juillet, lorsque son regard tomba sur le dos d'une jeune négresse qui observait une partie de sèrbi. Autour de la table de jeu, il n'y avait que des bougres dans la force de l'âge, des dockers, des maçons ou au contraire des malandrins ou des proxénètes et c'est pourquoi la présence d'une créature aussi jeune et fragile parut insolite à Waterloo. Elle avait une belle membrature en plus, cette négresse, des jambes longues et potelées, une croupière à damner un Monseigneur qui tanguait doucement quand elle changeait sa jambe d'appui et de magnifiques cheveux crépus assez fournis qu'elle avait simplement coiffés avec de la vaseline brillante. Waterloo entendait les cris des joueurs comme dans un rêve :

« Onze ! J'ai demandé le onze, oui ! »

« Patate de ta mère, foutre ! Il ne veut pas venir pour moi non plus. »

Son épouse ne s'était aperçue de rien. C'était vraiment une femme travaillante. Elle allait et venait sans cesse entre l'énorme glacière où elle tenait au frais bières, sodas et autres limonades et les trois tables de la paillote où les clients faisaient un mauvais sort aux bouteilles de rhum Courville qu'elle avait disposées. Elle s'attaquait à grands coups de pic aux énormes barres de glace, achetées le matin à l'usine de la Pointe Simon, poussant des ahans qui semblaient lui jaillir des entrailles. Soudain, la jeune négresse tourna la tête. D'abord de profil pour regarder un attroupement qui s'était produit à l'autre bout de la place de la Savane, sans doute quelque échauffourée rapidement éteinte comme il s'en produisait toujours le 14 Juillet. Puis elle se retourna franchement et ses yeux tombèrent dans ceux de Waterlooo qui eut le sentiment de recevoir l'onde de choc d'un arc-en-ciel dans tout le corps. Une douce violence qui le pétrifia avant d'agiter ses mains d'une imperceptible tremblade et de faire chamader son cœur usé de presque sexagénaire. Elle lui sourit discrètement sans cesser de le fixer et, à cet instant-là, le major comprit qu'il venait d'être la victime de ce que

185

les Blancs-France appellent un coup de foudre. Il avait eu maintes fois l'occasion de rigoler de ce sentiment au cours des séances du cinéma Pax avec ses compères. Macaquerie d'Européen ! s'accordaient-ils tous à reconnaître. Mais voici qu'il venait de le vivre dans sa propre chair et que la chose, pour de bon, s'était passée en une miette de seconde. Se ressaisissant à grand-peine, il prit sa femme par le bras et d'un air faussement détaché, lui susurra :

« Hé, pourquoi tu n'embauches pas cette mamzelle-là ? J'en ai assez d'être planté là comme un macommère, eh ben Bondieu !

— Tu la connais ? répondit Anastasie, soupçonneuse.

— Mais non ! Je la vois pour la première fois de ma vie. Tu ne crois tout de même pas que je connais tous les habitants de Fort-de-France, non ? »

C'est ainsi que pour deux francs-quatre sous, Évita Ladouceur fut employée à vendre des boissons dans la paillote et que, deux jours plus tard, Waterloo la braquemardait sur un amas de filets de pêche de sa case à agrès, non loin de Marigot-Bellevue. Sa chair sublime de jouvencelle réveilla ses sens rassasiés par ses différentes femmes-du-dehors qui toutes étaient dans leur quarantaine. Presque chaque soir, avant la tombée de la nuit, il prenait le chemin de sa minuscule case du Calvaire et passait avec Évita des heures merveilleuses avant de regagner le domicile conjugal quand onze heures du soir sonnaient à la cathédrale.

« Oh Waterloo, tu rêves ou quoi ? Réveille-toi, bon sang ! s'écriait l'inspecteur Dorval en le secouant sur sa chaise.

— Il a intérêt à bien cogiter avant de nous répondre n'importe quoi, fit Hilarion. On nous a suffisamment menés en bateau dans cette affaire.

— Tu as quitté la maison d'Évita Ladouceur vers

186

huit-neuf heures, nous a-t-elle affirmé, reprit Dorval, et elle a précisé que, d'habitude, tu partais beaucoup plus tard que ça. Vrai ?

— C'est... c'est exact, fit Waterloo.

— On peut savoir pourquoi tu étais si pressé ce jour-là. Ne nous dis pas que tu devais aller à la messe, hein ! »

Le major du Bord de Canal redressa son buste comme s'il voulait respirer un bon coup. Dorval remarqua qu'il avait l'œil terne.

« J'avais rendez-vous avec Romule Beausoleil, dit-il en détachant les syllabes.

— Quoi ? Rendez-vous avec ton futur adversaire ? Un Vendredi saint en plus ! bondit Hilarion.

— Où et à quelle heure ? intervint Dorval.

— À... à la Cour Fruit-à-Pain. À neuf heures. »

L'inspecteur Dorval et son adjoint Hilarion s'entre-visagèrent, stupéfaits. Waterloo était beaucoup plus serein à présent, presque soulagé même. Une certaine vivacité éclaira ses traits tannés par le sel marin.

« Je ne blague pas, non..., ajouta-t-il, c'est moi qui avais demandé à Beausoleil qu'on fasse un brin de causer. J'ai envoyé la commission par Télesphore, un compère à lui que j'utilise de temps en temps comme matelot.

— Non mais tu te fous de notre portrait Water-loo ! fit Hilarion. On a des indicateurs dans le coin, tu sais. Tout le monde était au courant qu'un grand combat de damier se préparait entre lui et toi et tu veux nous faire avaler que tu faisais ami-ami avec Beausoleil. À d'autres !

— Écoute-moi bien, dit Dorval en allumant une cigarette mentholée et en marchant de long en large dans la pièce. Fais très attention à tout ce que tu vas nous déclarer à présent, mon vieux. T'es certaine-

ment le dernier type à avoir rencontré Beausoleil
vivant.

— Ou mort ! précisa Hilarion.

— Le rapport d'autopsie est formel : Beausoleil a
reçu un coup de pic à glace mortel sous le menton
entre Vendredi saint peu avant minuit ou très probablement aux premières heures du Samedi-Gloria. Ça
vient pas de nous, c'est marqué là, noir sur blanc,
continua Dorval en tapotant un dossier.

— J'ai pas tué Beausoleil..., dit Waterloo.

— C'est toujours ce qu'on affirme dans ces cas-là,
ricana Hilarion. Au fait, pourquoi tu lui avais donné
ce rendez-vous, hein ?

— Je ne voulais pas qu'on se gourme pour de bon
le Samedi-Gloria... Je souhaitais qu'on s'entende sur
le combat. On aurait fait semblant pour satisfaire les
nègres du Morne Pichevin et du Bord de Canal mais
aucun de nous n'aurait blessé l'autre. Ce genre d'accord n'est pas rare de nos jours dans le damier. Si
les deux adversaires reconnaissent la valeur de chacun, eh ben inutile de risquer de s'estropier pour la
vie ou de s'envoyer au cimetière. Le damier n'est pas
un jeu de petits garçons, non. »

Les deux policiers étaient de plus en plus déconte-
nancés. Ou bien Waterloo était un comédien-né ou
bien eux ne connaissaient rien aux mœurs des vieux
nègres des bas quartiers.

« Pourquoi t'avais plus envie de te battre ?
demanda Dorval. Vaincre Beausoleil aurait rehaussé
ton prestige, non ?

— L'âge, inspecteur... oui, l'âge. J'aurai tantôt
soixante ans sur ma tête. Je me gourme au damier
depuis l'âge de seize ans. Depuis la fête du Tricentenaire... en 1935, quoi ! J'ai reçu beaucoup de coups
un peu partout sur le corps et souvent, la nuit, les

rhumatismes ou les crampes me tisonnent. Et puis, j'aime une jeune femme. Oui, j'aime Évita Ladouceur. J'aime ses vingt-quatre ans. Je voulais me conserver en bonne santé pour elle, vous comprenez ? »

Puis le major du Bord de Canal sombra à nouveau dans une sorte d'état second, ne répondant que par oui ou par non, ou pas du tout, aux questions pressantes des deux policiers. Il faisait tinter ses menottes l'une contre l'autre comme mû par une sorte de tic nerveux. Dorval trouvait qu'il faisait vraiment pitié à voir. Pourtant, il ne mollirait pas pour lui, l'assassin probable de Beausoleil. Ses arguments de vieillesse et d'amour ne tenaient pas la route. Tout ça, c'était des bobards. Rien que des bobards.

« Bon, fit Dorval, pour l'instant, tu es aux arrêts, mon vieux. Tu veux qu'on fasse appeler ta femme ? »

Le major du Bord de Canal secoua négativement la tête. Une larme furtive glissa sur l'une des pommes de sa figure et il ferma longuement les yeux, tentant de se contenir.

7

L'hôpital psychiatrique de Colson étendait ses bâtiments grisâtres au beau mitan de la forêt tropicale à une telle altitude qu'une froidure vous pénétrait les os. Pourtant, la fournaise de Fort-de-France n'était à peine qu'à un quart d'heure de route en lacets. L'inspecteur Dorval demanda le service du docteur Limer où Hermancia, la deuxième concubine de Beausoleil, avait été internée. Des malades déambulaient en pyjama, complètement libres de leurs mouvements en apparence. Un type dégingandé s'approcha du policier et lui demanda de remettre de sa part une commission au général de Gaulle :

« Tant qu'il ne me nommera pas colonel des Forces françaises libres, répétait inlassablement le fou, de Gaulle n'aura pas de troisième étoile sur sa casquette. »

Dorval promit de transmettre le message. Une infirmière le conduisit au pavillon des femmes où les malades lui parurent moins comiques, plus tragiques en fait que leurs congénères masculins. Cela était peut-être dû à leurs cheveux non peignés qui partaient en tous sens ou se dressaient sur leur tête telles des antennes et aussi à leur maigreur extrême.

Elles étaient en tout cas moins calmes et deux d'entre elles se mirent à injurier le policier, le traitant de ma-commère, de maquereau et d'autres joyeusetés du même acabit. Le docteur Limer, un mulâtre au visage impassible, le reçut sans hostilité ni enthousiasme particuliers. Engoncé dans un costume trois-pièces recouvert d'une blouse blanche trop étroite largement déboutonnée, il semblait toujours regarder droit devant lui.

« Hermancia Formont... Hermancia Formont..., fit-il, voyons voir... Ah voilà ! Cette dame a été conduite chez nous quelques jours après Pâques. En urgence... »

Il ouvrit son dossier en s'approchant de la fenêtre où il se perdit dans la contemplation d'un morne couvert de fougères arborescentes et de palmistes. Une buée tenace couvrait les vitres de son bureau impeccablement rangé.

« Elle a vingt-huit ans. Paraît en bonne santé physique... elle ne nous cause pas beaucoup de problèmes, cette jeune dame. Nous l'avons mise dans une chambre individuelle pour la protéger. La folie furieuse, c'est contagieux, vous savez. Ha-ha-ha !

— De quoi souffre-t-elle ?

— Oh ! Ce n'est pas très grave à mon avis. De bouffées délirantes probablement... ce qui signifie qu'elle a des plages de lucidité à certains moments de la journée. Je ne pense pas que nous la garderons très longtemps. Aujourd'hui, nous disposons d'excellents médicaments pour soigner ce genre d'affection. »

Dorval fut donc autorisé à voir Hermancia. La concubine de Romule Beausoleil le dévisagea d'un air lugubre et ne répondit pas à son bonjour. Elle était assise sur le bord de son lit, les mains jointes

191

sur les genoux mais le haut de sa blouse était largement ouvert et on y découvrait le galbe de ses seins. Une très belle cabresse, songea Dorval, quel sacré dommage !

« Je suis... de la police, mademoiselle, commença-t-il, j'aimerais vous poser quelques questions à propos de monsieur Beausoleil, si vous le voulez bien. »

C'était comme s'il s'était adressé à un mur. La jeune fille ne remua pas un seul poil d'yeux. Interloqué, il se tourna vers l'infirmière qui l'accompagnait. La brutalité de cette dernière le surprit.

« *Kouman ? Ou pa ka tann yo ka palé ba'w ?* (Comment ? Vous n'entendez pas qu'on vous cause ?) hurla-t-elle presque en s'approchant très près d'Hermancia.

— Vous ne pensez pas que...

— Écoutez-moi, vous n'allez pas m'apprendre mon travail, cher monsieur. Vous, vous êtes policier, moi, infirmière psychiatrique. D'accord ? C'est moi et moi seule qui doit supporter ces gens-là du matin au soir et du premier janvier au trente et un décembre. O. K. ? Vous n'arriverez à rien par la douceur, croyez-moi. Ces gens-là vivent dans une autre dimension. Il faut les secouer. »

L'attitude de l'infirmière eut l'air effectivement d'avoir de l'effet sur Hermancia qui se leva, boutonna sa blouse et se servit un verre d'eau au lavabo.

« Je ne vais pas être très long, reprit Dorval. Aviez-vous connaissance d'une éventuelle rencontre entre votre concubin et un nommé Waterloo, vous savez, celui qu'il devait affronter le Samedi-Gloria ?

— Parlez-lui en créole, intervint l'infirmière agacée. Quand on tombe fou dans ce pays, on oublie le français, cher monsieur. Ici tout le monde parle

192

créole. Même le personnel métropolitain est obligé de s'y mettre. »

Hermancia s'était plantée devant la petite glace qui surmontait le lavabo et inspectait ses dents. Dorval fut impressionné par la cambrure de ses reins de négresse créole. Sa culotte se dessinait sous sa blouse mal ajustée, lui baillant un air à la fois provocant et enfantin.

« *Ou sav Womil té paré jwenn Watèlo ?* (Vous saviez que Romule avait un rendez-vous avec Waterloo ?) reprit le policier.

— *Ki sa ? Yo té pou goumen jik bout. Sa pa posib.* (Quoi ? Ils devaient se battre à mort. C'est pas possible.)

— *Sé Watèlo ki di mwen sa.* » (C'est Waterloo qui me l'a dit.)

La jeune fille cessa de fixer le miroir et examina Dorval de haut en bas. Elle avait une certaine ironie dans sa manière d'écaler ses lèvres qui étaient pulpeuses à souhait.

« *Boug-tala mantè pasé mantè fèt !* (Ce type est un fieffé menteur !) s'écria-t-elle avant de se rasseoir sur son lit.

— Bon, eh ben je constate que ça roule, fit l'infirmière. Je vous laisse. J'ai des tas d'autres malades à m'occuper. Vous m'excuserez, monsieur l'inspecteur. »

Elle referma la porte de la chambre avec une rudesse qui surprit à nouveau Dorval. Aussitôt, Hermancia se précipita sur lui pour se suspendre à son cou. Gêné, il ne savait comment se défaire de ce corps brûlant qui était plaqué contre le sien. Sans doute ressemblaient-ils à deux danseurs enamourés, pensa-t-il.

« Je veux sortir d'ici, supplia Hermancia. Je ne suis

pas folle, non. C'est cette putaine de Philomène et
son amie-ma-cocotte Carmélise qui m'ont fait enfermer. Carmélise a un homme à elle qui travaille à
l'hôpital. Ils ont monté un complot pour m'enfermer.

— Carmélise ?

— C'est une bougresse du Morne Pichevin qui fait
des enfants chaque année avec à chaque fois un
homme différent. Une sacrée vagabonde, oui !

— Elle connaissait bien Romule ?

— Évidemment ! Ils se connaissent tous dans ce
quartier. C'est un trou à rats... pourtant je suis sa
cousine éloignée et c'est elle et Philomène, sa commère, qui m'ont entraînée dans cette histoire, oui. »

Dorval ressentit une profonde gêne. Il se rappelait
ce que deux indicateurs leur avaient rapporté, le viol
d'une jeune femme, qui était venue vivre avec Beausoleil à son retour de Roches-Carrées, par tous les
mâles du Morne Pichevin. Celle-ci n'avait pas porté
plainte et n'avait consulté aucun médecin ni ne
s'était présentée au service des soins d'aucun hôpital,
donc la police n'avait pas pu mettre son nez dans
cette affaire. Une profonde admiration s'empara du
policier devant cette femme qui lui semblait être la
digne descendante de ces négresses d'Afrique que les
marins blancs violentaient à tour de rôle sur les
bateaux négriers aux siècles passés. Elle ne portait
nulle trace de ces horreurs, cette Hermancia qui lui
faisait face, et était toujours aussi désirable.

« Pourquoi Carmélise a-t-elle fait ça ? demanda-
t-il.

— Hon ! Cette putaine-là n'a qu'un Bondieu, un
béké qui lui a fait son premier enfant à l'âge de quatorze ans, je crois. Il s'appelle de Malmaison. C'est le
seul homme qu'elle a toujours gardé même si elle
traîne ses fesses partout.

— Je ne vois pas le rapport.

— Je savais trop de choses... beaucoup trop de choses...

— C'est-à-dire ?

— *Bétjé-a té ba Karméliz otjipé di an kôk-djenm ki té fiyanzan...* (Le Blanc avait confié à Carmélise un coq de combat mal en point pour qu'elle le soigne), et cette couillonne-là n'a rien trouvé de mieux que de le remettre à Romule. C'est vrai qu'il était amateur de combats de coqs... j'ai jamais aimé ça, moi... mais il n'était pas soigneur. Ce coq-là était extraordinaire, un grand beau coq-calabraille. Éperon d'Argent qu'il s'appelait... toute la journée, Romule s'occupait de lui. Il m'avait presque oubliée. Il buvait, il dormait, il mangeait en pensant au coq. Quand la bête a été sur le point de mourir, Romule l'a confiée à son compère Télesphore, un crieur. »

Hermancia expliqua que sans arrêt Carmélise demandait à Romule des nouvelles du coq et que le bougre la rassurait jusqu'au jour où il dut avouer que le volatile était mort. La putaine devint comme enragée. Elle parcourut la Cour des Trente-Deux Couteaux en tous sens, injuriant le conducteur de tinette, prenant ses voisins et le Bondieu à témoin, jurant qu'il ne l'emporterait pas au paradis. Sans doute son amant béké lui ferait payer très cher cette mésaventure car il semblait tenir très fort à Éperon d'Argent.

« *Ou ké fini kon'y !* » (Tu finiras comme lui !) avait présagé Carmélise en pointant un doigt vengeur sur Beausoleil. « *Zôt té dé kôk ki vayan, li i pwan fè prèmyé, wou, tou'w pa lwen !* » (Vous étiez deux vaillants coqs, lui, il est mort, quant à toi, ton tour n'est pas loin !)

Hermancia déclara qu'un après-midi, juste une

195

semaine après la mort du coq de combat, un chabin long comme le Mississipi, entièrement vêtu en kaki, était venu menacer Carmélise qui n'avait pas encore révélé la vérité à de Malmaison. Il lui avait baillé deux jours, pas davantage, pour rendre le coq.

« À présent, c'est moi qui m'occupe de cette affaire, avait-il gueulé. Je ne vais pas jouer avec toi, non. Deux jours, tu m'entends ! »

La deuxième concubine de Beausoleil assurait que personne au Morne Pichevin ne connaissait ce chabin-là et qu'il avait l'air d'un bougre de la campagne, d'un commandeur de plantation. Une seule fois, elle avait entendu Carmélise l'appeler quelque chose comme Ti Victor ou Totor. Elle s'était probablement offerte à lui dans l'intention de le calmer car le chabin laissa passer l'ultimatum avant de revenir plus durement à la charge, menaçant de tuer Carmélise. L'esclandre qu'il avait fait un soir dans la chambre de la putaine avait réveillé tout le quartier.

« Ti Victor... Ti Victor, oui... c'est ça... », fit Hermancia dont les propos commencèrent progressivement à dériver.

Elle mélangea les dates, les gens, protesta à nouveau contre son internement, accusa Philomène d'avoir tué son homme. Dorval ne savait comment prendre congé d'elle. Un vent frisquet s'engouffra par la fenêtre à moitié ouverte. Il se dit que lorsque cette enquête serait bouclée, il ferait tout son possible pour que cette femme retrouve une vie normale. L'infirmière revint, toujours brutale, recoucha Hermancia et se mit à préparer une seringue.

« Vous n'allez pas restez là, lança-t-elle à Dorval, je vais lui mettre le derrière à nu. »

Rentré au commissariat de Fort-de-France, Dorval s'enferma dans son bureau avec Hilarion et ils remirent à plat toutes les données dont ils disposaient. Réticent au début, son adjoint avait, lui aussi, fini par se passionner pour le meurtre de Romule Beausoleil. En général, les affaires criminelles se résolvaient très rapidement en Martinique : soit l'assassin se rendait de lui-même au bout de quelques jours, soit il avait laissé des traces grosses comme une montagne et se faisait arrêter aussi sec, soit le dossier était refermé. Le cas de Romule Beausoleil ne correspondait à aucun de ces cas de figure. Le bras qui avait tenu le pic à glace au petit matin du Samedi-Gloria, non loin du pont Démosthène, était celui d'une personne passablement futée.

« Ce Ti Victor, fit Dorval, faut qu'on le retrouve. Ça va pas être facile...

— Attends voir, réfléchit Hilarion, mais bien sûr ! Rappelle-toi ce que Chrisopompe de Pompinasse nous avait dit. Beausoleil était parti en stage en quelque sorte à Roches-Carrées chez un grand maître du damier, un dénommé Pa Victor.

— Tu crois qu'il y a un rapport entre Ti Victor et ce bougre-là ?

— Qu'est-ce que ça nous coûte d'aller vérifier ? » fit l'adjoint de Dorval.

Ils avaient appris, par un indicateur, que Carmélise, pratiquement chaque après-midi, préparait un sorbet au coco pour ses amies-ma-cocotte de la Cour Fruit-à-Pain, manière pour elle de brocanter des commérages et de grappiller deux francs-quatre sous qui lui permettaient de s'offrir les colifichets dont la mère-poussinière raffolait. Autrement, elle vivait plus ou moins bien des sommes que les différents pères de sa douzaine d'enfants voulaient bien lui accorder de temps à autre mais surtout des allocations familiales :

« *Man sé an fonksyonnè madafa. Ha-Ha-Ha !* » (Je suis une fonctionnaire de l'utérus !) aimait-elle à plaisanter.

À l'ombre d'une grappe d'arbres-à-pain très âgés mais dont certains nègres désargentés cueillaient les fruits pour ne pas demeurer le ventre vide, des femmes de tous âges étaient assises sur des bancs minuscules, entourant Carmélise qui faisait tourner avec vigoureusité la manivelle de sa sorbetière. Elle était reconnue comme une experte en matière de sorbet et il arrivait que quelque mulâtre d'En-Ville envoyât une de ses servantes lui en acheter une bonbonne. Carmélise savait à quel moment il fallait ajouter du gros sel à la glace pilée, accélérer la cadence de la manivelle, attendre que le sorbet durcisse à point c'est-à-dire ni trop mou ni trop dur. Dès qu'elle aperçut les deux policiers, elle leur lança, aucunement décontenancée :

« Hé, la maréchaussée, c'est pas souvent que vous pouvez bailler du bon temps à votre palais. Venez me goûter ça, s'il vous plaît ! »

Dorval et Hilarion ne se firent pas prier. Les maquerelleuses, au contraire, s'étaient refermées comme des herbes-marie-honte et feignaient de se curer les ongles des orteils ou d'être plongées dans des journaux d'amour italiens. Depuis le temps que Dorval enquêtait sur la mort de Romule Beausoleil, chacun avait fini par repérer ses allées et venues. Tout le monde était d'accord pour reconnaître qu'il ressemblait à l'acteur noir américain Sidney Poitier mais ce n'était pas une raison valable pour lui faire de grands sourires. Entre la police et les gens du Morne Pichevin et de la Cour Fruit-à-Pain, une inamicalité tenace régnait depuis le temps de l'antan, faite d'une alternance d'une part d'affrontements directs à cause des cases illégales que ces messieurs prétendaient détruire ou des aigrefins qu'ils y pourchassaient et d'autre part de non-belligérance boudeuse.

« Hon ! Vous venez encore nous bassiner de questions sur Beausoleil, ronchonna Carmélise, pourtant, à l'heure qu'il est, les os de monsieur doivent être transformés en farine. Paix à son âme, foutre ! Et puis, monsieur a vécu quatorze ans d'heureuseté d'affilée : douze ans avec sa Coulie Ferdine et deux ans avec sa négresse Hermancia. Qu'est-ce qu'il voulait de plus, hein ? Moi, j'ai jamais eu une seule année de joie dans ma vie. »

Ses commères pouffèrent de rire en hochant la tête d'approbation. Man Richard, l'épouse volage du contremaître docker, prit une pose impudique — jupe relevée à mi-cuisse, jambes largement ouvertes — et se mit à glandiner :

« Qu'est-ce qu'il est bel nègre, ce policier ! C'est tout le portrait de Sidney Poitier, vous ne trouvez pas ?

— Sers-moi un cornet de sorbet, dit Dorval en s'approchant de Carmélise.

— Et pour votre ami.

— Rien. Il s'est levé du mauvais pied aujourd'hui... Au fait, ce coq que de Malmaison t'avait confié, qu'en as-tu fait ? »

Carmélise sursauta. Elle lâcha sa manivelle et s'essuya les mains dans son tablier, d'un air pensif.

« Je ne connais pas ça..., balbutia-t-elle.

— Arrête tes couillonnades ! fit Hilarion. C'est ton Blanc créole lui-même qui nous l'a dit. Tu veux le faire passer pour un menteur ou quoi ? Je répète la question : qu'est-ce qu'Éperon d'Argent est devenu ?

— Il... il est mort, oui...

— Mort ? Mort de quoi ?

— De maladie... il était déjà tout malmené par le mal-caduc lorsque Jonas me l'a remis. J'ai tout essayé pour le sauver mais ça n'a pas marché.

— Tu as essayé ou bien Romule Beausoleil a essayé ? » demanda Dorval en goûtant à son sorbet.

Carmélise parut troublée. Ses amies s'en allèrent rejoindre leurs cases une à une. Bientôt, elle se retrouva seule, avec sa sorbetière désormais dérisoire, au mitan de la Cour Fruit-à-Pain.

« J'ai... j'ai essayé, Romule a essayé, Télesphore a essayé. Pourtant, c'est des bougres qui fréquentent les gallodromes depuis que le Diable était petit garçon. Eh ben, ils ont échoué eux aussi !

— Et de Malmaison a réagi comment ? fit Dorval.

— Il était furieux... c'est normal. Éperon d'Argent était un sacré coq de combat. Il lui avait fait gagner des tonnes de monnaie, oui. »

Puis, tombant à genoux devant les policiers interloqués, elle s'écria :

« C'est pas lui qui en voulait le plus à Romule. C'est son géreur... un chabin qu'on appelle Ti Victor, un bougre mauvais-mauvais-mauvais. Il a menacé de me tuer si je ne rendais pas le coq vivant.

— Merci ! » déclara Dorval en jetant le reste de son cornet sur le sol.

Et d'entraîner Hilarion jusqu'à leur voiture garée au bas de la route des Religieuses. « Ce Ti Victor, je l'ai aperçu lorsque je suis allé à Château-Plaisance. Il travaille à l'économat de la plantation », expliquat-il, très excité. Dorval fonça en direction du Lamentin, puis vers le sud, presque à tombeau ouvert, malgré les tournants diaboliques de la route. À Rivière-Salée, la fin de la récolte de la canne à sucre battait son plein. Des norias de mulets et de cabrouets charroyaient des piles de canne jusqu'à une petite gare où un train les emporterait aux deux usines de l'endroit.

« Tout ça appartient à Jonas Dupin de Malmaison, fit-il à Hilarion en désignant du menton les champs où la couleur brun noirâtre de la terre avait repris le dessus sur la houle verte des cannaies. Tu te rends compte ?

— Hé ! Trois siècles que ça dure, mon cher ami. Le Blanc en haut et le nègre en bas. Enfin presque puisque l'école est venue changer tout ça. C'est sûrement des Saint-Luciens qui s'éreintent là-dedans, le nègre de Martinique est devenu Artaban.

— T'aurais envie de la couper, cette canne ?

— Sûrement pas ! »

L'allée de cocotiers conduisant à la villa de Jonas Dupin de Malmaison était déserte. Les arbres majestueux qui l'encadraient dispensaient une fraîcheur bienfaisante à l'approche de midi. Dorval se rua à l'économat, toqua à la porte et l'ouvrit quand personne ne vint lui ouvrir. Le même désordre extravagant que la première fois le surprit. Des livres de compte empilés en tous sens à même le plancher et un petit bureau comportant une carafe d'eau ainsi qu'une timbale.

« Il n'est pas là, ton Ti Victor, fit Hilarion.

— Attends ! »

Dorval s'approcha d'un des murs de la pièce, consulta attentivement les papiers qui y avaient été cloués sur lesquels une main soigneuse avait rédigé des chiffres et des informations sur la marche de la plantation.

« J'en étais sûr... sûr, murmura-t-il, rêveur.

— Sûr de quoi ?

— Tiens ! Lis ça et regarde bien ces papiers sur le mur ! »

« *Beausoleil avait encore de beaux jours et de beaux soleils devant lui* », lut Hilarion en jetant un bref regard au mur. « *Hélas, il a voulu enjamber la ligne sans demander la permission.* »

Hilarion regarda à nouveau les papiers alignés sur le mur à hauteur d'homme et dit :

« C'est la même écriture... Incontestablement. Tu crois qu'on le tient cette fois-ci ? C'est notre homme, ce Ti Victor ?

— On va le savoir très vite. Allez, on file !

— On va où ?

— Chez son père, le maître de damier de Roches-Carrées, celui qui a initié Romule Beausoleil. Pa Victor, c'est son nom... »

Philomène et Rigobert ne s'étaient jamais consolés de la mort de celui qui aurait dû, si un bras scélérat ne lui avait pas planté un pic à glace dans la gorge, relever l'honneur du Morne Pichevin, au cours d'un formidable combat de damier prévu de longue date pour le Samedi-Gloria de l'an 1964. Ils n'avaient aucune confiance dans les investigations de la police. Cette dernière ne s'échinait vraiment que lorsque la victime était quelqu'un de bien, un mulâtre bourgeois ou un planteur blanc. Les nègres, eux, étaient des laissés-pour-compte et cela de toute éternité.

« J'ai bien réfléchi dans ma tête, fit un jour la péripatéticienne à Rigobert, j'ai tourné et retourné mes idées. Eh ben, je crois que, final de compte, c'est compère Télesphore qui est l'auteur de cette mauvaiseté-là, oui.

— Quoi ? s'indigna le crieur, Télesphore est mon ami. C'est un brave bougre. Il m'a toujours rendu service quand j'étais dans le besoin. Pourquoi tu dis ça, hein ?

— Parce que !

— Parce que quoi ? Parle, Philomène ! Moi aussi, j'ai hâte qu'on retrouve le chien-fer qui a assassiné Romule. Si je bute sur lui avant la police, crois-moi, je lui fais manger ses fressures en petits morceaux... Hon ! Moi, je soupçonne plutôt Waterloo. On m'a rapporté qu'il n'avait pas très envie de se gourmer. Tu savais qu'il s'était entiché d'une toute jeune brunette du Calvaire ? Évita c'est son prénom...

— Un vrai combattant de damier ne devient pas subitement un petit capon à cause d'une femme. Non ! Télesphore avait une dette envers Romule et il ne pouvait pas la payer.

— Une dette ?

— Oui, une sacrée dette ! Tu oublies que c'est à lui que Beausoleil avait confié le coq de combat que cette imbécile de Carmélise avait ramené chez nous. Tu oublies que le béké réclamait son coq à cor et à cri ? Carmélise était tellement inquiète qu'elle me demandait tout le temps comment faire pour partir pour France. »

Rigobert se souvenait qu'effectivement, il avait accompagné là mère-poussinière à la rue Schœlcher, devant un bâtiment où des gens de tous âges et de toutes conditions faisaient la queue. Ce bureau, affublé d'un vaste panneau indiquant BUMIDOM (Bureau des migrations des départements d'outre-mer) enregistrait les demandes des hommes qui voulaient être ouvriers aux usines Renault et des femmes qui voulaient devenir servantes à Paris. La requête de Carmélise avait été refusée à cause du nombre invraisemblable d'enfants qu'elle avait à charge et Rigobert se souvint qu'elle s'en était morfondue à l'époque. Dans le quartier, certaines maquerelleuses s'étaient moquées d'elle et l'avaient surnommée « Mamzelle de Paris ». Mais l'affaire avait été très vite oubliée et Carmélise était revenue à sa petite vie de vendeuse de sorbet et de fonctionnaire de l'utérus, selon sa propre expression.

« D'après moi, Éperon d'Argent n'est pas mort, dit Philomène. On n'a d'ailleurs aucune preuve de ça. Je pense que Télesphore a raconté des histoires. Le bougre a dû le faire combattre dans le Nord, là où personne n'aurait pu reconnaître le coq, et donc ramasser un paquet d'argent. Regarde-moi comment, dernièrement, il s'est acheté son propre canot, lui qui servait de matelot occasionnel à cette vermine de Waterloo. En fait, je l'ai toujours considéré comme un traître. Si Télesphore était vraiment notre ami, il ne s'acoquinerait pas avec ce bougre-là.

— Télesphore n'est pas natal du Morne Pichevin, le défendit Rigobert, n'oublie pas ça ! Il vit à Marigot-Bellevue. Quand on réfléchit bien, il n'avait pas à prendre parti ni pour nous ni contre nous.

— Hon ! Tu le défends cou-coupé à ce que je vois. Vous êtes tous les deux crieurs. Au fond, c'est normal... »

Mais Philomène avait semé une graine dans l'esprit torturé par le chagrin de Rigobert qui se mit à espionner Télesphore. Leurs Syriens respectifs se faisaient face à la rue François-Arago et les deux crieurs rivalisaient d'ardeur afin d'attirer le chaland, cela à partir de neuf heures du matin.

« Par ici, mesdames et messieurs ! lançait Télesphore de sa voix de stentor qui faisait parfois sursauter les passants qui n'y étaient pas habitués. Tissus rutilants de toutes qualités ! Popeline, mousseline, toile kaki, tulle, tout est là, tout est pour vous. N'hésitez pas, mesdames et messieurs, n'écoutez que votre cœur ! »

« Entr-r-r-rez ! Entr-r-r-rez ! s'égosillait en face Rigobert. Pantalon en tergal à six mille francs pièce ! Corsages brodés pour trois fois rien ! Entr-r-r-rez ! »

Au travail, jamais les deux compères ne s'accordaient un seul regard ni le moindre signe de complicité. Ils feignaient même de ne point se connaître et chacun profitait de l'affaiblissement passager des cordes vocales du rival, pour tenter de prendre le dessus pour le restant de la matinée. Car il s'agissait bel et bien d'une joute quotidienne, d'une bagarre pour la vie. Derrière leur dos, dans le magasin, entre les ballots de tissu, les cartons de chaussures et les étalages divers, leurs Syriens appréciaient ou désappréciaient leurs prestations soit en doublant leur salaire si la vente avait sérieusement grimpé, soit en la diminuant, soit même en menaçant de les licencier, ce qui, dans le cas de Rigobert et de Télesphore, était peu probable. Ils étaient, en effet, d'une toute autre pâte que ces nouveaux crieurs à la noix, des petits préleurs cravatés et pommadés qui ne possédaient, comparativement à eux, qu'un filet de voix et qui devaient s'aider parfois, ô sacrilège, d'un porte-voix. Cet instrument barbare aux yeux des deux compères avait fait son apparition l'année d'avant, en 1963 donc, lorsqu'un commerçant rapatrié d'Algérie, un Italien colérique du nom de Di Pozzo, racheta le commerce d'un vieux Syrien sans descendance qui était parti finir ses jours en Orient. Di Pozzo était bien plus moderne que ses voisins levantins. La preuve : il acceptait même les chèques, mode

205

de paiement inhabituel, pour ne pas dire insolite, dans cette partie de l'En-Ville.

Toutefois, sur les deux heures de l'après-midi, les deux crieurs se retrouvaient dans un bar à billard de la Croix-Mission pour siroter un punch et grignoter des marinades de morue. Ils ne s'étaient presque jamais dérobés à ce rituel en vingt années d'exercice sauf le jour où Rigobert se mit à apostropher un Télesphore tout bonnement estomaqué depuis son trottoir :

« Hé, Peau blême, tu es content ? Tes poches sont remplies d'or et d'argent, hein ?

— Visitez ce palais de l'élégance, mesdames et messieurs !... Le mètre de coton est à cinquante-cinq francs ce matin..., continua Télesphore (surnommé parfois Lapin Échaudé) qui, du coup, semblait avoir perdu sa verve coutumière.

— Éperon d'Argent continue à te rapporter ou bien tu l'as déjà vendu, salopard ?

— Shorts en kaki pour enfants, jupes plissées pour jeunes filles en fleurs. Entrez-entrez, je vous en prie !

— Tu crois que tu m'as couillonné, Lapin Échaudé, mais tu te trompes. J'ai fait semblant de croire à ton histoire juste pour voir jusqu'où allait ton toupet. Ah, tu en as du toupet, mon bougre !

— Cesse de m'emmerder !... Entrez-entrez, culottes noires pour lutter contre la visite des esprits malveillants et vicieux, linge de première communion fraîchement arrivé ! »

Le Syrien de Rigobert jaillit de son antre et, se dandinant de colère, ses bras courts et poilus accrochés à ses bretelles, cria :

« *Rigobè, fini épi bagay-tala lamenm oben man ka*

206

fouté'w déwô ! » (Rigobert, arrête-moi ça tout de suite ou je te flanque à la porte !)

Son compatriote, le patron de Lapin Échaudé donc, sortit à son tour sur le pas de sa porte, le visage ruisselant d'une sueur qu'il essayait tant bien que mal d'éponger à l'aide d'un mouchoir large comme une serviette de bain. Il goguenarda quelque chose en arabe avant de rigoler en créole :

« *Kliyan pa ka antré lakay moun ki ka jouré. Ha-Ha-Ha !* » (Les clients n'entrent pas là où ça injurie. Ha-ha-ha !)

Pour de bon, le magasin à la devanture duquel officiait Rigobert se désachalanda en un battement d'yeux. Dans le même ballant, celui d'en face se remplissait à vue d'œil tandis que Lapin Échaudé continuait, quoique d'une voix balbutiante, à vanter sa marchandise. Indifférent aux admonestations de Wadi-Abdallah, Rigobert traça toutes les générations de son rival depuis, à l'en croire, son arrière-arrière-arrière-grand-mère qui était la bonne à tout faire d'un Grand Blanc dont elle essuyait même la raie des fesses quand il avait fini de déféquer jusqu'à sa mère à lui, Lapin Échaudé, qui charroyait des paniers de charbon sur sa tête du Marché aux poissons jusqu'à la cale des paquebots, en se laissant grimper sur le ventre par tous les marins blancs de passage.

« Ta couleur claire de chabin vient de là ! hurlait Rigobert, complètement hors de lui. Il n'y a vraiment pas de quoi être fier. Tes cheveux jaunes aussi ! Tes yeux gris aussi ! »

Touché, Télesphore sentit sa voix faiblir au fond de sa gorge. Il ne parvenait pas à comprendre ce qui poussait son ami de toujours à de telles extrémités, devant la populace en plus. Nul doute que de tels propos feraient dans la journée même les délices de

Radio-bois-patate. Alors il se figea devant la vitrine de son magasin, malgré le soleil féroce qui se fessait sur la terre, et se mit à pleurer en silence. Sa figure tiquetée de taches de rousseur se mit soudainement à briller et des écoliers entreprirent de le dérisionner. Son Syrien s'énerva à son tour.

« *Hé ! Sa ka rivé'w, monboug ? Tonnan di sô, ou ka kité an ti kakayè kon Rigobè fè djendjen épi'w ! »* (Hé ! Qu'est-ce qui t'arrive ? Tu laisses un freluquet comme Rigobert se payer ta tête ou quoi !)

Une femme d'âge mûr, qui sortait du magasin, avec un gros paquet de tissu sous un bras et un panier à poisson sur l'autre, se planta devant Télesphore et lui lança :

« Lapin Échaudé, tu laisses cette petite graine de chien faire la fête avec ton honneur ou quoi ? Je ne te reconnais pas, eh ben Bondieu ! »

« Hé, Anastasie Waterloo ! s'écria Rigobert. Occupe-toi de tes affaires, bougresse ! Tiens, pendant que tu es en train de débagouler, ton homme, il est en train de coquer Évita. Tu sais, cette petite brunette qui habite au Calvaire. Ha-ha-ha ! »

L'épouse de Waterloo se raidit. Sa figure se crispa. Elle déposa son paquet à même le trottoir. Puis son panier à poisson. Elle s'accroupit et ôta vivement de celui-ci un pic à glace avec lequel elle se mit à tapoter le plat de sa main gauche tout en fixant Rigobert droit dans les yeux. Puis, se ravisant, elle ramassa ses cliques et ses claques et s'en alla à pas pressés en direction du canal Levassor.

C'est Pinpon, le célébrissime djobeur, qui mit fin à la terrible altercation entre Télesphore et Rigobert. Tous les matins, à onze heures tapantes, il poussait avec une dextérité inouïe sa charrette à bras bourrée de légumes et de fruits à la rue François-Arago, en slalomant entre les voitures et les badauds, montant et descendant du trottoir quand il le fallait, virant vertigineusement de bord pour éviter quelque enfant ayant échappé à sa mère, s'arrêtant dix secondes pour saluer tel ou tel commerçant levantin, blaguant à la venvole avec chaque crieur qu'il appelait de son sobriquet, ne cessant jamais d'imiter un klaxon :

« Pin-pon ! Pin-pon ! Pin-pon-linp ! Baillez-moi de la place, s'il vous plaît ! Allez, de l'air, foutre ! »

Le djobeur freina kri-i-i-i-ik ! Juste à hauteur des deux magasins où se déroulait l'affrontement fratricide. Il lança à la cantonade :

« Messieurs, suspendez-moi tout-de-suitement cette mascarade ! Le nègre n'a pas le droit de s'entre-déchirer dans ce pays. Il a trop souffert pendant l'esclavage. Regardez les békés, est-ce qu'ils se mangent entre eux ? Et les mulâtres ? Et les Syriens ? Et les Chinois ? Même les Indiens se soutiennent raide-et-dur bien qu'ils soient plus bas que nous, plus bas que du caca de chien. Ah, Bondieu-Seigneur, fiche que le nègre est une mauvaise nation ! Ce n'est pas possible. »

La plaidoirie de Pinpon eut un effet quasiment magique : le trafalgar, qui avait pété entre les deux crieurs et durait maintenant depuis deux bonnes heures, s'arrêta net-et-propre. Des automobiles cornaient avec fureur à l'en-bas de la rue François-Arago à cause de l'embouteillage monstre causé par l'arrêt de la charrette à bras de Pinpon. Ce dernier n'en avait cure. Il continua à tancer Rigobert et Lapin Échaudé comme s'il était un maître d'école. Puis il leur intima l'ordre de le suivre tous les deux, ce qu'ils firent au grand dam des deux commerçants levantins pour lesquels la vente ne faisait que débuter. En silence, ils marchèrent derrière Pinpon jusqu'au Marché aux légumes où il vida son charge-ment, conciliabula avec une revendeuse qui lui versa une poignée de pièces blanches, mangea deux man-gues-Julie, se rafraîchit les bras et le cou sous un robinet puis se tournant vers les deux crieurs, leur gueula :

« Allons boire un coup chez Chine à Terres-Sain-villes ! »

Attablés dans la pénombre du caboulot du Chinois, les trois hommes demeurèrent un long moment sans ouvrir la bouche. Rigobert semblait avoir un peu honte de son attitude tandis que son alter ego gardait un air désemparé.

« Les hommes, dit enfin Pinpon, on fait deux métiers qui vont disparaître bientôt. On n'a plus besoin de djobeurs de nos jours. Des camionnettes sont en train de nous remplacer, oui. Et vous ? Vous ne voyez pas que les commerçants font de plus en plus de réclame sur Radio-Martinique ? En plus, Mansour a installé un magnétophone dans son magasin...

— Un quoi ? demanda timidement Rigobert.

— Un appareil qui enregistre ta voix et la répète à volonté, mon bougre. Si bien qu'un jour, les Syriens n'auront plus besoin de vous. Un magnétophone, ça n'a pas d'extinction de voix, foutre ! Alors à quoi bon vous gourmer comme ça tous les deux ? »

Rigobert reprit son accusation contre Lapin Échaudé. Ce dernier, qui s'était remis de ses émo-tions, expliqua d'une voix calme qu'Éperon d'Argent était bel et bien mort et que le seul tort qu'il avait eu — il l'admettait volontiers — c'était de l'avoir fait combattre à l'insu de Beausoleil. Mais le coq avait, hélas, perdu la vie. Le nègre saint-lucien qui l'avait soigné et conduit au gallodrome pouvait en témoigner.

« Rigobert croit que c'est moi qui ai tué Beausoleil, fit Lapin Échaudé en s'adressant à Pinpon, il fait fausse route. Je suis triste qu'un vieux camarade comme lui porte une telle accusation contre moi. Vraiment triste, oui.

— Si c'est pas toi, c'est qui alors ? s'écria Rigobert.

— Le scélérat qui a fait ça est sous vos yeux et vous ne le voyez pas. Il vit à l'aise au Morne Pichevin avec ses chemises en soie et ses cheveux pommadés.

— Chri... Chrisopompe !

— Oui, Chrisopompe. Monsieur est venu plusieurs fois me voir pour que je l'aide à trouver un protègement contre Beausoleil. Ce dernier voulait lui couper les couilles parce qu'il avait forniqué avec ses deux femmes, Ferdine et Hermancia. Ce bougre-là n'a-t-il pas le don de bonimenter ?

— Ah bon ? Depuis quand tu es quimboiseur, toi ? demanda Rigobert.

— Je ne suis pas dans la sorcellerie mais Chrisopompe est persuadé que Grand Z'Ongles est mon ami.

— Et pourquoi ?

— On a fait le service militaire ensemble... alors on se salue, quand on se rencontre dans la rue... mais Grand Z'Ongles est un maître pour parler avec l'au-delà, pas moi. »

Pinpon obligea les deux crieurs à se serrer la main avant de s'en aller. Rigobert et Lapin Échaudé ne savaient plus quoi se dire. C'est Chine qui vint les dérider et ressouder quelque peu leur amicalité en leur racontant la dernière nouvelle que faisait courir Radio-bois-patate : le fameux docteur Bertrand Mauville, grand faiseur de discours électoraux, qui figurait à la une des journaux et dirigeait la plus grande loge maçonnique de Fort-de-France, ne bandait plus. Carmélise et deux autres femmes légères l'avaient confirmé...

« Chef ! Chef ! On vient de coincer Fils-du-Diable-en-personne, fit un policier en entrant à la diable dans le bureau de Dorval qui était en train de rédiger une note au commissaire Renaudin.

— Ah bon ! Où ça ? fit-il sceptique.

— Dans un entrepôt du Carénage. Chez les Mélion de Saint-Aurel... ils sont trois à l'intérieur. On les cerne. Hilarion est sur place, chef... »

L'endroit était à peine à dix minutes de marche de l'Hôtel de Police. Un important dispositif avait été placé tout autour d'un grand bâtiment de commerce de gros totalement en bois. Trois cars de policiers barraient les principales issues sous l'œil attentif d'Hilarion qui visiblement attendait la venue de Dorval.

« Ouf ! Je vous croyais en enquête. Cette fois-ci notre homme est cuit.

— Tu es sûr que Fils-du-Diable-en-personne se trouve à l'intérieur.

— Archi-sûr ! fit Hilarion. On a mis quatre gars du côté de la mer. S'ils sortent par là, on les cueille sans coup férir. »

Les badauds commençaient à se faire de plus en plus nombreux. Dorval demanda à ce qu'on les fasse reculer. Le bandit des Terres-Sainvilles était un gars sacrément dangereux qui n'hésiterait pas à faire feu s'il sentait qu'il était sur le point de finir à la geôle. On n'entendait aucun bruit dans l'entrepôt dont les fenêtres et les portes étaient hermétiquement closes.

« On fait quoi ? demanda Hilarion.

— Ils sont planqués où, selon toi ? demanda Dorval.

— Difficile à dire. Il y a deux étages et même un galetas. Ils peuvent être n'importe où. Fils-du-Diable est un bougre malin.

— Comment les avez-vous coincés ?

— Pur hasard ! fit Hilarion. Normalement, ce dépôt est en réfection et il est censé être fermé depuis deux mois. En fait, son propriétaire y entrepose un certain nombre de marchandises.

— Ils sont dans quoi les Mélion de Saint-Aurel ? »

L'adjoint de Dorval désigna une partie délabrée de la façade du bâtiment où on pouvait encore déchiffrer quoique avec peine :

« Maison Mélion de Saint-Aurel et Fils, fondée en 1905. Exportation de rhums en tous genres. Importation d'outillage et de matériaux de construction. »

« Il fout quoi là-dedans ? demanda Dorval. Ça ne lui ressemble pas. En général, il préfère l'argenterie et les bijoux des villas du Plateau Didier.

— À nous de le lui demander ! »

Dorval décida de faire les trois sommations d'usage avant d'ordonner l'assaut de l'entrepôt. Dans la minute qui suivit, on vit un, puis deux, bientôt cinq individus fort mal vêtus et à la mine patibulaire, sortir, les mains sur la tête, d'une anfracture où poutres pourries et cloisons effondrées s'entremêlaient. La foule se mit à les invectiver.

« *Ay chaché an travay pou zôt fè olyè zôt vôlè bagay moun, bann isalôp !* » (Z'auriez dû chercher du boulot au lieu de voler autrui, espèce de voyous !) s'écria une femme qui racontait à qui voulait l'entendre, depuis un moment, que la bande de Fils-du-Diable-en-personne méritait la guillotine.

Quand les cinq aigrefins furent menottés et fourrés dans un panier à salade, Dorval consulta Hilarion à voix basse, puis ordonna à tous les policiers de quitter les lieux au grand dam de la badaudaille toujours friande de cinéma-sans-payer. L'inspecteur ne voulait pas se trouver contraint de déloger le bandit des Terres-Sainvilles à coups de revolver. Il savait que le bougre vendrait chèrement sa peau et même qu'il préférerait mourir plutôt que de se rendre. Son honneur ne lui laissait aucune autre porte de sortie, d'autant qu'il devait entendre les cris de la foule au-dehors.

« Je le veux vivant..., fit Dorval.

— C'est un risque que tu prends là.

— Advienne que pourra ! »

Deux policiers furent chargés de faire évacuer les curieux en annonçant que tous les voleurs s'étaient rendus et que, contrairement au bruit qu'avait fait courir Radio-bois-patate, Fils-du-Diable-en-personne ne se trouvait pas dans l'entrepôt désaffecté des Mélion de Saint-Aurel. Dorval et Hilarion firent mine de se diriger vers le yacht-club tout proche, les mains dans les poches, comme si l'affaire était bel et bien terminée. Ce stratagème ne porta pas immédiatement ses fruits. Des irréductibles demeurèrent aux abords du Carénage, affirmant que les types qui venaient d'être arrêtés appartenaient à la bande du major des Terres-Sainvilles et à aucune autre. Final de compte, l'endroit se vida au bout d'un petit quart d'heure et les deux policiers purent y revenir tranquillement.

« On a pris un risque énorme, fit Hilarion, si ça se trouve, Fils-du-Diable-en-personne doit boire un punch à notre santé chez Chine.

— Pas évident ! C'est quand même la première

fois qu'il se fait prendre la main dans le sac. En plus, il n'est pas sur son terrain de prédilection. »

Ils passèrent derrière l'entrepôt, du côté où il donnait sur le Carénage et donc la mer, qui à cet endroit était noirâtre à cause des huiles de vidange des bateaux. Dorval s'arma de son revolver tandis que son adjoint allumait une lampe-torche en poussant très doucement une fenêtre branlante. Ils pénétrèrent dans un véritable capharnaüm : des tuyaux en plastique, des briques, des sacs de ciment, du ferraillage, des sacs de clous. Rien de très excitant. Il faisait une chaleur de four à charbon à l'intérieur. Dorval chercha en vain un mouchoir dans sa poche de chemise pour s'éponger le front avant de se servir de ses manches. À chaque pas, les deux policiers butaient sur une brouette, sur un rouleau de câble ou sur des caisses de carreaux.

« Hé, Fils-du-Diable, tu m'entends ? fit Dorval.

— T'es coincé, camarade, ajouta Hilarion. Fais pas l'idiot ou sinon, on sera obligé de te trouer la peau.

— Fils-du-Diable, rends-toi, s'il te plaît. »

Personne ne réagit. Ils grimpèrent au premier étage de l'entrepôt qui était aussi encombré de matériaux que le rez-de-chaussée avec en plus des dame-jeanne de rhum.

« Reste ici, dit Dorval, je monte plus haut. Faut pas qu'on le laisse filer !

— D'ac ! »

Le second étage était tout aussi silencieux que le reste de l'entrepôt mais il était presque vide, hormis un assemblage de bouteilles de vin doux dans un coin. Dorval dirigea lentement sa torche sur les murs rongés par des colonies de poux de bois. Aucune trace du bandit ! L'inspecteur s'apprêtait à emprunter l'échelle conduisant au galetas quand une voix chuchota :

« Sidney Poitier oh ! On fait un marché, mon bougre ? »

Fils-du-Diable-en-personne était recroquevillé derrière une énorme caisse de savon de Marseille, un impressionnant bec de mère-espadon à la main.

« Joue pas au couillon ! fit Dorval. Un seul geste et je fais éclater ta cervelle comme une goyave mûre.

— J'ai un marché à te proposer, inspecteur.

— Dis toujours...

— Je te mets sur les traces de l'assassin de Romule Beausoleil et, toi, tu me laisses filer.

— Impossible ! »

Le bandit des Terres-Sainvilles se redressa et malgré la lumière de la torche qui l'aveuglait, Dorval lut une froide détermination dans son regard. Il avança sur lui, pistolet pointé en avant et dit :

« Ça ne te ressemble pas, ça ? Des tuiles, des briques, du ferraillage...

— J'ai décidé de construire ma maison, inspecteur. Ça fait vingt ans que je dors à droite et à gauche chez des femmes sans sentiment. Il me faut un chez-moi. Tu en as bien un, toi ?

— Tu comptais t'installer où ?

— À Trénelle. La mairie autorise les gens à barrer du terrain là-bas... tu sais, inspecteur, j'ai un petit garçon. Ah, on ne t'a jamais dit ça ! Eh ben, il s'appelle Jérôme. Il apprend bien en classe, oui. Monsieur parle français comme un grand-grec et il peut devenir médecin un jour si je m'occupe bien de lui. Je l'ai fait avec une câpresse de Case-Pilote. »

D'en bas, Dorval entendit son adjoint qui le hélait, sans doute inquiet. Il le rassura à haute voix.

216

« Y'a personne là-haut, Hilarion. Je monte voir au galetas. Va dehors et surveille du côté de la rue ! »

Dorval fit encore trois pas en direction du bandit des Terres-Sainvilles. Il l'avait enfin entre ses mains, ce défieur de toutes les polices, ce Fantômas sans masque ni cape et, en dépit de sa carrure d'athlète, le bougre lui faisait un peu pitié. Son short en kaki troué de partout lui baillait l'apparence dérisoire d'un pantin du mardi gras.

« C'est quoi ton marché déjà ?

— Inspecteur, Romule Beausoleil était mon ami et...

— Ha-ha-ha ! Beausoleil n'avait que des amis. Ça, je sais ! Rigobert était son ami. Lapin Échaudé l'était aussi. Et Philomène. Et Carmélise. Beausoleil était l'ami du monde entier apparemment. Résultat : quelqu'un, un ami peut-être, lui a planté un pic à glace dans la gorge au matin du Samedi-Gloria. Cesse de faire le mariole, Fils-du-Diable ! Allez, rends-toi en homme !

— Beausoleil s'était converti à l'Église.

— À l'Église ?

— Oui, à force de faire des macaqueries avec son corps, il a fini par avoir un zombi dans la tête, fit Fils-du-Diable-en-personne. Il avait des maux de tête tellement violents qu'il était obligé de s'attacher une serviette avec des morceaux de glace autour des tempes.

— Macaqueries, ça signifie quoi ?

— Hon ! D'abord il s'est acoquiné avec une Coulie, Ferdine, vous savez ça, je pense. Elle lui a fait faire un vœu à une prétendue déesse indienne, Mariémen, pour qu'il n'ait plus d'odeur de caca. La tinette municipale, c'est un sale job, ça. Ensuite, il a écouté Philomène. Il est parti à Roches-Carrées avec un vieux nègre des bois pour apprendre le damier. Ce type-là lui a fait voir des zombis africains. Alors, après tout ça, Beausoleil a fini par devenir fou dans le mitan de la tête.

— Je ne vois pas où tu veux en venir...

— L'abbé Firmin lui avait baillé comme pénitence de remonter le Calvaire à genoux le Vendredi saint. Il l'a fait et ça n'a pas amélioré sa souffrance. Je le sais, je l'ai rencontré à sept heures du soir près de la Caserne Gallieni. Il avait rendez-vous. Devinez avec qui ?

— Parle ! Dépêche-toi...

— Avec Waterloo, le major du Bord de Canal. Celui avec qui il devait faire un grand combat de damier le lendemain ! »

Dorval rabaissa son arme. Son esprit cogitait à cent à l'heure. Et si ce Waterloo lui avait raconté des craques ! Son histoire de vieillesse, de lassitude envers le damier, d'amour pour Évita Ladouceur et tout ça, c'était probablement du baratin. Il avait dû liquider par traîtrise Romule Beausoleil dont il craignait les pouvoirs et charroyer le corps au pont Démosthène, loin du Bord de Canal donc, afin de n'éveiller aucun soupçon à son égard. Pas de doute, c'était bien ça !

« Écoute, Fils-du-Diable, je...

— Mon nom est Fils-du-Diable-en-personne.

— Je ne t'ai pas vu. N'oublie jamais que je t'ai baillé une chance ! La prochaine fois, soit tu finis au trou, soit au fond d'une fosse du cimetière des pauvres. Compris ?

— Compris, inspecteur », fit le bandit en déposant son bec de mère-espadon.

Dorval redescendit précautionneusement l'escalier en bois qui branlait de toutes parts. Au rez-de-chaussée, il buta sur un tonneau et jura entre ses dents. Dehors, son adjoint faisait les cent pas, l'air plutôt inquiet.

« Alors ? fit Hilarion.

— Alors quoi ? Fils-du-Diable-en-personne nous a encore filé entre les pattes, ce salopard.

— Peut-être qu'il n'était pas dans le coup cette fois-ci.

— Ça se pourrait. Les matériaux de construction, c'est pas son truc habituellement. »

Les deux inspecteurs regagnèrent l'Hôtel de Police en traversant la place de la Savane dont les allées ombragées de tamariniers centenaires étaient encombrées de poussettes. Des petites bonnes, très foncées de peau, y faisaient prendre l'air à des bébés mulâtres en jacassant en créole.

« Ce Fils-du-Diable-en-personne ne perd rien pour attendre », maugréa l'inspecteur Dorval...

8

Au matin du Vendredi saint, Romule Beausoleil ressentit un grand mieux dans sa caboche. La veille, il avait accompagné Philomène et Carmélise à la messe, au grand dam d'Hermancia qui avait toujours rêvé de le convertir à l'adventisme. Jusque-là, il n'avait considéré cette affaire de religion que comme une vaste loufoquerie d'autant que Rigobert ne cessait de claironner que le Bondieu avait toujours été du côté des Blancs et donc contre la race des nègres. À première vue, le raisonnement du crieur n'était pas faux : la négraille croupissait à Morne Pichevin ou à Volga-Plage tandis que la mulâtraille et la békaille s'esbaudissaient dans de splendides villas entourées de jardins fleuris à Plateau Didier ou à Petit-Paradis.

« N'écoute pas Rigobert, faisait Philomène. Si le nègre est dans cet état-là, c'est parce qu'il baigne dans la mécréance. En plus, il adore le rhum, il joue aux dés, il couillonne les femmes, il vole son prochain, bref...

— Ça, tu peux le dire Philomène, renchérissait Carmélise, pour être mauvais, le nègre est vraiment une mauvaise engeance. Regardez-moi, les amis, j'ai onze marmailles avec des nègres et pas un ne me tend un simple petit billet de dix mille francs pour acheter un pain. Je suis obligée de tempêter pour qu'ils ouvrent leur portefeuille. Par contre, mon aîné est fils de béké et je ne manque de rien pour lui. »

Romule Beausoleil jeûnait depuis la veille pour respecter les prescriptions de l'abbé Firmin qui lui rappelaient curieusement celles du prêtre indien qui avait invoqué Mariémen afin de lui ôter son odeur d'excréments ainsi que celles de Pa Victor, à Roches-Carrées, qui, lui, avait fait appel aux esprits africains pour lui bailler sa vaillantise de combattant de damier. Mais il chassa très vite cette pensée sans aucun doute diabolique : il n'y avait qu'un seul Dieu et son fils s'appelait Jésus-Christ. Tout le reste relevait de la sauvagerie et du paganisme. L'épreuve de la montée du Calvaire à genoux lui semblait une juste punition pour ses travers passés. Il répétait mentalement les passages de la Bible qu'il avait appris et qu'il devrait réciter à chacune des stations. Lapin Échaudé lui avait ramené une chemise et un pantalon, tous deux blancs, de chez son Syrien, et une paire de chaussures neuves qui sentaient encore bon le cuir. Il se mit à descendre les quarante-quatre marches, très pénétré de l'importance de l'action de grâce qu'il allait faire. Il devait être aux approchants de six heures du matin. Il avait eu le temps de laver son camion-tinette et de le ramener au garage municipal. Il se sentait décidément un homme neuf.

« Bon... bonjour », fit une voix fluette qui le tira de ses pensées.

C'était le déjuponneur de Chrisopompe de Pompinasse qui rentrait probablement d'une nuit agitée dans quelque bouge de la Transat. Ses vêtements étaient chiffonnés et il semblait un peu gris. Une lueur d'effroi traversa son regard à la vue du combattant de damier. Il porta aussitôt ses deux mains jointes à son sexe dans un geste de protection dérisoire. Beausoleil s'arrêta à sa hauteur et le fusilla du regard, prêt à lui foutre une égorgette mais il fit un effort surhumain sur lui-même. Dompte tes instincts, lui avait recommandé l'abbé Firmin, Dieu appréciera beaucoup ce changement d'attitude chez toi.

« *Ou... ou ké bat Watèlo* (Tu... tu vaincras Waterloo), lâcha l'enjoleur de jeunes filles dans un souffle.

— *Sa pa ka gadé'w !* » (C'est pas ton problème !) rétorqua le fier-à-bras en continuant à descendre l'escalier, la rage au ventre.

Une soudaine nostalgie de Ferdine venait de s'emparer de lui. Il n'avait pas oublié qu'elle avait été la première femme à avoir accepté sa vilaine odeur de ramasseur de tinettes. Chaque pas du fameux balpaillote où ils s'étaient enlacés pour la première fois lui revenait en mémoire. Cette petite Coulie était vraiment une reine du danser. Et dire que cet inutile de Chrisopompe de Pompinasse avait brisé leur entente simplement en imitant la voix de Tino Rossi alors que lui, Romule, se trouvait à Roches-Carrées en train de s'initier aux lois secrètes du combat-damier. Il ne pouvait réellement en vouloir à Ferdine : non seulement la jeune femme était une rêveuse de nature mais en outre, lui, il était parti sans crier gare, sans l'avertir le moins du monde et, à force-à force, elle avait bien pu croire qu'il était mort. Ou qu'il s'était embarqué à bord d'un paquebot à destination du Havre. N'était-ce pas ce que le voisinage avait raconté ? Au fond, Philomène avec son obsession de revanche contre les nègres du Bord de Canal était toute aussi responsable de son malheur que Chrisopompe. Où était présentement Ferdine ? Avait-elle trouvé refuge chez son père, le prêtre indien Naïmoutou ou bien s'était-elle réfugiée dans sa commune natale de Macouba, dans l'extrême-nord du pays ? Mille tourments rongeaient l'âme de Romule Beausoleil tandis qu'il arpentait le boulevard de la Levée, vêtu de son linge à l'immaculée blancheur qui arrachait des sifflements d'admiration aux passants.

« Faut que je me ressaisisse ! Il le faut... », murmura-t-il.

Au pied du raidillon du Calvaire, de petits groupes de fidèles, surtout des femmes assez âgées, se rassemblaient afin d'entreprendre le chemin de souffrance de Jésus-Christ. Chacun tenait une Bible à la main et était plongé dans une muette récitation. Romule Beausoleil se sentit tout penaud. Aussi penaud que lors de sa retraite de première communion, quand une ma-sœur à cornette au visage poupin et rose l'avait interrogé sur le mystère de la Sainte-Trinité et qu'il avait été incapable d'articuler le moindre mot. Il eut peur d'être ridicule en s'agenouillant sur ce sentier de pierres, où l'herbe avait été fraîchement taillée mais pas ramassée, afin de commencer à réciter les prières qu'il avait si facilement apprises mais qui s'amusaient à s'échapper, puis à revenir à tout instant. Il aperçut un chabin rouquin cravaté et laineté qui l'observait depuis la première station du Calvaire. Pas de doute ! Il s'agissait du docteur Bertrand Mauville, le frère de cet Amédée que Philomène avait tant aimé au temps de l'amiral Robert. Le bourgeois l'avait contacté à diverses reprises afin qu'il lui trouve un remède à son absence de bandaison. Il voulait de ce fameux siroppied-de-bœuf qui était réputé faire des miracles en la circonstance et Beausoleil avait accepté une grosse

somme à la fois pour ramener le produit et pour
taire sa langue. Le combattant du damier avait
accepté cette mission uniquement pour faire plaisir
à Philomène.

« Toi qui drivailles partout à travers le pays pour
tes combats de coqs, avait-elle dit, tu dois sûrement
rencontrer des vieux nègres qui ont de la savantise
dans leur tête. Demande-leur ce sirop, s'il te plaît. »

Trop préoccupé à faire ses paris et à boissonner
en compagnie de Rigobert et de Lapin Échaudé, il
oubliait régulièrement la mission que lui avait confiée la péripatéticienne qui l'admonestait sans cesse :

« Le docteur Mauville a le bras long, mon bougre.
Tu es passé de ramasseur de tinette à celui de conducteur de camion mais, fais attention à toi, tu peux
te retrouver chômeur du jour au lendemain, oui. »

Pire : le bruit des malheurs sexuels du rouquin
s'étaient répandus à travers l'En-Ville alors qu'à
priori, seuls Philomène et Beausoleil étaient au courant. Ces deux-là ignorèrent longtemps que cette
putaine de Carmélise, désireuse d'entrer dans le
grand monde, avait aguiché un jour le docteur Mauville alors qu'elle était allée en consultation et qu'elle
avait constaté les dégâts par elle-même. Jalouse des
accointances bourgeoises de sa voisine, elle ne se fit
pas prier pour ruiner, à mots couverts, la réputation
de celui que Philomène décrivait comme l'honorable
politicien-médecin-franc-maçon-officier de réserve
et qu'elle appelait abusivement « mon beau-frère ».

« Gloire à toi, Seigneur ! » chanta un groupe de
fidèles en commençant l'ascension du Calvaire
tandis que Beausoleil demeurait toujours cloué sur
place.

Le docteur Bertrand Mauville dirigeait un groupe
de prières composé de rombières aux cheveux argen-

tés, les doigts couverts de bagues, qui le couvaient d'un regard concupiscent tout en faisant mine de partager la douleur du Christ. Beausoleil réalisa qu'à cette heure-là, neuf heures et demie du matin, c'était plutôt la bourgeoisie foyalaise qui faisait le chemin de croix, l'après-midi étant réservé à la gueusaille. Sa présence était donc parfaitement incongrue en dépit de ses vêtements flambant neufs et de ses cheveux taillés avec soin. Rassemblant tout son courage, il entama le raidillon sur les genoux, le plat des mains tendu vers le ciel et les yeux mi-clos, sa bouche récitant à toute vitesse les phrases bibliques qui menaçaient de lui échapper. À la première station, il demanda pardon pour son accointance avec les diableries hindoues et renia la déesse Mariémen. À la seconde, il implora le ciel d'effacer ses trois mois d'initiation à la sorcellerie africaine et son intronisation en tant que grand maître de damier. À la troisième, déjà fourbu, les genoux gragés par les cailloux acérés qui couvraient la pente, il supplia le Très-Haut d'oublier qu'il avait prêté une oreille plus qu'attentive aux paraboles mahométanes de Wadi-Abdallah, le Syrien qui embauchait Lapin Échaudé et qu'il avait même porté au revers de son caleçon un talisman décoré d'inscriptions coraniques. À la quatrième, il s'adressa directement à la Sainte Vierge Marie car elle seule saurait faire preuve de mansuétude à l'égard de la formule bouddhiste que Chine, le bistrotier des Terres-Sainvilles, l'avait convaincu de répéter cinquante-sept fois par jour. À mesure qu'il avançait, à mesure il sentait son corps s'alléger de toutes ses impuretés. Une paix intérieure le baignait et lui faisait oublier les crampes qui lui déchiraient les muscles des jambes. Le groupe du docteur Bertrand Mauville le contemplait bouche bée.

« Ce nègre-là est en plein quimbois, oui, fit une bondieuseuse.

— Venir faire ce genre de saletés un Vendredi saint, messieurs et dames, et en plus au pied du Calvaire, quelle honte ! maugréa une autre.

— Docteur Mauville, il faut faire cesser ça, oui... », reprit la première en qui Beausoleil reconnut Anastasie Waterloo, la femme de son futur adversaire.

Que faisait la marchande de poissons dans ce groupe de bigotes huppées ? Il est vrai que drapée dans sa robe-grand-moune noir et or à parements argentés, elle avait fière allure. Nul n'aurait pu reconnaître en elle la marie-souillon qui, chaque après-midi, sur le coup de trois heures, arpentait les rues de l'En-Ville en lançant à la cantonade :

« Balarou bleu, deux cents francs le kilo ! Daurade et requin, même prix, messieurs et dames ! »

À cet instant, Beausoleil prit conscience qu'elle éprouvait une véritable haine à son endroit, haine qu'elle n'avait jamais exprimée, étant une taiseuse de nature, mais qui se lisait dans la brillance de ses yeux plus noirs que jais. De fait, elle s'approcha de lui et lui cracha en plein visage en glapissant à nouveau :

« Docteur Mauville, ce nègre-là fait de la sorcellerie, il faut faire cesser ça tout-de-suitement, oui ! »

Le chabin rouquin, qui faisait faire au groupe un pauser-reins à la cinquième station devint rouge comme un piment-bonda-Man-Jacques. Il ferma sa Bible et prit une profonde inspiration, visiblement indécis. Il était persuadé que ce ramasseur de caca, non content de le dérisionner dans les bars de Fort-de-France, était venu le provoquer. À tout instant, il s'attendait à ce que cet énergumène de Beausoleil hurle :

226

« Seigneur Dieu, rendez sa bandaison à monsieur Bertrand Mauville, je vous en prie ! »

Nul doute que le bougre éclaterait de rire avant de s'escamper pour aller raconter qu'il avait surpris le docteur le plus respectable de la Martinique en train d'accomplir le chemin de croix sur les genoux afin de demander le rétablissement de sa virilité. Beausoleil était capable de tout. Avec ces nègres des quartiers coupe-gorge, l'inimaginable était possible. Une rousinée de sueur lui couvrit le front, lui baillant un air encore plus méchant que d'habitude. S'il avait eu la présence d'esprit de porter son Remington, il aurait pu abattre ce vagabond, là, au bas de la quatrième station, et il aurait invoqué la légitime défense. N'importe quel tribunal l'aurait cru sur parole quand il lui aurait décrit comment Beausoleil avait sauvagement agressé un groupe de femmes pieuses pour leur dérober leurs bijoux. Et aucune d'entre elles n'aurait eu le courage ni le désir de démentir les propos du docteur Mauville.

« *Ou ka pwovotjé mwen !* » (Tu me provoques !) grommelat-il en créole, langue très inhabituelle dans son auguste bouche.

Alors, juste au moment où le combattant de damier s'apprêtait à continuer son escalade, Bertrand Mauville retrouva la parade grandiloquente qu'opposaient son père et surtout son arrière-grand-père, rédacteur au journal *Les Colonies* au tout début du siècle, à ceux qui avaient osé les défier. Il convoqua Beausoleil en duel. Pas moins !

« Beausoleil, s'écria-t-il, cesse tes vagabondageries immédiatement ou alors souffre que ce soir même tu aies à m'affronter à l'épée ou au pistolet, comme tu voudras, derrière la Maison du sport ! »

Et dans un geste théâtral, il voltigea l'un de ses

gants à la figure du repentant qui ne comprenait strictement rien à ce qui se passait. Le docteur Mauville avait l'air sérieux et les femmes qui l'entouraient arboraient un air tout à fait courroucé. Un duel ! Lui Beausoleil qui n'avait jamais vu une épée qu'au cinéma le Parnasse le dimanche après-midi dans les films comme *Ben-Hur* qui le ravissaient, lui comme tous ses congénères du Morne Pichevin, de Volga-Plage et de Sainte-Thérèse. Quant à cette histoire de pistolet, où est-ce qu'il en dénicherait un ? Si encore ce Mauville avait proposé le couteau à cran d'arrêt, la jambette ou le bec de mère-espadon, là oui ! Ou même un bon combat de damier à la loyale.

« Tu m'entends, Beausoleil, reprit le rouquin. Ce soir à la tombée de la nuit, je serai sur la Savane. Il y a un coin éclairé juste derrière la Maison du sport. On sera tranquilles en cet endroit. Si tu n'es pas un lâche, choisis ton arme. Épée ou pistolet ? »

Romule Beausoleil eût pu faire une bouchée de ce matamore en costume-cravate dont la bedondaine commençait à pousser sérieusement bien qu'il eût à peine la cinquantaine. D'un seul gueuler-à-moué, il eût pu faire ces vieilles bigotes s'égailler dans le raidillon du Calvaire plus vite qu'une tralée de tourterelles pourchassées par quelque mangouste. Ainsi il aurait eu les lieux pour lui, rien que pour lui, et il aurait pu continuer ses actes de contrition dans la plus parfaite tranquillité. Mais il demeura figé, les genoux enfoncés dans le sol, incapable de rétorquer quoi que ce soit.

« Épée ou pistolet ? » cria cette fois-ci le docteur Mauville encouragé par ses accompagnatrices.

« *Ou pa an nonm* (T'es pas un homme), hurla la

228

plus enragée d'entre elles, *ou sé an badjolè, mi sé sa mi !* » (tu n'es qu'un bat-de-la-gueule, voilà tout !).

Beausoleil sentit l'insulte lui cravacher son honneur et son sang ne fit qu'un tour. Il redressa une jambe, prêt à bondir lorsqu'une voix dans sa tête le rappela à l'ordre : celle du père Firmin. Elle lui ordonnait de réfréner ses instincts vengeurs, de supporter le crachat et l'opprobre, de courber même la tête et de reprendre la récitation de l'Évangile. Sinon c'en était fini de lui auprès de Dieu. Ses maux de tête recommenceraient de plus belle et il passerait la vie éternelle dans les flammes de l'Enfer. Un affrontement sans merci eut lieu dans le for intérieur du conducteur de camion-tinette. Cela était si visible que les bigotes le crurent tombé fou et prirent peur.

« Le Diable est en train de lui monter à la tête, fit l'une d'elles en égrenant nerveusement son chapelet-rosaire.

— *Vade retro Satanas !* » lança une autre en brandissant le crucifix en argent qu'elle portait autour du cou.

L'immobilité de Beausoleil rassura le docteur Mauville. Il redescendit à hauteur de la quatrième station, se tint juste devant le nègre-Guinée et lui cracha brutalement au visage, en répétant :

« J'en ai fini avec toi. Ce soir, je viendrai à l'endroit convenu avec l'arme que tu auras choisie pour qu'on règle définitivement nos comptes. Amène deux témoins. Moi, j'en ai déjà un paquet parmi ces femmes qui m'accompagnent. Si jamais tu te dérobes, tout Fort-de-France se rira de toi. »

Puis le groupe de bourgeois continua sa remontée du Calvaire sans plus s'occuper de Beausoleil. Leurs chanters en latin s'élevèrent dans l'air pur de la matinée comme un hymne à la joie et à la sérénité. Beausoleil essuya le crachat du docteur à l'aide du gant de ce dernier et grogna :

« *Landjèt manman'w, isalôp ! Oswè-a sé épi an bèkmè man ké fann fwa'w !* » (Le cul de ta mère, espèce de salaud ! Ce soir, je t'ouvrirai le foie avec un bec de mère-espadon !)

Et c'est ainsi que Romule Beausoleil interrompit la pénitence que lui avait infligée le père Firmin. Il redescendit jusqu'au boulevard de la Levée, chercha un bar ouvert et demanda une bouteille d'eau fraîche, puis un seau entier, afin de bassiner sa tête qui recommençait déjà à lui infliger les pires douleurs...

L'inspecteur Dorval nourrissait une secrète excitation à l'idée de rencontrer celui qui avait initié Romule Beausoleil aux lois ancestrales du combat de damier. Cet héritage de l'Afrique était en voie d'extinction et ne subsistait plus guère que dans les simulacres d'affrontement des ballets folkloriques. Ce nègre-là, se disait le policier, doit être fait d'une autre texture que nous, il doit posséder une sagesse hors de portée du commun des mortels. Un homme-racine. Un homme-courbaril. En communication avec la terre et les nuages, les oiseaux et les rivières. Un ancêtre, quoi ! C'est pourquoi il fut horriblement déçu en abordant la case délabrée de Pa Victor dont un pan de la toiture en tôle ondulée avait été arraché par quelque cyclone. Autour d'elle des poules étiques et des cabris d'un noir insolite rôdaient à la recherche de nourriture. Dans un fût crevé qui recueillait l'eau du toit, deux merles — seule note de gaieté dans cette atmosphère de désolation — s'amusaient à glouglouter une eau couleur de rouille. Dorval crut que nul n'habitait plus là. Il fit le tour de la case par acquit de conscience sans rencontrer âme qui vive quand un grognement attira son attention dans les halliers tout proches. Un grognement qui tenait pour moitié de l'animal et pour l'autre de l'humain.

« *Pa Viktô, sé'w ki la ?* » (Pa Victor, est-ce vous ?) lança le policier d'une voix plutôt intimidée.

Le bruit s'arrêta brusquement. Un silence étrange semblait étreindre les arbres gigantesques qui offraient une ombre austère à la petite cour de terre battue qui se trouvait devant la case. Dorval fit quelques pas en direction de l'endroit où le grognement s'était produit, une main sur son revolver dans la poche de sa chemise-veste. Soudain, une créature hirsute jaillit devant lui, à moitié nue et sale à faire peur.

« *Fouté-mwa-li-kan !* » (Foutez-moi le camp !) braillla-t-elle en tournant autour de Dorval avec un tel ballant qu'il en eut le tournis.

Puis le vieil homme s'affaissa sur le sol et se mit à vomir un liquide gluant et verdâtre. Une loque ! Telle était l'impression que Pa Victor fit à l'inspecteur Dorval. Était-ce possible que cet homme-là fût le grand maître qui ouvrit à Romule Beausoleil les portes du combat de damier ? Dorval attendit qu'il se calme avant de s'agenouiller près de lui.

« *Pa Viktô, ou ka tann mwen ?* (Pa Victor, vous m'entendez ?)

— *Man pa ka tann pèsonn ankô !* » (Je n'entends plus personne !) hurla le vieil homme dont les yeux étaient exorbités.

Puis il s'assit en recroquevillant ses jambes sous ses fesses et prit un air absent. Les rares cheveux blancs qui lui restaient derrière le crâne lui baillait bizarrement l'air d'une chenille venant de sortir de sa gangue. Dorval se dit qu'il n'y aurait rien à tirer d'un tel personnage. Il avait été abîmé par le rhum et le tabac et sans doute aussi par la maladie car il portait un ventre proéminent sur un corps quasi squelettique. Des plaies incurables écorchaient le rebord de ses pieds, envahies par des essaims de moucherons. L'inspecteur s'apprêtait à tourner les talons quand le vieillard lui lança :

« *Resté la !* » (Reste ici !)

Sa voix était redevenue celle d'un être normal bien qu'elle fût chevrotante. Dans un geste de dignité, il tenta de fermer sa chemise mais il ne lui restait qu'un seul bouton qui se décousit d'ailleurs à ce moment-là. Pa Victor le regarda rouler sur le sol de terre battue avant de s'échouer dans une rigole d'eau boueuse.

« Voilà mon état ! fit-il en désignant le bouton. Je ne suis plus qu'un zéro devant un chiffre, un rien du tout... aujourd'hui personne ne m'écoute, personne ne veut de moi. Ils disent que j'ai perdu la raison parce que j'ai refusé qu'on mette un poteau électrique par ici. Hon ! Les nègres de Roches-Carrées ne sont plus comme avant. La canne est finie, elle aussi... on parle de planter de la banane. Moi, j'ai été arrimeur pendant quarante ans sur l'habitation Petite Rivière. Je peux vous assurer que ça, c'était un vrai travail. »

Dorval était très attentif. Il avait peur d'interrompre Pa Victor. Qui sait si cet instant de lucidité durerait très longtemps ?

« Voyez-vous, cher monsieur, qui que vous êtes... si vous avez fait tout ce chemin jusqu'à moi, c'est que vous avez une bonne raison. Eh ben, j'avais un fils, un fils unique, et ce nègre-là m'a trahi. Pourtant, je lui ai transmis tout ce que mon propre père m'avait enseigné. Tout ! Il a fait semblant d'écouter,

232

il a récité mes prières, il a imité mes gestes mais au fond de lui-même il demeurait un Blanc. Il ne comprenait rien...

— Mais Ti Victor est dans la même profession que vous ? Il est bien géreur à Rivière-Salée sur l'habitation Château-Plaisance ? »

À ce nom, le vieillard bondit sur ses pieds. Il se dirigea vers une souche où il avait fiché son coutelas et l'attrapa avec une colère non feinte.

« Quoi ! Vous connaissez ce rebelle-là ? Je ne parlais pas de lui. Je parlais de Romule Beausoleil, un bougre du Morne Pichevin qui est venu apprendre le combat de damier avec moi. Celui-là, je croyais qu'il était mon vrai fils. Je lui ai fait entière confiance et il m'a couillonné. Ça ne lui a pas porté chance, hon !

— Ti Victor n'est pas votre fils ? fit Dorval, héberlué.

— Oui... si on veut... ce chabin-là est bel et bien sorti de mes graines. Je l'ai enfanté avec une couturière de la montagne du Vauclin mais nous n'avons jamais vécu ensemble. Elle subissait la mauvaise influence de son entourage qui disait que je n'étais pas quelqu'un de fréquentable. Sa mère me traitait de nègre-marron ! Donc jusqu'à l'âge de sept ou huit ans, je n'ai pas pu voir la couleur du visage de Ti Victor. Ils l'ont caché pendant tout ce temps-là loin d'ici, aux Anses d'Arlets, je crois, et ce n'est que tout grand que j'ai vu un jour un beau chabin, haut comme un filao, débarquer devant ma case avec un cadeau. "Je suis votre fils", m'a-t-il dit, et il m'a tendu une pipe en terre enveloppée dans du papier doré. Et puis, il ne m'a même pas laissé l'embrasser ni lui parler. Il est reparti là même dans sa camionnette bâchée qu'il avait garée au bout du chemin.

— Vous ne l'avez plus du tout revu ?

— Oui... il revenait parfois. Toujours à l'improviste. Un cadeau toujours sur les bras. Mais on n'a jamais brocanté la plus petite miette de causer. Vous voyez, cher monsieur, ce Ti Victor est mon fils mais, en même temps, ce n'est pas mon fils. Par contre, avec Romule Beausoleil, ça a été complètement différent. J'ai refait toute son éducation. Enfin, c'est ce que j'avais cru à l'époque... »

La brune du soir était sur le point de tomber. Le vieil homme demanda à Dorval de le suivre dans sa case où il alluma une lampe à pétrole dont la mèche était à bout de souffle.

« Je n'ai rien à manger, fit-il embarrassé. À mon âge, on grignote. Vous voulez un pétard pour vous rafraîchir la gorge. J'ai du bon rhum Courville.

— Vous avez quel âge ?

— Ah ! Plus de cent ans en tout cas. Quand je suis né, les mères n'étaient pas pressées d'aller déclarer leurs enfants à la mairie. J'ai bien dû courir trois ou quatre ans dans les savanes avant que la mienne ne fasse inscrire mon nom sur leurs registres au Lamentin.

— Stop ! » intervint Dorval pour arrêter la main de Pa Victor qui était en train de lui verser presque un demi-verre de rhum.

Au-dehors, la nuit était si lourde et si noire qu'elle semblait envelopper la case dans une nasse. Les criaillements des cabris-des-bois, des grenouilles et d'insectes divers faisaient une musique tintamarresque. Le vieil homme s'amusait de temps à autre à happer des hannetons et à les jeter dans la colonne de la lampe. Cela sans méchanceté aucune, d'un geste machinal et précis tout à la fois.

« Excusez-moi, je ne bois pas. Dès que la nuit est par terre, je n'en ai plus le droit, dit le vieil homme.

— Pourtant, Ti Victor connaissait Beausoleil », fit Dorval.

L'homme écarquilla les yeux et un faible sourire éclaira son visage mangé par les rides.

« Ça m'étonnerait... Au cours du séjour de Beausoleil ici, Ti Victor n'est pas venu me visiter une seule fois. J'en suis certain !

— Vous étiez sans arrêt avec Beausoleil ?

— Évidemment ! L'école du damier n'est pas l'école des Blancs. Ha-ha-ha ! Il n'y a pas d'heure d'entrée et de sortie. Pas de récréation non plus.

— Réfléchissez bien. Pas une seule minute vous n'avez laissé Beausoleil chez vous. Même pour aller détacher un bœuf ou faire de l'herbe pour vos lapins. »

Pa Victor parut troublé. Il regarda fixement la colonne de la lampe à pétrole qui dégageait une maigre fumée brune et fit craquer ses doigts.

« Vous avez raison. Deux fois, je lui ai confié ma maison. Deux fois, oui... La première, c'était pour aller soigner une parente qui avait attrapé une congestion. Je suis resté une matinée absent. La deuxième, pendant une nuit entière, au moment du meilleur décours de la lune pour mettre en terre les plants d'ignames. Mais Ti Victor ne venait jamais la nuit donc, en fait, Beausoleil n'a été livré à lui-même qu'une seule fois... Et puis, si mon fils était passé me voir, il m'aurait laissé mon cadeau et Beausoleil me l'aurait dit. Pourquoi me l'aurait-il caché ? »

Le vieil homme alla chercher une sorte de pommade de sa composition et entreprit de se masser les jambes. Il avait l'air moins pathétique et, à mesure qu'il parlait, le charme indéfinissable qui émanait de sa personne commença à agir sur le policier. Ce dernier avait conscience de se trouver devant un être d'un autre âge, détenteur d'un savoir sûrement obsolète et peut-être intransmissible aux générations nouvelles passées par le moule de l'école française, mais qui avait son indéniable grandeur. Un peu la même impression qu'il avait eue lorsqu'il avait découvert le prêtre indien Naïmoutou en train de psalmodier sur le corps mourant de sa fille ou le soigneur borgne du planteur Jonas Dupin de Malmaison se multipliant en courbettes toutes plus obséquieuses les unes que les autres. Deux Martinique se côtoyaient là à l'évidence sans se rencontrer. L'une finissante, vieillissante, nègre, indienne et blanche coloniale ; l'autre moderne et blanche européenne. Implacablement blanche européenne.

« Monsieur Victor, je vous remercie de votre accueil, fit-il. Vraiment... Je vous ai dérangé. J'aurais dû vous prévenir...

— Ha-ha-ha ! Pas d'excuses, jeune nègre. Comment auriez-vous fait pour me prévenir ? Je n'ai pas le téléphone et le chauffeur de l'autobus refuse de s'arrêter au ras de la trace qui conduit jusqu'à chez moi. Pour ces gens-là, je suis un nègre-marron, un sauvage... au fait, vous étiez venu pour quoi faire ?

— Je... je suis policier...

— Policier ! Tonnerre du sort, policier ! Tirez vos pieds de chez moi de suite ! Je ne reçois pas cette race-là chez moi. Ils sont payés par le Blanc pour détruire le nègre. Vous venez pour me tuer, c'est ça, hein ? C'est la mission qu'ils vous ont confiée ? »

Le vieillard saisit Dorval au collet, tentant de le pousser au-dehors, bien qu'il n'eût plus qu'un semblant de force dans les bras. Sans doute ne tarderait-il pas à déparler à nouveau. Vite, Dorval lui lança :

« D'accord, je m'en vais mais sachez que je recherche l'assassin de Romule Beausoleil. Cet homme-là était un nègre vaillant et il a été votre disciple. Il croyait au damier. Il a passé trois mois à vos côtés pour l'apprendre et a tout abandonné pour ça. Il y a même perdu sa femme. Il vous avait parlé de Ferdine ?

— Oui... une femme coulie...

— Exactement ! Eh ben, quand il est rentré chez lui au Morne Pichevin, la femme s'était envolée. Il a gaspillé dix ans d'amour juste pour la passion du damier. Vous devez m'aider à trouver la personne qui lui a planté un pic à glace dans la gorge au matin du Samedi-Gloria. »

Le vieillard s'appuya sur le chambranle de la porte d'entrée, visiblement ému. Il rentra au fond de la case, dans une petite pièce sordide qui devait lui servir de chambre à coucher et tendit un petit paquet au policier.

« C'est le dernier cadeau que m'a fait Ti Victor. Je n'ai jamais appris à lire. Peut-être que ça pourra vous être utile. Peut-être... »

L'inspecteur Dorval défit lentement le paquet qui était lié à l'aide d'un fil jaune orangé. Il y trouva un livre. Un beau livre avec une couverture en couleur représentant une arène de gallodrome où deux coqs étaient en train de s'affronter. Le titre surprit le policier : *Méthodes d'entraînement et de soin des coqs de combat. Races calabraille, espagnole et créole.*

« J'ai eu, il y a très longtemps, deux ou trois calabrailles. Ils étaient becquetants et j'ai gagné pas mal d'argent grâce à eux mais j'ai abandonné ce vice très rapidement. Vous savez, aujourd'hui, tous les nègres sont tombés dans les combats de coqs mais, au départ, c'est une histoire de Blancs. Ce sont les Blancs-pays qui organisaient cette chose-là. »

Dorval remercia le vieil homme et regagna sa voiture d'un pas hésitant à cause du sentier sinueux et non éclairé. Pourquoi Ti Victor avait-il offert un tel livre à son père alors que non seulement Pa Victor dénigrait les combats de coqs mais en plus ne savait pas lire ? Et ce Ti Victor où se cachait-il à présent ? Il eut la réponse au commissariat où, malgré l'heure tardive, Hilarion l'attendait, très excité.

« Carmélise a parlé ! s'écria-t-il dès qu'il vit Dorval.

— Quoi ?

— Non, elle n'a pas tué Beausoleil. Mais elle nous a avoué que le soir du Vendredi saint, Beausoleil avait deux rendez-vous et pas un seul comme nous l'avions cru. Elle est dans mon bureau, venez... »

La mère-poussinière s'était mise sur son trente et un. Elle avait fière dégaine dans sa robe de popeline bariolée qui lui rehaussait le teint qu'elle avait couleur de café légèrement mélangé à du lait. Ses grossesses successives n'avaient point abîmé son corps dont le ventre demeurait tout uniment plat. Trois de ses enfants l'avaient accompagnée.

« Monsieur l'inspecteur, dit-elle en s'adressant à Dorval, ça m'est revenu hier soir. Vous savez, depuis la mort de Romule, je n'arrive pas à dormir. Le sommeil vient une heure, deux heures et il repart jusqu'au matin. Parfois, il ne vient pas du tout. Je me retourne sur ma couche sans arrêt comme une fourmi-tac-tac.

— Beausoleil devait rencontrer Waterloo, ça on le sait mais vous avez parlé d'un deuxième rendez-vous ? Vous en êtes vraiment sûre ? Le Vendredi saint ?

— Sûre et certaine, inspecteur. Le docteur Bertrand Mauville et moi... comment dire, heu... on est des amis, quoi ! De bons amis... Enfin, je veux dire qu'on fait l'amour de temps en temps, oui.

— Et alors ? fit Dorval en masquant sa surprise.

— Il avait convoqué Beausoleil en duel pour le soir du Vendredi saint ! »

Carmélise savoura son triomphe quand elle vit l'air interloqué de Dorval. Hilarion, pour sa part, demeurait sceptique et le fit savoir.

« En duel ? Et pourquoi donc ? demanda Dorval.

— Figurez-vous que le docteur Mauville... comment dirais-je... enfin, il a souvent des pannes dans son machin... il... il ne bande pas, voilà ! Il m'avait demandé de lui trouver un remède de vieux nègres, du sirop-pied-de-bœuf que ça s'appelle et, moi, j'avais pensé que Beausoleil pouvait connaître quelqu'un qui en fabriquait à la campagne. Beausoleil était tout le temps par monts et par vaux dès que la saison des combats de coqs était ouverte... seulement, il n'a pas su taire sa langue, cet imbécile. Paix à son âme ! Bientôt tout le monde en ville a connu la maladie du docteur Mauville. »

Dorval songea à l'épisode grotesque qui s'était déroulé chez le quimboiseur Grand Z'Ongles à Terres-Sainvilles, le soir où il avait pénétré chez celui-ci presque par effraction en compagnie d'Hilarion. Ce que le chabin rouquin cherchait chez le maître en sorcellerie, c'était sans doute un énième remède à son mal.

« Le jour du Vendredi saint, ajouta Carmélise, l'abbé Firmin avait baillé comme pénitence à Beausoleil de remonter le Calvaire à genoux et, là, il a buté par hasard sur le docteur Mauville qui accomplissait la même chose. Il ne m'a pas raconté le reste. Tout ce que je sais, c'est que Mauville était enragé et qu'il m'a répété plusieurs fois qu'il allait exterminer cette vermine de Beausoleil. Il avait une épée dans son cabinet avec laquelle il s'entraînait à l'escrime à la Maison du sport. Il m'a dit qu'il allait régler le compte de Beausoleil grâce à elle. »

Une terrible confusion envahit l'esprit de Dorval. Cette donnée-là bouleversait toutes les conclusions qu'il avait échaffaudées sur le chemin du retour de chez Pa Victor. Le fils de ce dernier, le géreur de la plantation Château-Plaisance, n'était peut-être pour rien dans la fin tragique du fier-à-bras du Morne Pichevin. Encore une piste qu'il devait abandonner à regret...

Le fier-à-bras Waterloo du quartier Bord de Canal était de plus en plus fébrile à l'approche des fêtes de Pâques. Non pas qu'il craignît l'affrontement avec Romule Beausoleil qu'il savait inévitable de toute façon mais simplement, l'envie de se battre au damier, l'allégresse qui s'emparait soudainement de ses jambes au seul son des tambours, tout cela avait peu à peu disparu en lui. Il savait bien qu'aujourd'hui la force n'était plus dans les muscles mais dans la tête et avait ressenti un profond sentiment d'humiliation lorsque son troisième fils, un petit bougre espiègle comme pas deux, s'était approché du groupe de pêcheurs avec lequel il discutait et lui avait lancé :

« Papa, je viens te réciter ma leçon d'histoire. »

Et le gamin de lui tendre un livre ouvert qu'il fut bien obligé de faire semblant de lire alors qu'il n'en savait rien. À un moment de sa récitation, son fils eut une perte de mémoire — réelle ou simulée, allez savoir ! — et s'écria :

« Ouaille ! J'ai oublié le nom de celui qui a tué Henri IV. Lis son nom pour moi, papa, s'il te plaît !... »

Waterloo en fut bien évidemment incapable et le gamin lui reprit le livre des mains, lut le nom de Ravaillac, le lui rendit et acheva sa récitation sans aucune hésitation. Ses compères pêcheurs étaient partagés entre le fou rire et la consternation. Une telle mésaventure eût pu arriver à n'importe lequel d'entre eux !

« Hon ! Depuis que le gouvernement envoie nos enfants à l'école, fit un matelot, nous, on a l'air encore plus couillons qu'avant, oui.

— Tu peux dire ça ! » ajouta un autre d'un ton amer.

Si bien que Waterloo était encore un fier-à-bras respecté dans son quartier par tout ce qu'il comptait de personnes d'âge mûr mais, dans sa propre maison, il ne possédait plus la moindre parcelle de pouvoir. À la vérité, il n'en avait jamais vraiment eu sur sa propre femme, Anastasie, une bougresse dure à la tâche qui s'occupait de la vente du poisson et de la comptabilité des trois canots possédés par Waterloo. À la moindre rouspétance de sa part, elle élevait le ton, brandissait son coutelas ou son pic à glace et le bonhomme filait doux. Quant à sa fille aînée, mamzelle était sur le point d'entrer à l'École normale et de devenir institutrice. Elle ne répondait plus à ses remarques que par des haussements d'épaules ou des « tchip », claquements des lèvres et de la langue, qui ne souffraient aucune réplique. Les garçons furent plus domptables tant qu'il put leur foutre des calottes derrière la tête mais, au fil des ans, ils se mirent à grandir tant et tellement qu'ils le dépassèrent tous d'une tête.

« Je ne sais pas ce que notre marmaille mange à la cantine de l'école, avait commenté un pêcheur, mais ça les fait pousser comme des flèches de canne.

— Pommes-France, jus de raisin, sauce tomate, frites et tout ça. Ha-ha-ha ! » avait rigolé un autre.

Le Jeudi saint donc, Waterloo s'était levé de plus bonne heure que d'habitude. Il avait arpenté la rive droite du canal Levassor encore déserte, admirant l'alignement impeccable des gommiers aux couleurs chatoyantes qui tanguaient doucement. Le ciel gris-bleu du petit matin le remplit d'allégresse. Il s'approcha de ses trois embarcations et en examina l'intérieur. Tout était déjà en place pour le départ en mer à quatre heures. Les filets, les haims, les bonbonnes d'eau, les harpons. Depuis qu'il était devenu patron, il y avait huit ans de cela, il ne sortait plus qu'épisodiquement au large et se contentait de brèves parties de pêche près des côtes une fois par semaine, juste pour se dégourdir les membres. Ce matin-là, il ressentit un profond besoin de partir. De partir seul. Il monta dans son plus rutilant gommier, le *Deo pro nobis*, peint en jaune, vert et noir, et s'y assit. S'il obéissait à son envie, il perdrait cent kilos au moins de poissons et sa mégère de femme ne manquerait pas de faire un cirque du tonnerre de Dieu avec lui. Sa main s'approcha de la corde qui amarrait l'embarcation à un piquet fiché dans le sol vaseux de la rive et s'apprêtait à la défaire lorsqu'une voix chaleureuse l'interrompit :

« La compagnie, bonjour ! Foutre qu'on est matinal, eh ben-eh ben !

— Bonjour, Lapin Échaudé... »

Le crieur s'approcha de l'embarcation d'un pas vif. Waterloo n'ignorait pas que le bougre à la peau blême n'avait qu'un rêve, celui de posséder son propre gommier. Il l'embauchait de temps à autre, quand un de ses matelots lui faisait faux bond mais il savait que cela ne satisfaisait pas Télesphore. Ce bougre-là aimait vraiment la mer et, ça, c'était devenu de plus en plus rare de nos jours. Les jeunes matelots se plaignaient tous des écorchures et du sel marin qui leur mangeaient la peau, de l'éclat du soleil qui leur abîmait les yeux et leur roussissait les cheveux et de tas d'autres inconvénients comme si le job de pêcheur devait être une partie de plaisir. Jamais Lapin Échaudé, par contre, n'élevait la moindre protestation, même quand le grand filet pétait au moment où l'on était en train de ramener une tonne de poisson, cela parce qu'il avait été moult fois rapiéceté et que Waterloo n'avait pas voulu (en fait cette décision relevait de sa femme) en acheter un neuf.

« Compère, j'ai fait ta commission, oui..., fit le crieur.

— Ah bon !

— J'ai fait une partie de dés avec Beausoleil hier après-midi sur la Savane. Il est d'accord pour parlementer avec toi. Pas aujourd'hui. Demain soir, après son chemin de croix...

— Ha-ha-ha ! Beausoleil fait le chemin de croix ? Qu'est-ce qui lui arrive ? Il a tellement peur de se gourmer avec moi qu'il va se mettre sous la protection de Jésus et de la Vierge.

— *I pa pè'w pyès toubannman* » (Il n'a aucunement peur de toi), lâcha le crieur d'une voix si tranquille qu'elle interrompit d'un seul coup la rigoladerie de Waterloo.

Il songea à sa petite brunette du quartier Calvaire, Évita Ladouceur, à ses vingt-quatre ans, à sa chair de sapotille mûre, à son rire cristallin et se promit de passer le maximum de temps avec elle Jeudi et

Vendredi saints. Le combat du Samedi-Gloria s'annonçait méchant.

« Ce sera le dernier vrai combat de damier de Fort-de-France, répandait partout Radio-bois-patate. Un des combattants ne se relèvera pas. Assurément et pas peut-être ! »

« Le stade de Desclieux se vide de ses footballeurs aux approchants de six heures du soir », ajouta Lapin Échaudé. Beausoleil proposait cet endroit neutre où ils seraient en outre à l'abri du regard d'éventuels curieux. Il n'était, en effet, ceinturé que par des bâtiments administratifs qui eux aussi étaient désertés à ce moment-là. Waterloo opina du chef tout en descendant du *Deo pro nobis*. Il se dirigea vers un bar qui venait à peine d'ouvrir et offrit le premier punch du matin à Lapin Échaudé, celui qui possédait la vertu de vous décoller le lézard-margouillat qui s'était incrusté au fond de votre gorge à la faveur de la nuit.

« Waterloo, faut que tu brises en deux, ce petit nègre du Morne Pichevin, oui ! lui fit la tenancière qui disposait ses chaises avec une incroyable dextérité, récurait le sol, essuyait le comptoir, tout cela presque en même temps.

— N'aie aucune crainte, doudou-chérie ! » répondit le fiers-à-bras.

Lapin Échaudé demeurait étrangement silencieux. Il dit qu'il s'en voulait d'avoir mis son ami Rigobert et par conséquent Beausoleil dans l'embarras, à cause du coq de combat que ces derniers lui avaient confié.

« Mais ce coq-là était agonisant ! déclara Waterloo.

— Pas vraiment... on lui avait baillé à manger une mauvaise chose, ça c'est sûr... mais un peu d'eau de mer et de pine de carette a suffi à le revigorer.

244

— Pourquoi il a perdu son combat alors ? »

Le crieur réfléchit longuement. Il avala deux punchs coup sur coup.

« J'étais... j'étais trop pressé. C'est entièrement de ma faute. Éperon d'Argent s'était rétabli mais il était encore convalescent. Je n'aurais jamais dû l'envoyer à l'abattoir comme j'ai fait. Non ! Je n'aurais pas dû faire ça.

— Bon-bon, il est mort à présent. Tu ne vas pas passer ta vie à te morfondre, compère. Si c'est de l'argent que Rigobert et Beausoleil réclament, aucun problème : je te l'avance. Dis-moi combien ?

— Ce n'est pas une question d'argent. Mon honneur est en jeu. Ma parole d'homme... J'avais promis de le soigner et je l'ai tué. Voilà !

— Écoute, Télesphore, je rencontre Beausoleil demain soir. Je te promets que je vais régler ça. »

Sur les neuf heures du matin, ce jour-là, le Jeudi saint, Waterloo se rendit chez sa femme-du-dehors, Évita Ladouceur qui fut étonnée de le voir car son habitude d'apparaître à la nuit tombée était immuable, cela dès leur première rencontre. Il demanda à s'allonger, posa son chapeau-bakoua sur son visage et s'endormit jusqu'en début de soirée. La jeune femme redoutait très fort le combat du Samedi-Gloria. Cet homme-là, bien qu'il fût marié, lui accordait l'essentiel de son temps et se montrait très doux avec elle. Il trouvait son manger toujours délicieux même quand elle l'avait cuit en six-quatre-deux, il la félicitait pour sa coiffure ou sa manière de s'habiller, lui racontait avec une patience infinie la rude époque de l'amiral Robert. Évita ne voulait pas perdre Waterloo mais elle ne savait pas comment exprimer ce sentiment. Plusieurs fois, elle fut tentée de le convaincre de refuser le combat avec Beausoleil, persuadée qu'elle était de la défaite de son homme. Ne proclamait-on pas que Beausoleil avait acquis un pouvoir redoutable auprès d'un grand maître de damier à Roches-Carrées ?

« Waterloo..., avait-elle hasardé un jour, je ne te sens pas prêt, mon cher...

— Paix-là ! Tu n'es qu'une donzelle effrontée, occupe-toi de tes affaires ! »

Le Jeudi saint, vers sept heures du soir, le major du Bord de Canal se réveilla, embrassa Évita sur le front, lui caressa les bras et déclara qu'il reviendrait le lendemain. Faisant mine de ne pas remarquer les larmes qui embuaient les yeux de sa femme-du-dehors, il s'en alla d'un pas incertain dans la nuit qui tombait, sans se retourner ni faire un signe de la main comme à son habitude. Évita y vit un mauvais présage. Elle s'enferma dans sa chambre, s'agenouilla au bord de son lit et se mit à prier de toute son âme devant le portrait de l'archange Saint-Michel terrassant le démon.

« Protégez-le pour moi, oui ! » répétait-elle.

Le Vendredi saint, pour la première fois en trente-deux ans de vie commune, l'épouse de Waterloo lui apporta son café au lit.

« Il faut te confesser aujourd'hui », fit-elle d'une voix si peu autoritaire que le fier-à-bras en fut ému.

L'église, la messe, le confessionnal, tout ça n'était guère son fort. Il en aurait bien le temps, s'était-il toujours dit. Un nègre vaillant, bien debout dans sa culotte, ne prend langue avec Dieu qu'à l'article de la mort. Entre le baptême et l'extrême-onction, il laisse ces choses-là aux femmes et à la marmaille. Waterloo se rendit compte qu'il n'avait jamais envisagé qu'il pût perdre son combat contre Beausoleil. Une idée aussi saugrenue ne lui avait jamais traversé l'esprit. Il avait terrassé si aisément feu major Bérard et tant d'autres prétendants dans la plupart des quartiers de Fort-de-France qu'une confiance illimitée en sa propre force s'était incrustée en lui. Le conseil de sa femme le rendit perplexe. Méthodique et sérieuse comme elle l'était, sans doute avait-elle déjà prévu de faire face à une éventuelle issue funeste au combat du Samedi-Gloria. Ce n'est pas elle qui tenterait de le dissuader d'affronter Beausoleil, elle, la femme-matador, la femme à deux graines, qui partait chaque jour à l'abordage de la vie avec une détermination farouche. Son homme était un major et un major ne capitule pas avant de se battre. Il y avait un ordre des choses à respecter et personne n'était en droit de le bouleverser.

Waterloo fit tout ce qu'elle voulut. Il l'accompagna à l'église des Terres-Sainvilles, très gauche dans son costume noir qu'il n'avait pas sorti depuis l'enterrement de son père huit mois plus tôt et qui sentait la naphtaline. L'abbé l'écouta égrener ses péchés sans broncher et lui bailla une trentaine de « Notre Père » à réciter, pénitence pour laquelle il eut recours à sa femme car sa mémoire était défaillante. Le restant de la journée, il se tint assis dans un angle de sa véranda d'où il pouvait observer sans être vu les allées et venues du quartier. Malgré la détestable réputation que la mulâtraille avait fait au Bord de Canal, il y régnait une solidarité sans faille qui n'avait cesse de faire son admiration. Ainsi il vit deux jeunes gens porter des légumes à une vieille impotente qui n'avait plus de famille ; un négrillon vint emprunter du sel à son épouse qui lui dit de garder le sachet ; un pêcheur lança au pillage des pièces de monnaie pour que la marmaille qui jouait à la zouelle-poursuite dans les ruelles puisse s'acheter des berlingots. Waterloo ressentit une profonde fierté d'être un natal du Bord de Canal. À huit heures du soir, ce Vendredi saint, il engloutit à la va-vite deux tranches de fruit-à-pain ainsi qu'une aile de morue rôtie et prit le chemin du stade de Desclieux.

« *Véyé kôw !* » (Fais attention à toi !) lui lança sa femme à qui il n'avait pourtant rien révélé de son rendez-vous avec Romule Beausoleil et qui était persuadée qu'il allait chauffer une de ses nombreuses femmes-du-dehors.

Tant que Waterloo ne s'accointait pas avec quelque capistrelle, une de ces jeunesses qui jetait l'argent par les fenêtres en parfums et autres fanfreluches, elle fermait les yeux. Les deux femmes-du-dehors officielles de son homme étaient bien connues d'elle et elles se saluaient entre elles dans la rue, embrassaient leurs rejetons respectifs comme s'ils étaient le fruit de leurs propres entrailles, voire même brocantaient des cadeaux le jour de l'An. Aucune de ces femmes ne risquait de venir faire du cirque devant la porte d'Anastasie comme cela s'était produit pour une proche voisine qui avait failli recevoir une fiole d'acide en pleine figure.

« *Jenn fanm pa bon, non !* (Les jeunes femmes, c'est pas une bonne chose !) ressassait-elle aux oreilles de Waterloo pour le mettre en garde, *yo tout la sé madigwàn* » (elles sont toutes des ribaudes).

Radio-bois-patate étant sans pitié, le fier-à-bras savait bien qu'un jour ou l'autre la nouvelle de son accointance avec cette jeunotte d'Évita Ladouceur parviendrait à sa femme et nul doute que cette dernière aurait une réaction féroce. Waterloo redoutait donc ce moment-là et remerciait le ciel de retarder ainsi l'échéance car il sentait qu'il ne pourrait plus jamais se passer de l'odeur de cannelle d'Évita, de sa douceur que le hasard avait d'ailleurs inscrit dans son nom et qui contrastait si fort avec la rudesse de son épouse. Sur ses vieux jours, lui, le combattant de damier le plus redouté de l'En-Ville, éprouvait un besoin de tendresse que seule la brunette du Calvaire pouvait lui bailler.

« *Ou ka ponmnen ?* (Tu te promènes ?) lui lança amicalement Lucifer, le vendeur de snow-balls qu'il rencontra aux abords du cimetière des riches.

— C'est bien ça...

— Je vais à la Glacière me ravitailler. J'espère que tu es prêt, mon bougre. Le grand jour, c'est demain. Ah ! On se souviendra du Samedi-Gloria de l'année 1964 ! On s'en souviendra, crois-moi ! »

Waterloo remonta le boulevard de la Levée où des groupes de fidèles endimanchés pressaient le pas pour avoir une place assise qui à la cathédrale, qui à l'église des Terres-Sainvilles. Certains saluaient le fier-à-bras bien bas ou lui faisaient un clin d'œil complice. La plupart des gens, quel que soit leur quartier, Volga-Plage, Ravine Bouillé, l'Ermitage ou Trénelle, supportaient Waterloo même si, à un moment ou un autre, il avait eu l'occasion de défaire leur propre major. La réputation de férocité du Morne Pichevin était encore pire que celle du Bord de Canal. Mille fois pire. Et on n'aimait pas la hautaineté qu'affichait Romule Beausoleil depuis qu'il était allé acquérir sa force auprès d'un grand maître de Roches-Carrées. On n'avait guère apprécié le vol des ratières des nègres de Volga-Plage et l'humiliation gratuite qu'il leur avait fait subir.

Le stade de Desclieux était pauvrement éclairé par quatre poteaux électriques dont l'un penchait de manière dangereuse. Les derniers footballeurs du Club colonial qui avaient achevé leur entraînement, repliaient les filets des buts afin qu'on ne les dérobe pas, ce qui se produisait fréquemment. Waterloo attendit à l'endroit convenu, à l'en-bas d'une tribune provisoire installée pour quelque compétition prochaîne. Neuf heures, dix heures, puis onze heures du soir sonnèrent à la cathédrale. Point de Romule Beausoleil. Par acquit de conscience, le fier-à-bras du Bord de Canal fit le tour du terrain, regarda par les barreaux des vestiaires, appela :

« Compère Beausoleil ! Ô compère, tu es là ? »

Nul ne lui répondit. Au lieu d'y voir un signe de bon augure, une preuve de la crainte que Beausoleil éprouvait à son endroit, il eut un frisson.

« *Kon sa yé a, dèmen man pé trapé lanmô mwen kon an mèd alô !...* » (Si ça se trouve, demain, la mort risque de me frapper comme un rien !...)

9

Quand, final de compte, Hermancia réussit à s'escamper de l'hôpital psychiatrique de Colson, sa dérive la conduisit d'emblée au cimetière des pauvres où elle se mit à chercher désespérément la tombe de Romule Beausoleil. Situé en contrebas du quartier l'Ermitage, l'endroit n'était qu'un amoncellement désordonné de croix noires en bois hâtivement fichées dans des monticules de terre envahis par des herbes folles. Parfois, un bouquet d'anthuriums ou de glaïeuls déposé de fraîche date égayait ici et là quelques sépultures moins décaties que les autres. Seule une dizaine de caveaux blancs en brique baillait au cimetière un aspect solennel encore que s'y prélassaient ces meutes de chiens sans maître qui envahissaient les rues du centre-ville à la nuit close. La jeune négresse se dirigea immédiatement vers cette partie du cimetière car son homme avait cotisé sa vie entière à une tontine qui lui garantissait non seulement un enterrement de première classe avec fanfare et corbillard mauve mais surtout une vraie tombe. Pas un simple trou que le fossoyeur Lapeau-Légumes fouillerait au hasard et recouvrirait sans ménagement aucun, oubliant parfois d'y ficher la croix indiquant le nom du décédé que la famille de ce dernier lui avait confiée.

« Honorien Lagrand... Joséphine Archambaud..., lut-elle à mi-voix. Ernest Legitimus... »

Fébrile, elle décrypta tous les noms qui figuraient sur la dizaine de caveaux sans y découvrir celui de Romule Beausoleil. Elle se secoua, frotta ses yeux et se mit à réfléchir. Et si elle ne faisait que vivre un mauvais rêve ? Si tout cela, le meurtre de son homme, son internement à Colson, la visite du policier, n'était qu'un affreux cauchemar dont elle se réveillerait bientôt ?

« Hé, tu fais quoi là, ma petite poulette ? » lui demanda quelqu'un, la ramenant brutalement à la réalité.

Elle se retourna et se trouva face à face avec un homme sec, aux yeux brillants, qui tenait une pelle à la main. Le fossoyeur n'avait pas l'air hostile. Il l'observait avec curiosité comme s'il cherchait à mettre un nom sur la figure d'Hermancia.

« Tu cherches une tombe ? reprit-il.

— C'est ça...

— Qui ? Dis-moi son nom. Je connais tous ceux qui habitent ici. Ce sont mes compagnons.

— Il avait payé pour un caveau, hoqueta la jeune femme.

— Mais son nom, c'est quoi ? Peut-être qu'il a été enterré au cimetière des riches. Ça arrive des fois, ma petite. On est trop à l'étroit ici. Alors la mairie a aménagé une fosse publique là-bas où l'on met les indigents et les Coulis. »

Lapeau-Légumes ne savait pas de qui il parlait. Un indigent Romule Beausoleil ? Un Couli balayeur de dalots ? Lui qui était le major incontesté du Morne Pichevin et que tout un chacun craignait ailleurs.

Lui qui n'avait qu'à ouvrir la bouche pour qu'on s'exécute sur-le-champ. Hermancia sentit une bouffée de colère lui monter à la tête mais fit l'effort de se retenir. Ce bougre-là n'était pas responsable de la mésaventure de Beausoleil. Il n'était pas le trésorier de la tontine et se contentait de faire ce qu'on lui disait. À propos de trésorier, une nouvelle vague d'indignation la saisit : elle irait dire deux mots tout à l'heure à ce voleur, ce madragueur de Chine. On lui faisait confiance parce qu'il était chinois et savait compter plus vite que tout le monde grâce à son boulier. Il allait même plus vite que les lycéens qui brillaient au lycée Schœlcher et qui croyaient le couillonner lorsqu'ils venaient acheter des commissions pour leurs parents dans sa boutique. De ces joutes homériques, Chine sortait toujours vainqueur.

« Il me manque cent francs, oui, pleurnichait toujours l'un de ces petits futés, ta monnaie n'est pas juste. »

Alors sans se départir de son éternel petit sourire en coin, Chine plissait ses yeux bridés de telle façon qu'on n'y distinguait plus que deux pupilles acérées et lâchait d'une traite :

« Petit bonhomme, retourne à l'école ! Tu as cinquante francs de morue salée, trois francs de beurre rouge, sept francs trente-cinq de hareng sauré, dix-huit francs de savon de Marseille... »

Puis il assénait au gamin la somme exacte, la soustrayait du billet qu'il lui avait remis et claironnait :

« Tu vois, le compte est bon. Y'a pas à discutailler, mon bougre. Allez file chez tes parents ! Ils t'attendent pour mettre leur manger sur le feu, oui. »

Cette scène, Hermancia, à l'époque où elle était dame de compagnie de sa marchande de poissons à la retraite et n'avait pas encore commencé à vivre à

Morne Pichevin, elle l'avait vécue etcétéra de fois et cela n'avait fait que renforcer la sympathie naturelle qu'elle éprouvait pour Chine et sa tiaulée d'enfants débrouillards qui tous s'activaient dans la boutique et dans le bar. On ne lui en avait même pas voulu quand il avait fait venir une deuxième épouse de son pays natal. Après tout, les négresses le regardaient de haut et aucune d'elles ne s'était jamais abaissée à céder à ses timides coulées d'amour. Ce qui n'empêcha pas qu'à dater de ce moment-là, Chine obtint toutes celles qu'il voulait et semailla nombre de bâtards-Chinois aux Terres-Sainvilles. Personne n'avait eu jusqu'à présent à se plaindre de la façon avec laquelle il tenait la tontine.

« Je m'en vais, mamzelle, fit le fossoyeur. Si tu veux pas me dire le nom du mort que tu cherches, tant pis pour toi, foutre !

— Romule... Romule Beausoleil. »

Lapeau-Légumes marqua un temps d'arrêt. Sa bouche battit pour dire quelque chose mais aucun son ne s'en échappa. Il s'appuya sur sa pelle et dévisagea longuement Hermancia.

« Si on m'avait dit que Beausoleil finirait ainsi, lâcha-t-il, je ne l'aurais jamais cru. Et ces fainéants de la maréchaussée n'ont même pas été capables de coller son assassin ! Nous, les nègres, on est vraiment du caca de chien sur cette terre. Viens, suis-moi ! »

Le fossoyeur remonta vers la partie haute du cimetière d'où l'on pouvait apercevoir les eaux glauques du canal Levassor. Hermancia, décomposée, lui emprunta le pas, enjambant comme lui des sépultures en désuétude, repoussant du pied des couronnes de fleurs en plastique que le vent ou les ravinements de l'hivernage avaient dispersées.

« Il était là…, fit le fossoyeur d'un air gêné.

— Quoi ? Il n'y est plus ?

— Tu vois bien toi-même qu'on n'a guère plus de place ici. La mairie m'a demandé de dégager certaines tombes. On doit y mettre des soldats de la guerre d'Algérie. C'est seulement hier que leurs corps ont été rapatriés. Ils avaient été d'abord enterrés là-bas et puis la France a réussi à les récupérer. Tu sais que le fils aîné de Grand Z'Ongles a été tué par les fellaghas ? On dit que ça a déraillé net l'esprit du quimboiseur… »

Mais Hermancia n'entendait rien du tout. Elle se précipita sur la tombe qui était à moitié fouillée et, à mains nues, se mit à ôter le restant de terre.

« Hé ! Tu vas te piquer, oui, intervint Lapeau-Légumes. Un os de personne morte, ça ne pardonne pas, ma fille. »

Il saisit Hermancia par le bras et la fit remonter au bord de la tombe. Des tremblements nerveux agitaient les lèvres de la jeune femme dont les cheveux s'étaient dépenaillés. Il la conduisit presque de force à l'ombre du mur d'enceinte du cimetière où il avait empilé plusieurs caisses.

« Il est là-dedans…, fit-il à nouveau fort embarrassé.

— Là-dedans où ? Dans quelle caisse ?

— Je… Je ne sais pas exactement. Pardonne-moi mais personne ne m'avait prévenu que tu viendrais aujourd'hui. Le secrétaire de mairie m'a ordonné de libérer cinq emplacements. C'est ce que j'ai fait… Tu sais, au bout de trois mois, on considère que la place est libre. À part les caveaux, personne n'a de concession ici. C'est une faveur que la mairie fait aux parents des décédés. Oui, une faveur… »

Hermancia tapota l'assemblage des caisses contenant les ossements d'un geste incrédule. Même dans la mort la gueusaille n'était pas tranquille ! Dans la vie, elle avait supporté le poids de la déveine et de la défortune et voilà qu'on ne l'autorisait même pas à reposer en paix ! La jeune femme se baissa et scruta à travers les lattes comme si elle pouvait discerner parmi cet amas de tibias et de crânes les restes de Romule Beausoleil. Le fossoyeur eut pitié de sa détresse.

« *Anni zo ki la* (Ce ne sont que des os), fit-il. À l'heure qu'il est, l'âme de Beausoleil doit se trouver au paradis, à la droite du Seigneur. J'en suis sûr...

— Tu en fais quoi après ? demanda la jeune femme en se ressaisissant.

— Heu... eh ben, je... enfin, je les mets là... »

Hermancia regarda le petit foyer comportant des braises encore vives que le bougre avait allumé entre trois roches. Elle serra les poings et murmura :

« Je vais tuer Chine ! Je vais le mettre en charpie, ce nègre-là. »

Pour de vrai, Lapeau-Légumes n'avait d'autre solution que de brûler les ossements de ceux que l'exiguïté du cimetière des pauvres l'obligeait à enlever du sol. Après, il dispersait les cendres dans un caniveau qui les charroyait dans le canal Levassor. Il protégeait d'ordinaire ses amis ou ses connaissances mais, dans le cas présent, cinq corps d'un coup, il n'avait rien pu faire pour épargner Romule Beausoleil.

« Foutue guerre d'Algérie ! marmonna-t-il. Ça fait deux ans qu'elle est terminée et elle nous terbolise toujours. »

Puis il se retira dans une guérite où il rangeait ses outils, près de l'entrée du cimetière, laissant Hermancia seule avec son désespoir. La jeune femme passa la nuit debout devant la pile de caisses et quand, au matin, il vint les chercher pour les brûler, elle lui dit, froidement :

« Baille-moi encore une miette de temps ! J'ai encore des questions à poser à Romule Beausoleil. C'était mon homme et je l'aimais plus que moi-même, oui. »

L'après-midi, Hermancia fit la même requête et le fossoyeur y accéda une nouvelle fois. Mais le surlendemain, il fut contraint d'avertir la mairie. Un gendarme-petit-bâton vint constater qu'une femme, apparemment folle, s'était couchée sur une pile d'ossements et délirait.

L'inspecteur Dorval et Hilarion, avertis par la police municipale, furent sur les lieux trois jours après qu'Hermancia eut investi le cimetière des pauvres de sa déraison. L'hôpital psychiatrique de Colson avait d'ailleurs signalé sa disparition au commissariat et Dorval n'hésita pas une seconde quand on le prévint qu'une femme dérangeait la tranquillité du cimetière des pauvres. Il la trouva encore plus belle et désirable que la fois où il lui avait parlé dans sa chambre d'hôpital, cela en dépit de sa tenue débraillée et de ses cheveux couverts de poussière. Lapeau-Légumes crut bon d'intercéder en sa faveur.

« Laissez, fit Dorval, nous ne lui voulons aucun mal. Où est-elle ? »

Le fossoyeur avait finalement pu convaincre Hermancia de le laisser brûler les caisses d'ossements et la jeune femme s'était allongée, en plein soleil, sur un caveau à la blancheur éclatante.

« Mamzelle Hermancia ? fit Dorval.

— *Ki sa ou lé ankô a, Womil ?* » (Que veux-tu encore, Romule ?) grogna la jeune femme sans bouger.

Hilarion lui toucha l'épaule ce qui la fit sursauter et se redresser d'un bond. Elle jeta un regard furibard aux deux policiers et défroissa le bas de sa robe.

« Je suis guérie, déclara-t-elle. Ce couillon de médecin ne voulait pas me laisser sortir. Demain, je vais retourner chez la vieille dame qui m'employait. Je suis sûre qu'elle va me reprendre tout de suite.

— Vous ne pouvez pas rester là..., fit Dorval.

— Ah bon ? Je croyais que les cimetières étaient des lieux publics.

— Certes, intervint Hilarion, mais il a des heures de fermeture, madame. Ne nous obligez pas à employer la force. On ne vous reconduira pas à Colson mais ne nous cassez plus les pieds. La mairie en a assez ! »

Hermancia sourit. La franchise de l'adjoint de Dorval semblait lui plaire. Elle descendit du caveau et rattacha la fermeture de ses souliers. Tête penchée vers le sol, elle demanda d'une voix ironique :

« L'assassin de Beausoleil, vous ne lui avez pas encore mis la main dessus, je parie...

— On cherche..., fit Dorval.

— Pff ! Vous cherchez-cherchez ! Alors que vous l'avez eu sous la main, ce salopard. Il ne fait aucun doute pour moi que c'est Chrisopompe de Pompinasse qui a tué Beausoleil. Mon homme voulait le castrer, vous comprenez. Ha-ha-ha !... Le Vendredi saint, Romule avait un rendez-vous avec Waterloo et il l'avait fait comprendre à cet enjôleur de Chrisopompe qu'il avait rencontré par hasard le matin même, en descendant les quarante-quatre marches. L'enjôleur était venu me supplier d'intervenir en sa faveur. L'hypocrite, va !

258

— Qu'est-ce que Beausoleil lui avait dit exacte-ment ? demanda Hilarion.

— Ah ! Pas grand-chose. "Dès que j'en aurai fini avec Waterloo ce soir, je m'occuperai de tes graines." Quelque chose comme ça... »

Les deux policiers se regardèrent, perplexes. Hermancia releva les bords de sa robe et prit le chemin de la sortie. À hauteur de la guérite du fossoyeur, elle lui lança à la cantonade :

« Merci, Lapeau-Légumes ! Occupe-toi bien de mon homme, s'il te plaît. Le Bondieu te revaudra ça et moi aussi. Ha-ha-ha !...

— Je commence à ne plus rien comprendre à tout ça, fit Hilarion en ouvrant la portière de la Peugeot 404 de service. Pas toi ?

— C'est carrément de l'hébreu... », lâcha Dorval, un peu découragé.

Le docteur Bertrand Mauville habitait une villa en béton de style européen au quartier nouveau riche de Petit Paradis qui en comptait une bonne trentaine du même aspect. L'étroitesse des fenêtres, la peti-tesse de la véranda et l'épaisseur des murs indi-quaient clairement que les occupants de telles demeures craignaient par-dessus tout les rigueurs de l'hiver, saison pourtant hautement improbable sous de telles latitudes. Au moins ce côté bunker les pro-tégeait-il contre les éventuelles incursions des gangs de voleurs qui dévastaient les villas créoles des Blancs-pays au Plateau Didier. À l'entrée de chez Mauville, un gros berger allemand, visiblement acca-blé par les trente degrés qu'atteignait quotidienne-ment le thermomètre, était avachi dans sa cage, la langue pendante et les yeux torves. Chaque fois que le propriétaire des lieux rentrait de son cabinet de Fort-de-France ou de ses consultations à Schœlcher — il était un praticien renommé —, il caressait le cou de son gardien et lui disait :

« Alors mon Rex, comment tu as passé la journée ? Rex, gentil, là, gen-til, gen-til, mon Rex... »

Le Vendredi saint de cette année-là, 1964 pour être précis, juste après le chemin de croix qu'il avait accompli davantage à cause de l'exhortation de sa mère que par foi chrétienne, il poussa la barrière de son domicile d'un geste coléreux et n'accorda pas la moindre attention à Rex qui en jappa d'étonnement avant de retomber dans son hébétude habituelle. De caractère vindicatif, le chabin rouquin n'avait pas digéré la provocation de ce Romule Beausoleil, ce voyou, ce bandit de grand chemin, auquel il avait, sur les conseils de Carmélise, eut le malheur de confier ses déboires érectifs. Non content d'avoir divulgué son impuissance à travers Fort-de-France, le bougre avait essayé de le ridiculiser au vu et au su de tous. Mauville avait une trop haute idée de sa personne et un tel mépris de la négraille qu'il n'imaginait pas une seule seconde que le conducteur de camion-tinette eût pu accomplir cette pénitence pour son propre compte. Il répétait souvent à ses amis du Cercle martiniquais :

« Ces gens-là vivent dans l'animalité pure. »

Ses amis, avocats, professeurs, patrons d'entreprises ou architectes, le croyaient volontiers dans la mesure où Mauville exerçait une profession qui le mettait en contact direct avec cette catégorie de la population. Il pénétrait au-dedans des foyers de Trénelle ou de Volga-Plage, là où jamais un pharmacien ou un notaire n'aurait eu besoin de s'aventurer. D'ailleurs, même ses autres confrères médecins le considéraient comme une sorte de héros. Ils acceptaient volontiers tous les malades qui se présentaient à leur cabinet mais étaient extrêmement réticents à se déplacer dans les quartiers plébéiens. En réalité, Mauville ne faisait preuve d'aucune générosité d'âme particulière et c'est le pur hasard qui l'avait conduit là. Ou plutôt les sottises de feu son frère, Amédée, brillant professeur de latin au lycée Schœlcher, qui avait voulu, nul ne comprenait trop pourquoi, rompre avec sa classe et avait trouvé refuge dans les bras de la péripatéticienne Philomène, au beau mitan du quartier du Morne Pichevin. Cet épisode dramatique pour le clan des Mauville et qui s'était terminé par le décès d'Amédée à l'île de la Dominique, s'était déroulé en pleine Seconde Guerre mondiale, à l'époque où le sinistre amiral Robert gouvernait la Martinique au nom de son cousin (*dixit* Radio-bois-patate) le maréchal Pétain. Le docteur Bertrand Mauville avait tout essayé pour ramener son frère dans le droit chemin, cela en pure perte. C'est ainsi qu'il avait été amené à soigner beaucoup de gens de l'endroit et avait remarqué Carmélise, jeune bougresse délurée et peu farouche, qui à l'époque n'avait que quatre ou cinq enfants. Bertrand Mauville mit un temps infini avant de faire la moindre avance à la jeune femme, à la fois par crainte de déchoir de son rang et parce que, au fond, il considérait que les nègres du Morne Pichevin, grâce à l'accueil chaleureux qu'ils avaient fait à son frère, avaient renforcé l'obstination de ce dernier à patauger dans les mêmes ruelles crasseuses et à vivre dans les mêmes cases délabrées qu'eux.

La guerre se termina. Le général de Gaulle prit les rênes de la France. La Martinique devint un département d'outre-mer. Un bon tiers du quartier du

Morne Pichevin avait fini par faire partie de la clientèle du docteur Mauville dont le cabinet était assiégé dès six heures du matin par des grappes de mères portant des enfants asthmatiques ou des vieux-corps délabrés par l'injure du temps. Philomène et Carmélise venaient le consulter assez fréquemment pour leurs petits problèmes gynécologiques et il trouvait là l'occasion d'évoquer la mémoire de son frère Amédée pour lequel il avait éprouvé une véritable affection quoiqu'il eût toujours désapprouvé ses penchants plébéiens. Ainsi, un jour qu'il avait fait se dénuder entièrement Carmélise afin d'ausculter son ventre, il ne put résister à l'envie de lui mignonner la pointe des seins qu'elle avait larges et fermes en dépit de moult maternités. La jeune femme ne se fit pas prier : elle ferma les yeux, un sourire aux lèvres, et ouvrit largement les jambes sur la table d'auscultation. De ce jour, le docteur Bertrand Mauville devint, à l'instar de Jonas Dupin de Malmaison, le deuxième amant de cœur de la mère-poussinière qui avait coutume d'envoyer les pères de ses différents enfants à la balançoire dès que l'accouchement s'était produit. Elle refusait même qu'ils viennent voir l'enfant à la maternité de Redoute. Évidemment, la bougresse n'éprouvait aucun plaisir ni avec son Blanc-pays ni avec son docteur mais, ce faisant, elle avait l'impression d'égaler Philomène et de fréquenter elle aussi « les grandes gensses ».

Mauville mit la clef dans la serrure de la porte lorsque sa femme, une métropolitaine blonde assez quelconque, vint lui ouvrir.

« Tu restes dans le noir à présent ? demanda-t-il.

— J'écoutais de la musique. Ce matin, le facteur m'a apporté le disque de Ravel que j'avais commandé à Paris. Tu as faim ?

— Non-non... personne n'a téléphoné pour moi ?

— Oui... un monsieur. Il n'a pas voulu laisser son nom. Il m'a simplement dit : "Faites savoir à votre mari que pour ce soir, je suis d'accord." Qu'est-ce que c'est encore que cette histoire, Bertrand ? Je t'ai déjà répété qu'il faut en finir avec la politique. Tu ne deviendras ni maire ni conseiller général de Fort-de-France. Le bas peuple ne votera jamais pour toi... »

Le rouquin haussa les épaules et gagna son bureau, lâchant son énorme sac noir sur un fauteuil du salon où ses deux enfants regardaient un film de Charlie Chaplin à la télévision. Ils ne lui firent qu'un signe de tête bref et se replongèrent dans la contemplation du petit écran. Mauville n'avait jamais pu s'habituer à cet instrument-là qui lui fatiguait vite les yeux et pour tout dire l'ennuyait. Il préférait lire, non pas de la littérature comme feu son frère, mais des ouvrages médicaux et d'anthropologie. Il se passionnait pour l'étude des races humaines et relisait en ce moment l'ouvrage de Gobineau avec lequel il était en grande partie d'accord comme il n'hésitait pas à l'affirmer lors des réunions du Cercle martiniquais. Son grand rêve était de calculer avec le maximum d'exactitude la part de sang et de chromosomes nègre et européenne qu'il portait en lui. Cela l'obsédait au plus haut point. Familialement aussi, il se posait certaines questions : la plupart des membres de sa famille étaient mulâtres et donc réalisaient en eux la fusion des traits des deux races alors que lui était sorti chabin et présentait donc une juxtaposition de ces mêmes traits. Mystère de la fusion dans un cas et de la juxtaposition dans l'autre, mystère des lois de Mendel, tout cela occupait autant son esprit que ses velléités politiciennes.

Une fois assis devant son bureau, il en ouvrit le

tiroir à double-fond et en ôta un pistolet de marque américaine qu'il avait ramené d'un voyage à Miami quelques années auparavant. Il n'avait eu à l'utiliser qu'une seule fois contre un maraudeur qui avait arrêté sa voiture à Plateau Fofo en pleine nuit en faisant mine de boitiller et l'avait menacé avec un couteau à cran d'arrêt. À l'époque, les contrôles de police étaient rarissimes et Mauville gardait l'arme dans son coffre à gants. Cela lui avait peut-être sauvé la vie. À la vue de l'arme brusquement brandie, l'agresseur s'était enfui en braillant dans un champ de jujubiers où une meute de chiens du quartier se mit à le poursuivre, aboyant eux aussi très fort. Mauville tira en l'air dans le but de les exciter davantage. Toutefois, il avait eu l'occasion de l'essayer une deuxième fois lorsqu'il avait dû convoquer en duel un adversaire politique qui l'avait traité de « maquereau » parce que, à l'approche d'une élection, il avait offert à tour de bras des consultations gratuites à ses clients du canton où il était candidat. Il s'était entraîné au tir dans les bois de Terreville et avait pu juger de l'extrême précision du pistolet.

Il remplit son chargeur, l'enveloppa dans un mouchoir et l'enfouit dans la poche de sa chemise-veste. Puis il demeura une heure, peut-être davantage à cogiter dans le vague tandis que sa femme et ses enfants regagnaient un à un leurs chambres. Cela faisait bientôt cinq ans qu'il dormait sur le canapé de son bureau. Tout sentiment envers sa femme s'était éteint et le seul contact de sa peau blanchâtre, qui se desquamait à cause des coups de soleil, le répugnait. Dans son jardin, Rex, qu'on libérait la nuit, sommeillait déjà et ne réagit même pas quand sa voiture fit marche arrière. Les rues étaient peu fréquentées en ce Vendredi saint. Il roula lentement, ne désirant pas arriver au rendez-vous de la Maison du sport trop à l'avance. Il n'avait que fort peu confiance dans le sens de l'honneur de ce Beausoleil, tout grand combattant de damier qu'on le lui décrivait, et s'était préparé à l'éventualité d'un coup fourré. Rien n'empêchait le bougre de rameuter trois-quatre de ses compères et de lui tomber sur le dos à bras raccourcis. Ils le laisseraient pour mort et le lendemain la presse communiste s'en donnerait à cœur joie. Elle n'hésiterait pas à avancer que le très honorable Bertrand Mauville s'était fait tabasser et dérober son portefeuille alors qu'il guettait une péripatéticienne. Cette fois-là, ces moscoutaires ne le rateraient pas. À la Maison du sport, vivement éclairée, des armoires à glace s'échinaient sur des haltères ou des barres parallèles avec des ahans comiques sous l'œil admiratif d'une bande d'adolescents. Mauville stationna près de la plage de la Française, dans le noir, et attendit. À huit heures et demie au plus tard, les disciples d'Hercule et surtout de Maciste, héros d'un film populaire dont la négraille raffolait et qui repassait chaque année, s'en iraient parader au bar de la Rotonde à l'autre bout de la place de la Savane.

Des ombres furtives se déplaçaient entre les cocotiers de la minuscule plage et disparaissaient derrière les impressionnantes murailles du Fort Saint-Louis, construit par Vauban au dix-septième siècle. Sans doute des trafiqueurs de cigarettes, des souteneurs ou simplement des clochards. L'En-Ville en comptait quatre ou cinq qui pour la plupart passaient la nuit dans les parages.

« Et s'il vient avec une épée ? » se demanda soudain Mauville à haute voix.

L'éventualité que le nègre du Morne Pichevin eût

pu se procurer une telle arme était tellement faible qu'il s'était contenté d'apporter son pistolet alors qu'il avait lui-même laissé le choix de l'un ou l'autre à son adversaire. Il courait donc le risque de faire échouer son duel, aucun des deux témoins qu'il avait sollicités ne pouvant accepter qu'il affronte au pistolet un homme muni d'une épée. Il redémarra et se rendit à son cabinet où il avait accroché au mur de la salle d'attente une magnifique épée achetée à Tolède lors de son voyage de noces. Elle était légèrement plus lourde que celles qu'on utilisait pour l'escrime — discipline qu'il pratiquait de temps à autre — mais, face à un bougre inexpérimenté tel que Beausoleil, cela suffirait.

La rue où se trouvait son cabinet était violemment éclairée par les vitrines des magasins de vêtements et de chaussures mais n'était parcourue que par quelques chiens errants. Mauville pesta : il avait fait de l'éradication de ces animaux-là un des piliers de sa campagne aux dernières élections municipales et la presse de gauche l'avait dérisionné en le caricaturant en nazi tortionnaire de la race canine. Son cabinet se trouvait au deuxième étage d'un bel immeuble en bois dont l'escalier également en bois craquait de manière épouvantable même quand c'était un enfant qui le montait. C'est grâce à cela que dès le couloir du rez-de-chaussée, le docteur Mauville se rendit compte que quelque chose d'anormal se déroulait à l'étage, voire peut-être plus haut. Il dégaina son pistolet et, le dos collé contre la balustrade de l'escalier, se mit à avancer marche après marche. Le bruit que faisaient ses pieds était heureusement couvert par les craquements provenant d'en haut. Au premier étage, il n'y avait personne. Le vacarme provenait donc du palier du second étage. Soudain, Mauville eut une intuition : on était en train de dévaliser son cabinet ! Il fonça, avalant en cinq sec les ultimes marches d'escalier lorsqu'il se trouva nez à nez avec la bande du sieur Fils-du-Diable-en-personne qui déménageait tranquillement ses meubles. Deux bougres peinaient à charroyer son bureau tandis que le fier-à-bras des Terres-Sainvilles portait sous le bras les tableaux de maître qui faisaient l'admiration de ses amis lorsqu'il les invitait à quelque réunion politique dans son cabinet.

« *Pa brennen, konpè ! S'ou fè wôl brennen, ou mô oswè-taa !* » (Bouge pas, mon gars ! Si tu t'avises de le faire, t'es mort ce soir !)

Il reconnut la voix de Romule Beausoleil, celui qu'il avait provoqué en duel pour le soir même. Alors le sang du docteur Mauville ne fit qu'un tour et malgré le bec de mère-espadon que son adversaire avait appuyé contre son dos, il réussit à le repousser et à tirer deux coups de feu dans sa direction sans toutefois l'atteindre. Fils-du-Diable-en-personne eut la présence d'esprit de faire éclater l'ampoule du plafond et sa bande et lui décampèrent dans l'escalier dans une sorte de roulement de tonnerre. Beausoleil n'avait pu que se réfugier dans le cabinet du docteur Mauville lequel alluma la salle d'attente et, d'un geste très déterminé, décrocha l'épée de Tolède. Puis il toqua à la porte du cabinet en disant :

« *Womil Bosolèy, man paré ba'w atjèman. Ou ni bèkmè'w, man ni lépé mwen. S'ou sé an nonm, wouvè lapôt-la !* » (Romule Beausoleil, je suis prêt pour toi à présent. Tu as ton bec d'espadon ; moi, j'ai mon épée. Si tu es un homme, ouvre cette porte !)

Ce Vendredi saint de l'an 1964, le combattant du damier, terrorisé, mit trois bonnes heures à céder à l'injonction du rouquin. Il était près de minuit quand il finit par se décider...

Depuis qu'il avait eu le malheur de confier son meilleur coq à cette putaine de négresse de Carmélise, le Blanc-pays Jonas Dupin de Malmaison ne décolérait pas. Au début, voyant que les efforts de son soigneur borgne étaient inefficaces et que le volatile était au bord de l'agonie, il avait fait confiance à la jeune femme. Après tout, lui-même avait eu maintes fois recours à cette médecine nègre qu'on appelait « l'apothicaire créole » et cela lui avait fait le plus grand bien. Si Carmélise habitait le Morne Pichevin, endroit réputé pour réunir la lie de Fort-de-France, de la Martinique et des îles circonvoisines, il était fort probable qu'elle fût en contact avec quelque manieur d'herbes maléfiques aux pouvoirs hors du commun. Pourtant, Ti Victor, son géreur, n'avait pas été d'accord :

« Patron, avait-il dit de ce ton sec et dépourvu de flatterie qui le caractérisait, ce n'est pas une bonne solution. Si les nègres de la campagne n'ont pas réussi à guérir Éperon d'Argent, ce ne sont pas ceux d'En-Ville qui y parviendront. »

Le planteur avait haussé les épaules. En général, quand son idée le poussait à faire quelque chose, la suite lui prouvait à chaque fois qu'il avait eu raison. Carmélise était revenue à la charge au moins dix fois, soucieuse que son amant lui soit redevable d'un service aussi formidable que la guérison de ce coq de combat qui lui avait permis de gagner tant d'argent depuis trois ans. De Malmaison résista longtemps, ne voulant pas donner à la jeune femme un pied sur lui. Elle n'était qu'une femme-du-dehors, une petite négresse qu'il avait dévirginée à l'âge de quatorze ans et il n'était pas question que lui, le Grand Blanc, lui doive quoi que ce soit. Mais, au fil des jours, Éperon d'Argent se portant de plus en plus mal, il se résolut à lui confier le volatile. Elle lui avait parlé d'un certain Romule Beausoleil qui fréquentait assidûment les gallodromes et qui possédait un certain savoir en matière de coqs de combat. De Malmaison n'hésita pas une seconde à remettre cent cinquante mille francs à Carmélise afin que ce bougre fasse diligence.

« Quand est-ce qu'Éperon d'Argent rentre ? » demandait Ti Victor chaque fois que son patron pénétrait à l'économat.

De Malmaison percevait bien la légère ironie qui imprégnait les propos de celui qui tenait les comptes de sa plantation, d'autant qu'il gardait tout le temps les yeux baissés sur ses dossiers, se levant parfois pour accrocher au mur des feuilles de papier sur lesquelles il inscrivait de sa belle écriture appliquée toutes sortes d'informations nécessaires à la bonne marche de la propriété. Ce chabin-là était un homme très compétent, dont il n'avait rien eu à redire jusqu'à ce jour et que d'autres planteurs des environs lui enviaient. Ce difficile métier de géreur exigeait une vigilance de tous les instants, les coupeurs de canne, les arrimeurs et autres cabrouettiers n'ayant aucun scrupule à dérober ce qui leur tombait sous la main ou plus fréquemment à tricher sur la quantité de travail abattue. Le géreur supervisait la marche de la plantation, déléguant certains pouvoirs aux commandeurs dans lesquels, pourtant, il ne devait aucunement placer toute sa confiance, ces derniers n'étant le plus souvent que d'anciens coupeurs de canne montés en grade.

« Éperon d'Argent ? bravachait le planteur. Eh ben, monsieur va de mieux en mieux. Ha-ha-ha ! D'ici à Pâques, il sera de retour et alors là, mon cher Ti Victor, on fera à nouveau trembler les arènes.

— De quoi souffrait-il ?

— Ça... ça, je ne sais pas. Le nommé Romule Beausoleil s'en occupe comme de la prunelle de ses yeux. Carmélise m'a même dit qu'il a installé la calloge d'Éperon d'Argent à l'intérieur même de sa case. C'est pas de l'amour, ça ? Ha-ha-ha ! »

Mais le planteur mentait et il enrageait de savoir que son géreur n'était point dupe. De Malmaison était partagé entre l'irritation et l'admiration à l'endroit de Ti Victor dont les origines demeuraient un mystère pour lui. Le chabin avait débarqué un jour à Château-Plaisance, impeccablement vêtu, rasé de près, le regard vif, avait demandé à lui parler et d'une voix très assurée lui avait fait la démonstration que ses plantations allaient à vau-l'eau. Ti Victor n'avait pas sollicité d'embauche, il ne s'était pas contorsionné devant lui en ponctuant chacune de ses phrases d'un « oui, missié » comme le faisaient tous les nègres d'habitation. Non ! Il avait fait une démonstration irréfutable et de Malmaison fut forcé de reconnaître que le bougre avait un sacré coup d'œil. Au jugé, il avait évalué, à quelques piles près, le tonnage de cannes de chacune des pièces de la plantation, jugeant qu'elles étaient très inférieures à ce qu'un travail sérieux pouvait en tirer. Et puis, ce fringant jeune homme (il bordillait la trentaine à l'époque) aurait pu être l'un de ses fils bâtards avec sa peau blanche de chabin et ses yeux gris perçants.

« Mon père est un nègre-Congo », avait simplement répondu Ti Victor lorsque de Malmaison lui avait demandé quel planteur blanc était son père.

Le maître de Château-Plaisance ne revint jamais plus sur la question quoiqu'il doutât toujours de l'affirmation de Ti Victor. Toujours est-il que le jour même où ce dernier se présenta à lui et lui prouva qu'il allait tout droit à la faillite, il convoqua son vieux géreur Edvard et, sans explication aucune, lui remit un billet-ce-n'est-plus-la-peine. L'instant d'après, il réunit ses travailleurs et leur présenta Ti Victor comme celui qui désormais ferait marcher la plantation. Le chabin ne fit aucun effort pour se rendre sympathique auprès d'un personnel déjà habitué au laxisme d'Edvard. D'emblée, il s'approcha d'un groupe de coupeurs de cannes, examina leurs coutelas et déclara d'un ton qui ne souffrait aucune réplique :

« Des coutelas de seize pouces, je n'en veux plus ! Dès demain, tout le monde se met au dix-huit pouces. »

Jonas Dupin de Malmaison demeura le bec coué devant la tranquille autorité de cet homme qui lui était un parfait inconnu l'instant d'avant. Ti Victor avait ôté un carnet de sa poche et avait noté avec soin les noms, prénoms et surnoms de l'ensemble des travailleurs de Château-Plaisance ainsi que leurs fonctions respectives. Il gratifia chacun d'eux d'un regard d'une fermeté telle qu'il fit trembler certains. Le lendemain matin, il chevauchait une monture au poitrail resplendissant qu'il avait attachée à l'orée de la plantation lors de son arrivée et il se mit à faire le tour des champs, saluant, sans le moindre sourire, les amarreuses et les coupeurs de canne. Arrivé à Pièce Belvédère, il s'arrêta et observa longuement l'avancée de la récolte. Puis il descendit de sa monture et ordonna à un commandeur de contrôler les piles de canne fraîchement coupée qui attendaient d'être embarquées à bord des tombereaux.

D'une main fébrile, le commandeur réempila les tronçons de canne en les comptant à haute voix. Au chiffre huit qui achevait son décompte, il se tourna vers Ti Victor, d'un air désemparé et ne sut que dire. Une pile de cannes devait avoir dix tronçons, pas un de moins. Le nègre était payé pour abattre cette quantité-là de travail, pas pour jouer entre ses orteils et y tirer des chiques.

« *Sa bèl !* » (Beau travail !) ironisa Ti Victor.

Inutile de préciser que, dans l'heure qui suivit, une discipline militaire se mit à régner sur l'habitation Château-Plaisance et que des cadences d'enfer furent imposées aux coupeurs de cannes et aux femmes qui amarraient les tronçons à leur suite. Ti Victor parcourait sans cesse la plantation, un chapeau-bakoua à larges bords vissé sur le crâne, le visage fermé, inscrivant en permanence des informations sur son carnet. Lorsqu'un conducteur de tombereau, plus flatteur que les autres, voulut bailler une boquitte d'eau fraîche au cheval du géreur, ce dernier le repoussa en s'écriant :

« Bailler à boire à mon cheval n'est pas de ton ressort ! Ton travail consiste à charroyer quinze tombereaux de canne jusqu'à la gare, c'est tout ! »

Et Ti Victor de renverser la boquitte d'un coup de pied. Ce geste-là fut celui qui fit déborder la haine des travailleurs. La récolte était bien trop avancée pour se mettre en grève (ils infligeraient un serrage de vis à Ti Victor en janvier de l'an prochain) mais il existait d'autres moyens, moins spectaculaires mais sûrement plus efficaces, de faire rester tranquille un géreur trop zélé. On avait vite renoncé à le faire séduire par une des belles bougresses de la plantation. Il ne leur accordait aucune attention et préférait s'encanailler, le samedi soir, dans un boxon semi-clandestin de Rivière-Salée avec les autres géreurs de la région. On jacotait partout :

« Ti Victor n'a ni papa ni manman ! C'est marche ou crève avec lui, oui ! »

Maintes fois, le planteur avait été tenté d'adoucir son géreur ou en tout cas l'avait incité à se montrer plus conciliant avec les nègres quand ils étaient souffrants ou quand les femmes étaient enceintes. Ti Victor ne voulut rien entendre et menaça de rendre son tablier, chose qui aussitôt fit battre en retraite de Malmaison tel un crabe-c'est-ma-faute. Malheur pour les travailleurs de Château-Plaisance, Ti Victor ne buvait pas. Il ne se rendait même pas à la boutique de la plantation où, sous quelques feuilles de tôle ondulée maladroitement hissées au sommet de quatre poteaux, avait été installée une buvette. Les coupeurs de canne venaient y gaspiller leur solde hebdomadaire dans des beuveries du samedi soir. Même dans la maison de Ti Victor, il n'y avait pas une seule bouteille de rhum et la servante ne put y glisser le sachet de poudre de barbadine qui lui avait été confié.

« Ce chabin-là ne boit que de l'eau de source, déclara un arrimeur, fataliste.

— Et l'eau de source, impossible de l'empoisonner, tonnerre de Dieu ! » ajouta un coupeur de canne.

Mais, le temps passant, la poigne exercée par Ti Victor sur Château-Plaisance eut des résultats. De forts brillants résultats même puisque l'usine de Petit-Bourg félicita Jonas Dupin de Malmaison pour l'excédent de tonnage qu'il livrait régulièrement. Le géreur avait même exigé que la paye des travailleurs fût augmentée, s'opposant à ce que la sienne soit modifiée, chose qui en imposa à plus d'un et fit naître parmi les travailleurs des partisans fanatiques du chabin. Ce qui fait qu'au bout d'une décennie, le nègre s'habituant à tout, on finit par abandonner l'idée d'éliminer Ti Victor, lequel finit par mollir un peu puisqu'il s'intéressait de près aux combats de coqs et fréquentait assez souvent les gallodromes. En fait, au début, il y avait été violemment hostile car il n'avait jamais pu exercer la moindre autorité sur le soigneur borgne qui s'occupait des coqs de De Malmaison. Celui-là était un protégé du patron et Ti Victor ne parvint pas à lui faire prendre une conduite, ce qui veut dire arriver à l'heure le matin lors de la distribution des tâches ou augmenter le rythme de travail lorsque le temps s'annonçait mauvais. Au contraire, le soigneur borgne débarquait quand il le voulait, se mettait à couper la canne à l'endroit qui lui plaisait et posait son coutelas quand cela lui chantait, au grand dam du géreur. Ce dernier savait qu'il ne pourrait pas dompter le soigneur et préféra à la longue s'entendre avec lui, profitant pour apprendre certains de ses secrets. Quand Éperon d'Argent tomba mystérieusement malade, les deux hommes conjuguèrent leurs efforts pour tenter de le sauver. Ti Victor éprouvait une réelle affection pour le volatile car il lui était fréquemment revenu la tâche de l'emmener se battre dans les gallodromes où un Blanc-pays ne s'abaisserait pas à pénétrer. Il était persuadé qu'un nègre jaloux avait dû empoisonner l'animal. Ce n'était pas si difficile après tout. Quelqu'un avait très bien pu s'approcher de la case du soigneur très tôt le matin, repérer la calloge d'Éperon d'Argent et lui lancer une boulette empoisonnée. Ce qui était étonnant, c'était que le coq l'ait avalée. En général, ces volatiles-là devenaient très méfiants et n'acceptaient de nourriture que des mains de ceux qui les soignaient.

« Je vais porter Éperon d'Argent à mon père, fit-il un jour à de Malmaison, c'est un bougre qui connaît les plantes. Il est descendant de Congo. D'ailleurs, Pa Victor soigne tout le monde à Roches-Carrées.

— Pas question ! » rétorqua le planteur qui avait déjà promis à Carmélise de lui confier le coq.

Ce refus était aussi une manière pour de Malmaison de réaffirmer son autorité sur Ti Victor qui commençait à gouverner la plantation sans se référer à lui. Qu'il fût un bon géreur, aucune discussion là-dessus, mais qu'il se prît pour un béké, ça, jamais ! Le géreur ne parut pas affecté par le rejet de son offre. Toutefois, il jubila quand le propriétaire de Château-Plaisance arriva, un après-midi de carême, le visage plus blême qu'une christophine ayant mûri à l'en-bas de ses feuilles et lâcha dans un souffle :

« Éperon d'Argent, il est mort, oui. »

Le soigneur borgne s'effondra comme frappé d'apoplexie. Jonas Dupin de Malmaison s'éventait à l'aide d'un panama orné d'un ruban bleu ciel et auréolait aux aisselles son costume d'alpaga blanc froissé par-derrière.

« Carmélise, vous vous rappelez... elle connaissait un amateur de combats de coqs... Romule Beausoleil, c'est son nom, eh ben ce nègre-là a prétendu être capable de soigner le coq. Elle lui a fait confiance... Hon ! Monsieur a vendu le coq à un autre nègre du Bord de Canal qui l'a fait combattre dans le pitt-à-coqs de Courbaril-Duchamp...

— Combattre ? Mais il tenait à peine sur ses pattes ! fit Ti Victor.

— Hon ! Avec les nègres d'En-Ville, faut s'attendre

à tout. On m'a même dit qu'il avait peint les ailes d'Éperon d'Argent pour qu'on ne le reconnaisse pas. C'est vous dire ! »

Ti Victor réfléchit un instant puis, l'air triomphant, il fit au béké :

« Figurez-vous que ce Romule Beausoleil, je le connais bien.

— Comment ?

— Enfin bien... disons que j'ai souvent entendu parler de lui et que je l'ai rencontré une fois.

— Où ça ? À Morne Pichevin ?

— Pas du tout, patron. Chez mon père, à Roches-Carrées... Je vous ai toujours dit qu'il est un descendant direct de nègre-Congo. Ma mère, elle, était une Blanche pauvre de la montagne du Vauclin. Elle est morte quand j'ai eu neuf ans. Donc, je vous disais que mon père est un grand expert en combat de damier. Ce Romule Beausoleil a passé quatre mois chez lui à s'initier à ça...

— Vous pensez qu'il a pu couillonner Carmélise et vendre Éperon d'Argent ?

— Ça, je ne saurais être affirmatif là-dessus. Je ne connais pas votre Carmélise. Peut-être que c'est ce qui s'est passé. Peut-être aussi que Carmélise et Beausoleil étaient complices. Qui sait ? Au fait qu'est-ce qu'ils ont fait d'Éperon d'Argent ?

— Carmélise prétend que lorsque le nègre du Bord de Canal l'a vu perdre le combat, il n'a pas attendu la fin. Il est parti en courant. »

Ce soir-là — le soir du jour où la mauvaise nouvelle était parvenue à Château-Plaisance —, les trois hommes, le soigneur nègre, le géreur chabin et le planteur blanc, s'installèrent autour du feu où le premier faisait cuire son repas et le partagèrent avec lui, simplement éclairés par une torche de bambou. Le

276

borgne n'avait pas préparé grand-chose : du fruit-à-pain et de la queue de cochon salée. Mais ils se délectèrent, surtout que, pour le rhum, ce n'étaient pas les bouteilles qui manquaient. Au mitan de la nuit, alors qu'ils étaient en proie à la saoulardise et ne brocantaient plus que des borborygmes, Ti Victor, qui, pour la circonstance, avait dérogé à sa légendaire sobriété, demanda :

« Qu'est-ce qu'on fait, patron ?

— De quoi tu parles ?

— D'Éperon d'Argent ? On ne peut pas laisser ça passer.

— Tu proposes quoi, Ti Victor ?

— Hon !... eh ben, toi, tu t'occupes de régler son compte à cette marie-souillon de Carmélise. Elle mérite une bonne correction, celle-là. Moi, je vais m'intéresser de très près à la santé du sieur Romule Beausoleil. Il s'imagine que parce qu'on vit à la campagne, on est nés couillons peut-être ! »

Jonas Dupin de Malmaison sollicita l'approbation du soigneur borgne qui hocha positivement la tête en martelant :

« C'est ça, missié... c'est ça, missié...

— Bon ! Ti Victor, tu as carte blanche. Quant à Carmélise, je lui pardonne pour cette fois. Eh oui... elle ne m'avait jamais fait la moindre crasse avant. Je la fréquente depuis qu'elle a quatorze ans et elle en a vingt-neuf aujourd'hui. En plus son fils aîné, c'est mon fils aussi. Alors vous voyez... »

10

Lorsque le commissaire Renaudin convoqua Dorval dans son bureau du dernier étage de l'Hôtel de Police de Fort-de-France, l'inspecteur comprit que le dossier du meurtre du Samedi-Gloria serait inévitablement classé. Depuis près de quatre mois, il y avait consacré beaucoup de temps en enquêtes et en interrogatoires divers qui, loin de lui fournir l'étincelle, le petit déclic qui lui permettrait de dévoiler ce mystère, n'avaient fait que l'obscurcir. Derrière son dos, les collègues de Dorval se gaussaient de son entêtement :

« Non seulement, il ressemble à Sidney Poitier mais en plus il a le flair de Scherlock Holmes ! » ricanaient-ils.

Dorval avait à nouveau étalé sa liste de suspects devant lui et l'examinait, la tête entre les mains, plutôt accablé. Ferdine, la première concubine du combattant de damier était décédée ; le père de cette dernière, le prêtre indien Naïmoutou, était selon toute vraisemblance hors de cause ; Hermancia, la seconde concubine également. Des doutes subsistaient à l'encontre de Waterloo, le major du Bord de Canal, de sérieux doutes, quoique, s'il avait voulu se débarrasser de Beausoleil, il ne lui aurait pas demandé un rendez-vous au vu et au su de tous. Restaient deux gros poissons : le coursailleur de jupons, Chrisopompe de Pompinasse et le docteur Bertrand Mauville, l'homme qui avait baillé à Beausoleil son deuxième rendez-vous de ce jour du Vendredi saint. Le rouquin avait déposé plainte au commissariat comme quoi la bande de Fils-du-Diable-en-personne avait dévalisé son cabinet médical ce soir-là et y avait dérobé, entre autres, une épée de collection de la plus haute valeur. L'inspecteur Dorval aurait cher payé pour examiner la pointe de ladite épée. Entre elle et un pic à glace il ne devait pas y avoir grande différence. Toutefois, les policiers avaient bien été obligés de constater qu'il y avait eu du grabuge chez Mauville, chose dont avaient témoigné des voisins.

Restait le cas, en suspens, de Jonas Dupin de Malmaison et de son fameux coq, Éperon d'Argent. Ou plus exactement de son bras droit, le géreur Ti Victor qui avait plusieurs fois menacé Carmélise de mort parce qu'elle se trouvait dans l'incapacité de rendre le volatile. L'analyse graphologique comparative, opérée à Bordeaux, entre le billet qu'avait remis à Dorval un gamin de rue et l'un des bouts de papier que le géreur collait sur les murs de l'économat à Château-Plaisance, ne s'était pas révélée concluante : les pleins et les déliés étaient trop droits, trop appliqués sur ce dernier document pour qu'on pût les faire formellement coïncider avec ceux — écrits plus hâtivement — du billet. Un vrai péter-tête, ce meurtre du Samedi-Gloria. Avant de monter au bureau de son supérieur, Dorval appela Hilarion.

« C'est couillon mais... on devra laisser tomber.

— Dommage, fit l'adjoint, j'ai comme l'impression qu'on se rapprochait du but.

— Qu'est-ce qui te fait penser ça ?

279

— Rien en particulier. Je le sens, c'est tout.

— T'as une idée précise ?

— Hon !... J'ai peur de dire une bêtise. Tu sais, on est muté très vite dans ce fichu pays. J'ai pas du tout envie de me retrouver à Aubervilliers.

— Dis toujours. On est entre nous, quoi ! » ronchonna Dorval.

L'inspecteur-adjoint Hilarion referma la porte du bureau avec soin et prit un siège. Il s'empara de la liste des suspects que Dorval avait inscrite au dos d'un formulaire administratif et déclara :

« Il manque un nom là...

— Quoi ?

— T'as pas mis tout le monde...

— C'est-à-dire ?

— Eh ben... il y a d'autres assassins possibles : Carmélise par exemple ou encore Philomène. »

Dorval élimina rapidement l'hypothèse Carmélise. Elle n'avait pas un intérêt vital à éliminer Beausoleil même si celui-ci l'avait amblousée dans cette affaire de coq de combat. À quoi cela aurait-il servi puisque Jonas Dupin de Malmaison lui avait visiblement pardonné ? Lucifer, le vendeur de snow-balls, indicateur à ses heures perdues, était formel. Le planteur blanc continuait à venir chercher la jeune femme au pied de la route des Religieuses tous les quinze jours dans sa DS 19. Il l'emmenait faire l'amour à l'étage du magasin de commerce d'un de ses pairs au Bord de Mer et la redéposait deux heures après.

« Philomène ?... tu y crois sincèrement ? demanda Dorval en écarquillant les sourcils.

— J'ai rien dit, moi... cette dame a des relations avec des gens très importants. Elle a beau croupir au Morne Pichevin, on l'a vu se rendre au Fort Desaix chez un colonel et elle a ses entrées dans la mulâtraille.

— Faut avouer que c'est un sacré morceau, cette câpresse ! »

Les différents rapports d'enquête affirmaient que c'était Philomène et elle seule qui avait forcé Romule Beausoleil à prendre la relève de feu major Bérard en tant que major du quartier. Elle ne s'en cachait d'ailleurs pas. À tout propos, elle vantardisait sur la prochaine raclée que le conducteur de tinette infligerait à Waterloo.

« Pour Hermancia aussi, c'est elle, avec l'appui de Carmélise, qui avait tout manigancé, ajouta Hilarion.

— Je sais... je sais...

— Moi, à mon humble avis, quand elle a appris que Beausoleil avait accepté le rendez-vous de Waterloo au stade de Desclieux le soir du Vendredi saint, elle a flairé la manigance. Cette femme est douée d'une intelligence remarquable. Donc elle n'a pas pu supporter l'idée que l'honneur du Morne Pichevin ne soit jamais vengé parce qu'une entente avait été trouvée entre les deux hommes.

— Astucieuse, ton hypothèse, Hilarion... seulement il y a un hic...

— Lequel ?

— Ce soir-là, Philomène a affirmé à un enquêteur qu'elle se trouvait chez un notaire bien connu. Un nommé Tarnier, un veuf, qui habite route de Balata...

— On a vérifié ?

— Non... tu as raison, faut qu'on aille nousmêmes lui poser quelques petites questions à cette Philomène », fit Dorval.

Le téléphone sonna sur la ligne intérieure. C'était

le commissaire Renaudin. Il s'impatientait. Dorval rangea à la hâte les dossiers qui encombraient son bureau et lâcha :

« Hilarion, s'il décide de boucler l'affaire, promets-moi qu'on continuera tous les deux à mener l'enquête.

— Promis, chef ! » fit l'adjoint en souriant.

Du dernier étage de l'Hôtel de Police on avait une vue plongeante sur la préfecture, une partie du boulevard de la Levée et, plus loin, du Bassin de Radoub. Le commissaire Renaudin était avachi dans son fauteuil à bascule en cuir et fumait, d'un air las, un cigare gros comme un barreau de chaise. Il ne fit pas asseoir Dorval, signe qu'il était au bord de l'explosion. L'homme avait une sainte trouille qu'un scandale ne vienne ternir les derniers moments de sa carrière. Il se vantait d'avoir fait construire un mas en Provence où il comptait finir ses jours sans penser à rien.

« J'aurais jamais dû choisir la police..., répétait-il souvent. C'est mon père qui m'y a poussé. J'avais plutôt un faible pour l'armée. Des guerres, y'en a pas tous les jours au moins ! Tandis que ces vols, ces crimes, ces viols, toutes ces saloperies que nous devons nous coltiner du soir au matin, moi, ça m'a bouffé la santé. Ah la-la la-la ! »

Dorval, sans attendre et au mépris du respect de la hiérarchie, tenta de négocier deux jours supplémentaires. Avec un aplomb qui le surprit lui-même, il assura le commissaire Renaudin que l'assassin de Romule Beausoleil serait sous les verrous sous peu. Ce n'était même qu'une question d'heures, mentit-il froidement. L'Européen le dévisagea, incrédule, tira deux bouffées de son cigare et le tapota dans un cendrier. La bonne nouvelle que lui apportait Dorval

282

avait l'air de l'accabler encore davantage. Il augmenta d'un geste sec la vitesse de son ventilateur.

« Foutue chaleur ! fit-il.

— Je sais qu'on a perdu beaucoup de temps sur cette affaire, commissaire et...

— Trop de temps ! Beaucoup trop de temps !

— Vous avez raison, chef, mais elle est compliquée en diable. Il nous a fallu dénouer pas mal de fils. Des tas de gens pouvaient vouloir la mort de Romule Beausoleil.

— Raison de plus pour fermer le dossier ! Qui c'est qui s'intéresse à ce type ? Il n'a pas de famille apparemment, il n'était pas marié et n'avait pas d'enfants. Et puis pourquoi consacrer des mois et des mois à quelqu'un d'aussi insignifiant, hein ?

— Son meurtrier, on le tient, je vous dis. Deux jours ! Je ne vous demande que deux jours supplémentaires, patron.

— Bon-bon... Accordé ! Mais foutez le camp de mon bureau, Dorval, et n'y remettez les pieds qu'avec votre suspect dûment menotté et les preuves à l'appui. Sinon gare ! »

L'inspecteur Dorval n'éprouvait aucune jubilation à l'idée de confondre Philomène, la péripatéticienne féerique, qui faisait saliver tous les hommes, y compris les messieurs à cravate de la bourgeoisie. Après trois ou quatre interrogatoires serrés et au moins une dizaine de rencontres informelles, il avait appris à connaître cette femme qui affichait une dignité comme il n'en avait jamais trouvé chez personne auparavant. Elle n'avait cesse d'évoquer son amant, Amédée Mauville, qui fut professeur au lycée Schœlcher et perdit bêtement la vie du temps de l'amiral Robert. À l'entendre, il travaillait sur un grand livre, un ouvrage qui ferait date, « Mémoires de céans et d'ailleurs », mais le destin ne lui permit, hélas, pas de l'achever.

« Je vis depuis lors à flanc de rêve... », avait-elle soliloqué, usant d'une formule si émotionnante qu'elle s'imprima définitivement dans l'esprit de Dorval.

À flanc de rêve signifiait certainement qu'il suffisait que Philomène fasse un faux pas pour qu'elle sombre dans le précipice de la folie ou du suicide. Ainsi avait-elle commenté devant lui la formule. S'il n'avait pas été plongé jusqu'au cou dans cette enquête, nul doute que Dorval eût succombé aux charmes de la négresse féerique, toujours moulée dans une robe fourreau bleue sertie de paillettes. Hilarion, tout flegmatique qu'il fût, n'était pas insensible à sa personne et prenait des gants avec elle quand il l'interrogeait. Lorsque les deux policiers débarquèrent à la Cour des Trente-Deux Couteaux, l'après-midi du jour où le commissaire Renaudin avait convoqué Dorval, ils trouvèrent les habitants du quartier rassemblés à l'ombre du quénettier aux racines échassières, l'air sombre. Carmélise semblait la plus désolée de tous. Personne ne répondit au salut des deux hommes.

« Quelqu'un sait où on peut joindre Philomène ? demanda Hilarion.

— *Kité'y trantjil, malérèz-la !* » (Laissez-la en paix, la malheureuse !) trémula Man Richard, la femme du contremaître docker.

Sans mot dire, Carmélise conduisit Dorval et Hilarion à la case de la péripatéticienne aux abords de laquelle une grappe de gens se morfondaient, la main sous le menton ou le regard vide. Un sombre pressentiment flécha dans l'esprit de Dorval.

« Elle... elle est morte ?

« — Pas encore... » répondit Carmélise.

À l'intérieur de la case, Philomène reposait sur un lit en fer muni d'un sommier qui, avec le temps, s'était enfoncé en son mitan. La péripatéticienne y était recroquevillée, entièrement vêtue de blanc, l'ébouriffure de ses cheveux couvrant son oreiller. Une vieille femme la veillait en égrenant un chapelet. Deux lampes à huile avaient été allumées de part et d'autre du lit. Philomène avait les yeux fermés mais une sorte de paix recouvrait son visage de quadragénaire marqué par les mille et une scélératesses de l'existence.

« Qu'est-ce qui s'est passé ? fit Dorval.

— Elle a bu de la Rubigine, inspecteur, répondit la mère-poussinière.

— De la quoi ?

— C'est un produit qui enlève les taches récalcitrantes sur le linge. Tenez, voici le tube ! On l'a retrouvé sur le plancher. Il est pratiquement vide. »

L'inspecteur examina le tube qui portait un trait rouge au bas duquel était inscrit en grosses lettres noires : DANGER. Sa composition, indiquée de l'autre côté, révélait que la Rubigine contenait un acide particulièrement corrosif.

« Merde ! marmonna Hilarion. On arrive trop tard ou quoi ?

— Quand l'avez-vous trouvée ? demanda Dorval.

— C'est Man Ernest qui a entendu un râle dans la maison tôt ce matin, fit Carmélise en désignant la vieille femme qui était perdue dans ses prières. Il devait être quatre heures et demie, je pense... »

Elle ajouta qu'on avait fait immédiatement appel au docteur Bertrand Mauville qui soignait habituellement Philomène mais que le rouquin avait refusé de se déplacer. Il ne voulait plus avoir affaire aux gens du Morne Pichevin après l'affaire du meurtre de Beausoleil. Hilarion et Dorval s'observèrent un bref instant et ce dernier dit :

« Vous avez appelé un autre docteur quand même ?

— Ah ! Vous savez, ces messieurs n'acceptent pas de venir au Morne Pichevin. Pour eux, c'est un repaire de voleurs et d'assassins. Non, Man Cinna, qui s'y connaît en remèdes créoles, lui a fait boire un peu d'huile-chenille-trèfle. Ça a l'air d'aller mieux depuis... »

Pourtant les traits livides de la péripatéticienne n'indiquaient rien d'une éventuelle amélioration de son état. Les pommes de sa figure étaient toutes violacées et ses lèvres couperosées.

« On l'a fait boire beaucoup, fit la vieille, ça l'aide à se débarrasser du mal.

— Bon ! Moi, je prends la décision de l'emmener à l'Hôpital civil. Vous avez deux hommes costauds qui peuvent la descendre au pied des quarante-quatre marches ? dit Dorval.

— Je fais appeler une ambulance, chef, lança Hilarion en s'éclipsant.

— C'est inutile, s'interposa la vieille en repliant son chapelet. Dans l'état où elle est, si on la déplace, elle meurt là-même ! C'est moi qui vous le dis. »

À ce moment-là, la péripatéticienne ouvrit les yeux. D'abord, elle ne sembla reconnaître aucune des personnes qui s'étaient agglutinées autour de son lit. Puis elle sourit faiblement à Dorval et fit mine de lever un bras qui retomba avec lourdeur.

« Philomène... vous m'entendez ? fit l'inspecteur. On va vous tirer de là. Dans moins de dix minutes, une ambulance vous conduira à l'hôpital. Reposez-vous...

— Et votre enquête ? Où elle en est ? » demanda la péripatéticienne d'une voix faible.

Dorval ne sut que répondre. Il était venu dans l'idée de procéder à l'arrestation de Philomène et voilà qu'à l'article de la mort, elle se révélait absolument innocente. D'ailleurs, elle se mit à déparler :

« Amédée, je viens te rejoindre ! Bientôt, on sera côte à côte... »

Dorval sortit et dut enjamber des gens qui s'étaient assis à même le seuil de la case. Il sentait sur lui leurs regards désapprobateurs et en fut horriblement gêné. À présent, il n'avait plus qu'une pensée : faire inculper le docteur Bertand Mauville pour non-assistance à personne en danger. Le reste viendrait tout seul après. Il avait en effet désormais la conviction que le bougre était responsable de l'assassinat de Romule Beausoleil, soit qu'il l'eût commis de ses propres mains soit qu'il l'eût commandité. De toute façon, on la retrouverait sa foutue épée ! À l'en-bas de l'escalier de quarante-quatre marches qui reliait le plateau du Morne Pichevin au pont Démosthène, il eut un sentiment de déjà-vu lorsqu'il aperçut l'ambulance toutes sirènes hurlantes se garer non loin des latrines publiques. Quatre mois plus tôt, c'est à cet endroit même qu'Hilarion et lui avaient procédé aux premières investigations sur le cadavre d'un employé de la tinette municipale qui était décédé suite à une profonde blessure à la gorge portée par une arme tranchante. Un pic à glace.

« L'ambulance n'arrive pas trop tard, j'espère », murmura Hilarion.

Le cabinet du docteur Mauville ne désemplissait pas quelle que fût l'heure de la journée. Une ouvreuse acariâtre réglait le flot des clients à la façon d'un sergent-chef de la coloniale dans une salle d'attente bien trop exiguë. Le matin, il recevait, uniquement sur rendez-vous, ses patients de la bonne société, mais dès onze heures, et cela jusqu'à dix-huit heures sans interruption, la négraille lui infligeait ses tuberculoses, ses pians, ses rougeoles, ses bilharzioses ou ses descentes de matrice. Curieusement, le rouquin ne se montrait humain que lorsqu'il auscultait ce genre de malades car il aimait vraiment sa profession. Rien ne lui faisait peur, aucune plaie aussi purulente fût-elle ne le dégoûtait. Il avait par contre horreur de ces bourgeoises qui venaient l'ennuyer avec leurs boules imaginaires dans la gorge ou leurs aigreurs d'estomac. Quand il vit les inspecteurs Dorval et Hilarion débouler dans son cabinet, il ne montra aucune surprise particulière comme s'il les attendait de longue date. Il demanda à son ouvreuse de renvoyer les patients en attente au lendemain et de prendre elle-même son congé, ce qui estomaqua cette dernière puisqu'il était tout juste neuf heures quinze du matin. Elle s'exécuta en jetant un œil chargé de discourtoisie aux policiers qu'elle avait pris pour des amis politiques du docteur.

« Ne faites pas attention à elle, fit le docteur Mauville, Justine est une brave femme. Cela fait deux décennies qu'elle est à mon service. Elle n'a jamais apprécié le fait que je me présente aux élections. Comme quoi vous avez des têtes de politiciens. Ha-ha-ha ! »

L'air détendu du rouquin, son affabilité inquiétèrent Dorval. Visiblement, ils auraient affaire à très forte partie. Ce type-là n'était pas un de ces aigrefins à moitié analphabètes ou de ces assassins butés qui constituaient l'essentiel de la clientèle de l'Hôtel de Police de Fort-de-France. Mauville était un homme de culture, assuré de multiples protections, notamment maçonniques, qui maniait à la perfection la langue française et l'art de s'en servir pour élever un écran de fumée autour de sa personne. Cet homme-là évoluait dans un tout autre monde que Naïmoutou, Pa Victor ou même Jonas Dupin de Malmaison. Mauville était déjà presque un Européen et avait l'air d'en être très fier.

« J'ai une bonne nouvelle pour vous, messieurs », leur lança-t-il, décidément déterminé à conduire le cours de la conversation.

Très mondain, il leur prépara deux whiskies et se versa lui-même une orangeade. Croisant les jambes, il eut l'air de savourer l'étonnement des deux policiers.

« Oui, une très bonne nouvelle. On vient de me ramener mon épée. Tenez, la voilà !... on raconte partout que les gens de la plèbe sont tous dénués de sens moral. C'est une vue erronée, messieurs, un préjugé que ma fréquentation quotidienne avec les plus humbles de cette ville me conduit à démentir formellement. »

Hilarion se saisit de l'épée qu'il examina en tous sens. Elle n'avait pas l'air abîmée. Ni même d'avoir été utilisée. Sans doute le voleur ne l'avait-il même pas ôtée de son fourreau. À qui aurait-on bien pu revendre un tel objet sans se faire immédiatement pincer ?

« Accrochez-vous à vos sièges, messieurs. Devinez qui me l'a ramenée ? Je vous le donne en mille. Ha-ha-ha ! Eh bien figurez-vous que c'est un fidèle lieutenant de Fils-du-Diable-en-personne. Remarquez, je n'y tenais pas spécialement. Je ne pratique plus guère l'escrime. J'en ai passé l'âge. Et vous, quel sport pratiquez-vous ? »

Dorval éprouvait un mal de chien à contrôler le sentiment d'énervement qu'il sentait monter en lui. Le bougre se payait leurs têtes, sans doute pour se venger du soir où ils l'avaient surpris en tenue d'Adam chez le quimboiseur Grand Z'Ongles.

« On n'est pas venus pour parler sport, fit-il abruptement. On veut simplement savoir votre emploi du temps précis entre le Vendredi saint et le Samedi-Gloria. Quand je dis précis, je veux dire heure par heure, si possible...

— On sait que vous avez accompli le chemin de croix au Calvaire, ajouta Hilarion. Vous y avez eu une altercation avec Romule Beausoleil, n'est-ce pas ?... Vous savez, le type du Morne Pichevin qu'on a retrouvé la gorge trouée près du pont Démosthène le matin du Samedi-Gloria.

— Oh une altercation ! C'est un bien grand mot. Il se livrait à de la sorcellerie en plein chemin de croix et certaines femmes du groupe de prières que j'accompagnais ne l'ont pas supporté. L'une d'elles était si furieuse qu'elle lui a craché au visage mais les choses ne sont pas allées plus loin.

— Qui a fait ça ? demanda Hilarion.

— Heu... cette personne ne fait pas vraiment partie de notre groupe. Comme elle porte à chacun d'entre nous du poisson frais à domicile, on l'autorise parfois à se joindre à nos prières. Il s'agit d'une certaine Anastasie... Anastasie Waterloo, voilà, c'est ça !...

— Mais après votre montée au Calvaire, qu'avez-vous fait ? » reprit Dorval en notant l'information sur son calepin.

Le docteur Mauville blêmit. Sa superbe et son ton

faussement enjoué s'étaient évanouis d'un seul coup. Il n'avait pas l'habitude qu'on lui parle de cette façon et, à ses yeux, Dorval et Hilarion n'étaient que de petits flics de rien du tout. Ne dînait-il pas le dimanche à midi avec leur patron, le commissaire Renaudin ? Le rouquin se leva de son siège et se dirigea vers la salle d'attente de son cabinet. Puis, pris d'une soudaine résolution, il ouvrit le tiroir du bureau de son ouvreuse, en sortit un classeur qu'il tendit à Dorval.

« Tenez ! Tout est là. Mes rendez-vous, les noms des patients que j'ai examinés ces jours-là, l'heure à laquelle j'ai quitté mon cabinet. Tout ce que vous désirez savoir, quoi !

— Vous travaillez même pendant les vacances de Pâques ? ironisa Dorval.

— Eh oui ! Les médecins et les policiers, n'est-ce pas, sont astreints à peu près aux mêmes rigueurs, cher monsieur. Nous n'avons pas vraiment de jours fériés. Les gens tombent malades aussi à Pâques, figurez-vous. »

Tandis qu'Hilarion feuilletait le classeur, Dorval chercha un moyen de porter l'estocade à ce personnage sybillin — à la fois profondément antipathique et tout à fait admirable — qui lui faisait face avec un sens de l'esquive quasiment inné.

« Je sais que vous aviez eu Romule Beausoleil en tant que client. Il était comment selon vous ? fit Dorval.

— Que voulez-vous dire par là ?

— Était-ce quelqu'un d'ouvert, de bavard ou au contraire un introverti ? Aviez-vous le sentiment qu'il craignait pour sa vie ? Au fait, il était venu consulter pour quoi exactement ?

— Des maux de tête. Oui, il souffrait de violentes

céphalées. Mais je ne le connaissais pas bien. Ces gens-là ne se font guère suivre par un médecin. La dernière fois où il est venu ici, il m'a dit qu'il n'avait pas consulté un médecin depuis cinq ans. Vous voyez !

— La dernière fois c'était quand ?

— Hou là ! Vous m'en demandez des choses. C'est loin tout ça. Il y a cinq-six mois, peut-être plus, peut-être moins. Tenez ! On pourrait retrouver ça dans le classeur de Justine. Rendez-le-moi, je vous prie. »

L'inspecteur Dorval tint à faire la recherche lui-même. Le classeur commençait au 3 janvier de l'année 1964. Pas de Beausoleil en janvier. Ni en février. Ni en mars.

« Curieux ça ! s'écria le policier en montrant le classeur à son adjoint. Le mois d'avril ne figure pas dans le classeur ! Pourquoi ça, docteur Mauville ? Attendez voir, eh ben oui, après, le relevé des rendez-vous et des consultations continue normalement : mai, juin, juillet, etc. »

Le rouquin avala son orangeade d'une traite et feignit l'étonnement. Il examina le classeur à son tour et déclara :

« J'ai déposé une plainte au commissariat au cours de ce mois-là. On m'avait cambriolé comme vous le savez et...

— Votre classeur de rendez-vous intéresse la bande à Fils-du-Diable-en-personne, vous voulez plaisanter ? intervint Hilarion.

— Pour m'embêter, ils ont pu en arracher une partie. Laissez-moi voir si par hasard il ne manque pas d'autres pages. »

Il prit le classeur des mains de Dorval et le compulsa rapidement.

« Regardez ! Qu'est-ce que je vous disais ? Il manque août ! Septembre est toujours là par contre. »

Cet animal-là est fort, très fort, songea Dorval. Il avait sans doute tout prévu à l'avance depuis des mois et des mois. Pourtant le policier se demandait si quelqu'un pouvait arriver à de telles extrémités simplement parce qu'on avait fait courir le bruit de son impuissance ? Impuissance bien réelle si on en jugeait par les déclarations de Carmélise. Cette dernière n'était-elle pas, à bien regarder, tout aussi coupable de cette divulgation que Romule Beausoleil, sinon bien plus ? Il est vrai que c'était une faible femme qui traînait derrière elle une meute d'enfants innocents.

« Votre duel avec ce Beausoleil que vous connaissiez si peu, il s'est déroulé comment ? lança-t-il afin de déstabiliser Mauville.

— Il... il n'y en a pas eu.

— Comment ça ?

— Mon adversaire a fui le combat. Pourtant, je lui avais laissé le choix de l'arme dont nous nous servirions : épée ou pistolet.

— Vous n'étiez donc pas chez vous le soir du Vendredi saint comme l'a affirmé votre épouse ? » demanda Hilarion.

Le docteur Mauville tiqua légèrement. Sans doute n'avait-il pas prévu que la police se transporterait jusqu'à sa villa de Petit-Paradis. Dans ce paisible quartier bourgeois, les sirènes et les gyrophares, les courses-poursuite et les coups de feu, tout cela était pour le moins incongru. Il frémit à la pensée que ses plus proches voisins, les Lavergne, d'honnêtes pharmaciens mulâtres, eussent pu noter la présence de policiers devant sa barrière.

« Elle me protège, finit-il par lâcher, c'est normal,

non ? Elle est ma femme... bon, le soir du Vendredi saint, j'ai attendu mon adversaire derrière la Maison du sport comme convenu...

— Entre quelle heure et quelle heure ? fit Dorval.

— Heu... entre, disons huit heures-huit heures quinze et neuf heures et demie. Après, je suis rentré à mon cabinet et c'est à cet instant-là que j'ai buté sur le gang de Fils-du-Diable-en-personne en train de me cambrioler. »

Hilarion se pencha à l'oreille de l'inspecteur Dorval et lui chuchota quelque chose. Ce dernier sourit, se leva à son tour et fit quelques pas dans la salle d'attente. Maintenant, il avancerait sur des œufs. À la moindre erreur, il risquait sa tête c'est-à-dire son poste. Après tout, se dit-il, le pire serait qu'on me fasse réintégrer mon commissariat du 14e arrondissement, à Paris. Le docteur Mauville avait de plus en plus de mal à contrôler sa nervosité. Ses mondanités du début avaient cédé la place à une attitude faite de repli et d'agressivité à la fois. Il proposa à nouveau du whisky aux deux hommes qui refusèrent.

« Écoutez, messieurs, commença-t-il, je vais jouer franc-jeu avec vous... Ces derniers mois, j'ai souvent examiné Beausoleil. Il souffrait de maux de tête et enserrait son front à l'aide d'une serviette contenant des morceaux de glace. Je lui ai fait faire diverses radios mais cela n'a donné aucun résultat probant. Tout avait l'air parfaitement normal. Aucune lésion apparente...

— Ces maux de tête, ils étaient dus à quoi, selon vous ? fit DorvaL

— Ah ! Le cerveau est la partie la plus délicate de notre organisme, cher monsieur. La plus mal connue aussi. Je ne veux pas m'avancer mais j'avais l'impression que Beausoleil, à cause des pressions qui avaient pesé sur lui, à cause de ce fameux combat contre Waterloo dont tous mes clients parlaient, eh ben, il est fort probable qu'il était en voie de... de devenir fou. Voilà ! Le mot est lâché. Fou !

— Docteur Mauville, les dépositions de deux membres du gang de Fils-du-Diable ainsi que celles de vos voisins de palier affirment que vous êtes rentré à votre cabinet à huit heures trente du soir et non une heure plus tard comme vous l'affirmez. Pourquoi ce mensonge ?

— Je vous en prie, monsieur !... Vous savez, quand on est sur le point de se battre en duel, on est un peu fébrile. Je vous ai dit neuf heures trente mais ça pouvait bien être plus tôt ou plus tard. Je suis revenu à mon cabinet parce que j'avais oublié d'y prendre mon épée. Je ne pouvais pas affronter Beausoleil à armes inégales, vous comprenez ?

— Au fait, vous ne nous avez toujours pas présenté votre permis de port d'arme, fit Hilarion.

— Je l'ai égaré. J'ai un tas de paperasse à la maison mais rassurez-vous d'ici lundi, ce sera fait. Et puis, vous savez, ce Remington, c'est un pistolet de dissuasion, guère plus.

— Donc vous n'avez pas rencontré Romule Beausoleil le soir du Vendredi saint, vous êtes formel ? reprit Dorval.

— Formel, inspecteur !

— Bien-bien... de toute façon, nous emmenons votre épée. On la fera examiner. Des fois que quelqu'un s'en soit servi à votre place. Sait-on jamais ? Et puis vous serez sûrement convoqué sous peu. Non-assistance à personne en danger... Vous voyez où je veux en venir, n'est-ce pas ? »

Le docteur Bertrand Mauville se rassit lourdement

derrière son bureau, accablé et épuisé à la fois. Il acquiesça d'un signe de tête gêné...

Il ne restait plus qu'un jour et demi à l'inspecteur Dorval pour boucler son enquête. Le commissaire Renaudin ne lui accorderait pas une heure de plus, même pas une demi-heure. Voilà cinq mois qu'il piétinait ou plutôt se dispersait dans tous les sens comme si une main invisible s'acharnait à embrouiller à plaisir les différentes pistes. Le policier savait que Waterloo et le docteur Mauville avaient rencontré Romule Beausoleil dans la nuit du Vendredi saint au Samedi-Gloria, même si ce dernier persistait à le nier. Mais son intuition lui disait qu'une troisième personne avait pu l'attirer dans un guet-apens ce soir-là et, cette personne, il en était de plus en plus intimement persuadé, n'était autre que Ti Victor, le géreur de l'habitation Château-Plaisance à Rivière-Salée. Le bougre avait demandé un congé de fin de récolte à Jonas Dupin de Malmaison et n'avait pas indiqué où il le passerait. Le planteur le décrivait comme un grand voyageur qui avait déjà visité la plupart des îles de l'archipel des Antilles et qui pouvait fort bien se trouver à Bénézuèle ou à Saint-Domingue. Dorval avait fait vérifier les départs à l'aéroport du Lamentin sans succès. Peut-être que Ti Victor s'était embarqué sur un cargo de passage. Là, impossible de le suivre à la trace.

« C'est drôle, fit Hilarion, je n'ai pas l'impression que Ti Victor ait quitté la Martinique...

— Eh ben, on a la même impression, mon vieux ! rétorqua Dorval.

— À mon avis, il se cache quelque part mais où ? *That is the question.* »

Les deux policiers avaient passé la matinée à éplucher et rééplucher les dossiers des différents suspects. Aucun d'eux n'avait vraiment d'alibi solide. Qu'est-ce qui prouvait que Beausoleil n'était pas venu au rendez-vous que lui avait baillé Waterloo au stade de Desclieux ? Rien du tout. Le major du Bord de Canal avait fort bien pu lui tomber dessus à l'improviste, lui planter un pic à glace dans la gorge, attendre minuit ou une heure du matin et transporter le cadavre jusqu'aux latrines du pont Démosthène qui étaient assez proches. Quand au duel avec le docteur Mauville, rien ne prouvait non plus qu'il n'avait pas eu lieu. Le rouquin affirmait que ses deux témoins s'étaient désistés à la dernière minute mais il avait fort bien pu s'arranger avec eux pour y aller tout seul. On ferait examiner son épée pour savoir si la pointe correspondait à l'entaille que Beausoleil portait sous le menton. Lui, en outre, disposait d'une voiture donc le transport du corps ne lui aurait posé aucun problème. Le Vendredi saint, tard dans la soirée, il n'y a pas grand monde dans les rues. L'hypothèse Chrisopompe paraissait plus farfelue. L'esbroufeur n'avait pas la trempe d'un assassin. Mais était-ce si sûr ? Dorval était payé pour savoir qu'en certaines circonstances, le plus pleutre des individus pouvait se transformer en bête féroce. D'autant que Beausoleil, l'ayant rencontré dans les quarante-quatre marches en fin d'après-midi de ce même Vendredi saint, avait réitéré sa menace de lui couper les génitoires. Chrisopompe avait fort bien pu croire sa dernière heure arrivée et avait pu paniquer. Hilarion avait, à ce propos, fait une remarque qui avait alerté Dorval.

« Un gars qui se sert d'un pic à glace pour en tuer un autre n'est pas un habitué des armes. Je veux dire que ce n'est pas quelqu'un qui a l'habitude d'avoir ce genre de chose sur lui. C'est trop voyant ! Une jambette, un couteau à cran d'arrêt, voire un bec d'espadon d'accord ! Tous les voyous de Fort-de-France en possèdent. Les pics à glace, c'est spécial. C'est un truc de vendeur de snow-ball ou de marchande de poissons.

— Et si Chrisopompe avait payé Lucifer pour faire la peau à Beausoleil ?

— Ha-ha-ha ! Très drôle...

— Pourquoi drôle ? dit Dorval. N'oublie pas que les majors de Fort-de-France se sont toujours montrés dégueulasses avec Lucifer ! Ces messieurs passaient leur temps à le rançonner jusqu'à ce qu'on y mette le holà.

— Je m'en souviens... »

Dorval déclara que même s'il ne devait pas dormir les deux nuits qui venaient, il ferait tout son possible pour résoudre l'énigme. Hilarion lui tendit la main et les deux inspecteurs firent « Tope là ». L'adjoint s'en alla dans son bureau téléphoner à sa femme qu'il ne rentrerait pas. Un à un leurs collègues commençaient à quitter l'Hôtel de Police. L'un des deux blasés qui travaillaient au même étage que lui s'arrêta un bref instant devant la porte entrouverte à cause de la chaleur et lui lança :

« Alors Dorval, on fait des heures sup' ? »

Le sosie de Sidney Poitier ne releva même pas la tête de sa paperasse. À force, il avait fini par s'habituer aux railleries des deux lascars. De vrais fonctionnaires ! À dix-sept heures tapantes, ils tournaient déjà la clef de leur bureau ou gagnaient le parking du commissariat. Dorval alluma une cigarette mentholée et se mit à aspirer goulûment la fumée. Un précieux conseil du dernier commissaire sous les ordres duquel il avait bossé dans le 14e arrondissement, venait de resurgir dans son esprit.

« Quand on sent que l'assassin vous file entre les pattes, faut pas lui courir après. Au contraire, faut le faire venir à soi. »

Au retour d'Hilarion il lui proposa d'aller boire une bière à la Rotonde puis il changea soudain d'idée. Dorval était complètement ragaillardi. Il entraîna son adjoint sans explication aucune au rez-de-chaussée. La Peugeot 404 était garée juste devant l'entrée. Miracle ! Elle démarra sans le recours de la manivelle. Dorval contourna la place de la Savane à vive allure, canta vers le Carénage avant de prendre la route de Sainte-Thérèse qu'il remonta jusqu'à Renéville. Il s'engagea dans le dédale des rues étroites de ce quartier pour déboucher derrière le Morne Pichevin. L'extrême misère des cases contrastait très fort avec la joie des enfants qui s'amusaient avec des agates et une trottinette de fortune.

« Les tiens ont de la chance, fit-il à Hilarion.

— Ça, tu peux le dire... au fait, on va où ?

— Tu verras. »

Carmélise mettait du linge à l'ablanchie sur les racines échassières du quénettier qui ombrageait la Cour des Trente-Deux Couteaux. À la vue des policiers, elle porta la main à son cœur en s'écriant :

« Philomène... elle est morte ? C'est ça, hein ?

— Pas du tout ! fit Dorval. Elle est en de bonnes mains, rassurez-vous. Le service des urgences de l'Hôpital civil s'occupe d'elle... on est ici parce que le coq de votre ami de Malmaison a été retrouvé et...

— Quoi ? Mais il est mort. Beausoleil en était certain. Il s'est même fâché pendant des mois avec Lapin Échaudé à cause de ça.

— Enfin... Je veux dire que nous avons retrouvé sa trace. Il paraît même que demain après-midi, celui qui l'a volé le fera combattre au gallodrome du Lareinty. »

Carmélise passa de l'étonnement à l'allégresse en un battement d'yeux. Elle se mit à tournoyer autour du quénettier en brandissant un drap à-quoi-dire un drapeau.

« J'ai toujours pensé qu'il y avait un Bondieu. Quand on le prie tous les jours, il est obligé un jour où l'autre de jeter un œil sur vous. Ah, merci-merci, inspecteur ! Vous savez, depuis qu'Éperon d'Argent a disparu, je n'ai jamais pu retrouver le sommeil. Ça me tracasse jusqu'à présent. Qu'est-ce que vous allez faire ? Arrêter le bougre ?...

— Oh ! rien n'est encore fait ! On ne sait même pas qui c'est, ni d'ailleurs s'il viendra vraiment. »

Folle de joie, la mère-poussinière les abandonna sur place et courut annoncer la nouvelle à travers tout le Morne Pichevin. Dorénavant, Jonas de Malmaison cesserait de la tisonner comme il le faisait à chacune de leurs rencontres. Il recommencerait à lui bailler de l'argent pour son aîné. Les deux policiers sourirent et rebroussèrent chemin. Dorval décida d'aller prendre sa « Lorraine » au bar des Marguerites-des-Marins, situé en face de la Transat, d'où l'on pouvait voir l'étrave des paquebots et des cargos s'enfoncer presque dans les flancs de la ville.

« C'est risqué ton truc..., fit Hilarion au bout d'un moment.

— T'as une meilleure idée ?

— Heu... non.

— De Malmaison ne viendra pas lui-même au Lareinty. Je parie avec toi qu'il y enverra Ti Victor. Il sait très bien où son géreur se cache. Son histoire de voyage à l'étranger, c'est du vent. Rien que du vent !

— On joue à quitte ou double alors ?

— Exact ! »

Le bar s'emplissait peu à peu de dockers, de djobeurs, de mécaniciens en bleu de travail et de quelques marins européens déjà tourneboulés par le rhum. À la table voisine des deux policiers, un couple dans la trentaine était en train de se disputer à voix basse. L'homme pliait et dépliait avec nervosité un journal entre ses doigts en martelant :

« *Man sèten sa ! Sèten* » (J'en suis certaine ! Certaine !)

La femme, une échappée-coulie plutôt aguichante, gardait les yeux baissés sur son verre de limonade et ne répondait rien. À intervalles réguliers, elle était en proie à une sorte de soupir qui lui soulevait les épaules, relevant sa poitrine qu'elle avait superbe.

« *Dépi ki tan ?* » (Depuis quand ?) insistait l'homme.

— *Kité ti manzèl-la trantjil !* » (Laisse cette mamzelle tranquille !) fit la tenancière du bar qui avait l'air de les connaître.

Soudain, l'homme perdit son sang-froid. Il repoussa la table et flanqua un paraviret qui résonna sur les deux bords du visage de la femme. Ébaubie, cette dernière ne poussa qu'un petit cri avant de fondre en larmes.

« Qu'est-ce qu'Adelise t'a fait, hein ? fit la tenancière en s'interposant. Vous avez fait connaissance à peine l'autre jour et voilà que vous vous disputez déjà !

— *I kônen mwen !* (Elle m'a cocufié !)

— *Hon ! Travay Krizoponp dè Ponpinas ki la, man ka payé !* » (Hon ! Ça ressemble à du Chrisopompe de

301

Pompinasse tout craché, cette histoire-là !) s'écria un client.

Dorval et Hilarion furent contraints de ceinturer l'homme après qu'il eut frappé la jeune femme d'un violent coup de tête qui ouvrit le front de celle-ci. Un jet de sang couvrit les paupières d'Adelise qui cette fois-ci poussa un hurlement déchirant.

« Pas dans mon bar ! Vous m'entendez, pas dans mon bar ! Allez faire votre trafalgar ailleurs, oui ! » glapissait la tenancière en pointant un doigt vengeur sur le cocu.

Les deux policiers finirent par le maîtriser quoique à grand-peine. Ils le conduisirent au-dehors où quelques badauds, alertés par le vacarme, commençaient à se rassembler et à lancer des commentaires égrillards. Le couple était apparemment connu pour ses fréquentes bisbilles.

« *Kou-taa, i mantjé tjwé'y !* » (Cette fois-ci, il a failli la tuer !) fit quelqu'un.

Dorval se dirigea vers le port où l'activité s'était, à cette heure de la journée, ralentie. Un gardien, la casquette descendue au ras des yeux, somnolait sur la barrière permettant l'accès aux quais. Hilarion tenait l'excité par des menottes.

« Allez, raconte ! dit Dorval.

— C'est pas vos oignons. D'abord, j'ai pas volé ni tué, alors vous n'avez pas le droit de m'arrêter. J'ai foutu deux calottes à ma concubine, c'est tout ! Elle me corne depuis quelque temps...

— Ce Chrisopompe de Pompinasse... dis-moi, tu le connais depuis longtemps. De quoi il vit, ce bougre-là ?

— Chrisopompe, hon !... Tantôt il se dit avocat tantôt médecin. Monsieur ne travaille pour personne. Ses deux mains sont lisses comme deux

302

mains de béké. Mais il a toujours de l'argent. On dit qu'il charme les femmes aussi avec une poudre... »

Un paquebot, battant pavillon américain, entrait dans le port. Son bramement fit sursauter les trois hommes.

« En plus, c'est un capon ! Monsieur avait peur de Romule Beausoleil comme le Diable a peur de l'eau bénite... Je sais que vous cherchez qui a tué Romule. Tout le monde sait ça par ici. Chrisopompe avait coqué les deux femmes-concubines de Beausoleil. Un vrai chien-fer ! Beausoleil avait juré de lui couper les couilles.

— Où c'est qu'on peut le trouver, ce Chriso-pompe ? demanda Hilarion.

— Hon ! Quand il commet un cas, il disparaît pendant un mois. Il sait que j'ai besoin de lui fendre la gueule, alors il a mis ses fesses à l'abri. Il fait toujours comme ça. Quand il revient, la personne a oublié... avec moi, ça sera pas pareil. Je l'attends de pied ferme, même s'il doit revenir dans trois ans... Après la mort de Romule, on est resté deux mois sans voir la couleur de la figure de Chrisopompe... »

Dorval et Hilarion s'entrevisagèrent. Ce dernier démenotta le cocu et lui demanda d'être moins violent à l'avenir avec son amie. Le bougre retourna au bar où il s'attabla près d'une grappe de joueurs de dominos. Cette fois-ci la Peugeot 404 refusa de démarrer. Fatigué d'utiliser la manivelle, Dorval se mit au volant et demanda à son adjoint de pousser le véhicule qui démarra aisément à cause de la légère déclivité de la chaussée. Les boissonniers des Marguerites-des-Marins se mirent à rigoler de leur tête. Dorval leur fit un signe amical. Cette nuit-là, au commissariat, ils réfléchirent longuement sur le cas de Chrisopompe de Pompinasse. Ils ne l'avaient pas assez pris au sérieux jusque-là. Au matin, le commissaire Renaudin convoqua à nouveau l'inspecteur Dorval pour lui dire qu'il ne lui restait qu'une quinzaine heures au grand maximum. Les deux inspecteurs blasés qui travaillaient au même étage que Dorval se gaussèrent de son début de barbe et de son air hâve.

« Hé, Sherlock Holmes, fit l'un d'eux, à force de regarder le monde à travers ta loupe, tu vas croire qu'il tourne à l'envers. Ha-ha-ha ! »

Dorval et Hilarion trépignaient. Ils avaient hâte de se retrouver dans le gallodrome du Lareinty. D'importants combats y avaient été annoncés et nul doute que les meilleurs maîtres coqueurs du pays s'y étaient baillés rendez-vous. Ils mirent à profit les heures qui les séparaient de l'ouverture du gallodrome pour faire le tour de leurs principaux indicateurs. Lucifer, le vendeur de snow-balls, n'avait rien recueilli d'intéressant quant au cambriolage du cabinet du docteur Mauville. Un sien cousin, membre du gang de Fils-du-Diable-en-personne, lui avait répondu en faisant un signe de croix sur les lèvres. Quant à Chine, le bistrotier de l'avenue Jean-Jaurès, pourtant bien informé, il leur fit grise mine. Les deux inspecteurs finirent par lui arracher que Waterloo et d'autres pêcheurs du Bord de Canal étaient venus le menacer de saccager son commerce s'il continuait à parler derrière le dos des gens. En effet, le Chinois avait déclaré à la police que le soir du Vendredi saint, aux alentours de minuit, il avait aperçu Waterloo les vêtements couverts de sang. Ce dernier s'en était déjà expliqué en affirmant qu'il avait aidé un boucher du Pont de Chaînes à saigner un bœuf. Cette activité venait d'être réglementée mais bien des gens profitaient de la faveur de la nuit pour abattre clandestinement des animaux. L'alibi de Waterloo n'avait pas pu être formellement prouvé mais l'épouse de celui-ci avait exhibé devant les enquêteurs de beaux quartiers de viande apparemment fraîche qu'elle conservait dans une glacière. Le troisième indicateur, Jojo le coiffeur du boulevard de la Levée, se montrait lui aussi plus muet qu'une tombe. Il semblait pressé que Dorval et Hilarion s'en aillent et maniait la tondeuse avec des gestes saccadés qui déclenchèrent les vives protestations du client dont il s'occupait.

« Tout ce que je peux vous assurer, fit-il au bout d'un moment, c'est qu'Hermancia n'est pas folle et n'a jamais été folle...

— Qu'est-ce qui te fait dire ça ? demanda Dorval.

— Avant de concubiner avec Beausoleil, elle servait de dame de compagnie à une vieille femme paralysée. Celle-ci était ma marraine et, plusieurs fois, j'ai rencontré Hermancia chez elle...

— Tu veux dire bien après qu'Hermancia se soit mise en ménage avec Beausoleil ?

— Tout à fait ! Ce qui est drôle, c'est qu'elle a toujours caché ces visites aux gens du Morne Pichevin. Elle racontait plein de bêtises sur ces nègres-là et surtout sur Beausoleil. Ma marraine m'a même dit qu'elle parlait parfois de revanche. »

Dorval savait que la jeune femme avait été doublement blessée par les habitants de ce quartier : dans sa chair d'abord, parce que, le premier jour où elle y avait mis les pieds, elle avait été victime, au cours d'une bamboche, d'un viol collectif ; dans son cœur ensuite parce qu'elle avait fini par s'attacher à Beausoleil puis par l'aimer. Cette lubie de combat de damier, l'affrontement dont tous rêvaient — Philomène au premier chef — contre Waterloo, ne lui

avait jamais plu. Elle avait même plusieurs fois tenté
de dissuader son homme d'y participer et avait voulu
le pousser à aller vivre dans un autre quartier. Toutes ces données-là, Dorval les possédaient depuis
longtemps et il avait eu l'occasion de les recouper
à l'occasion de divers interrogatoires. Hermancia
était-elle demeurée dans sa case à se morfondre la
nuit du Vendredi saint comme elle l'avait toujours
affirmé ? Sa douleur lors de la découverte du cadavre au pont Démosthène, ses bouffées délirantes qui
avaient justifié son internement à l'hôpital psychiatrique de Colson, tout cela était-il pure feintise ? Ni
Dorval ni Hilarion n'en croyaient rien.

« Bien-bien..., fit l'adjoint, on pourrait peut-être
reposer une-deux questions à cette petite dame ?

— On a perdu sa trace depuis le trafalgar qu'elle
a fait au cimetière des pauvres. On n'a plus beaucoup de temps maintenant. Faut choisir.

— Pile on s'occupe de Ti Victor, face d'Hermancia, proposa Hilarion tandis qu'ils rembarquaient à
bord de la Peugeot 404.

— O. K. !

— C'est pile. *Alea jacta est !* fit-il en jetant la pièce
dont il s'était servi dans un caniveau.

— Tssss ! T'as fréquenté la Sorbonne, toi. »

Le gallodrome du Lareinty était l'un des plus
imposants de la Martinique. À l'origine, seuls les
Grands Blancs et quelques mulâtres fortunés le fréquentaient mais il devint peu à peu impossible de
refouler les nègres qui finirent par s'en emparer. Le
gérant demeurait toutefois un Blanc-pays désar-
genté, un béké-goyave comme on le désignait ironi-
quement, qui gagnait des sommes rondelettes à chaque saison, sommes qu'il perdait ensuite au baccara.
Le bougre s'adonnait à ce jeu non par plaisir ou par

vice mais pour rentrer dans les bonnes grâces du chef de la caste blanche créole, Henri Salin du Bercy et surtout dans l'espoir qu'on le reintégrerait dans cette dernière, chose qui ne devait jamais se produire pour la bonne raison que le béké-goyave avait trois garçons d'une mulâtresse. Cette mésalliance forcée (quelle Blanche aurait voulu d'un béké sans richesses ?) le rendait très agressif envers les gens de couleur, beaucoup plus même qu'envers les Grands Blancs. Il reconnut aussitôt en Dorval et Hilarion des personnes étrangères aux combats de coqs.

« Si vous êtes venus foutre le bordel, dites-le-moi tout de suite pour que je vous botte le cul dehors à coups de pied ! » éructa-t-il.

Pourtant les deux hommes avaient troqué leurs tenues de ville pour des vêtements kaki, peut-être un peu trop neufs, et Hilarion s'était couvert le chef d'un chapeau-bakoua. La plaque de Dorval calma net le béké-goyave. Il appréhendait beaucoup la fermeture de son établissement depuis qu'on discutait en France de l'interdiction totale des jeux comportant la mise à mort d'animaux. Des imbéciles de conseillers généraux martiniquais avaient emboîté le pas aux bonnes âmes métropolitaines et avaient levé tout un débat dans la presse locale. Si cette mesure venait à être mise à exécution, le propriétaire du gallodrome de Lareinty n'ignorait pas qu'il finirait dans la dèche. Il ne trouverait personne pour lui tendre une main secourable et comme il ne possédait pas un ième de terre, encore moins d'économies, il risquait de tomber plus bas que le dernier des nègres.

« Faites comme chez vous ! » lâcha-t-il aux deux policiers en tournant les talons.

Les parieurs avaient commencé à remplir les rangées de bancs qui encerclaient la minuscule arène. Au-devant, l'arbitre faisait peser les deux premiers volatiles inscrits pour le premier combat. Leurs propriétaires, très attentifs, n'entendaient même pas les paris qui étaient lancés depuis les travées, paris aussitôt notés par un responsable, assis, l'air très digne, aux côtés de l'arbitre. Il y avait une majorité de nègres de plantation qui parlaient un créole rude et énigmatique, langue que l'on n'entendait plus guère à Fort-de-France. Quelques mulâtres, plus impassibles, serraient sous le bras des sacoches sans doute bourrées de billets de banque. Ti Victor n'était pas encore là. Dorval et son adjoint s'étaient assis tout en haut des travées, à l'opposé l'un de l'autre, afin de surveiller les allées et venues des coqueurs. Le premier combat se déroula dans un vacarme indescriptible, Les coqs étant particulièrement becquetants, il se termina par la défaite et la mort, debout, d'un coq espagnol qui, en un ultime sursaut, volplana dans l'assistance. Des liasses de billets, souvent neufs, brocantèrent rapidement de mains. Dorval admira la discipline qui prévalait dans le gallodrome entre gagnants et perdants. Pas une discutaillerie, pas une contestation. Au deuxième combat, l'hystérie gagna l'assistance.

« *Bat li, Lalimyè ! Bat li !* » (Frappe-le, La Lumière ! Frappe-le !) criait-on ici.

« *Bèkté, Lakansyèl, tonnan !* » (Cogne du bec, Arc-en-Ciel, tonnerre !) rétorquait-on, là.

Cette atmosphère eut pour effet de distraire les deux policiers un moment, en particulier Dorval qui y assistait seulement pour la deuxième fois de sa vie (et pour la première depuis son retour au pays natal). Hilarion lui fit signe que Ti Victor n'avait toujours pas pointé le nez. À six heures de l'après-midi, les jeux étaient faits. Douze combats s'étaient déroulés dans la même ambiance électrisée. La plupart des parieurs n'avaient pas attendu la fin des hostilités pour se ruer sur la buvette attenante au gallodrome. Le rhum et la bière « Lorraine » y coulaient à flots.

« Déçu ? fit l'adjoint.

— Ouais... Ti Victor est donc bel et bien parti. Sans quoi il serait venu ! Il ne pouvait pas ne pas venir...

— Tu avais fait inscrire Éperon d'Argent ?

— Oui. Lapin Échaudé s'en est occupé pour moi hier.

— Si ça se trouve, Ti Victor a pu flairer un piège ? » soliloqua Hilarion.

Les deux hommes reprirent la route sans se parler. Leur enquête avait abouti à une impasse totale. Pour dire la franche vérité, elle avait lamentablement échoué. Dans quelques heures, le commissaire Renaudin bouclerait le dossier du meurtre du Samedi-Gloria.

« Au fond, ce nègre-là, ce Romule Beausoleil, n'a peut-être jamais existé, fit Dorval, amer. Il n'a même plus de sépulture au cimetière des pauvres. »

La nuit s'apprêtait à tomber. Au Carrefour Mahault, un véhicule en stationnement, une camionnette bâchée, leur fit un appel de phares tandis qu'une main jaillissait de la portière, s'agitant dans leur direction. Dorval ralentit et s'approcha avec prudence de la camionnette. Son conducteur était seul.

« Ti Victor ! » s'écria Hilarion.

Le chabin descendit de son véhicule sans précipitation aucune. Arrivé à la portière de celui des policiers, il sourit à ces derniers.

« C'est moi que vous cherchez, messieurs ? goguenarda-t-il. Je me trouvais à Ajoupa-Bouillon. J'ai acheté quelques carreaux de terre là-bas. D'ici peu, je serai mon propre patron, mais ça de Malmaison ne le sait pas encore. Ha-ha-ha !

— On en a assez de Château-Plaisance ? demanda Dorval.

— Of ! Douze ans à planter et à récolter de la canne, ça suffit. Vous ne croyez pas ? Et puis de toute façon, elle est foutue la canne. Tout le monde se met à la banane et, ça, c'est pas trop à mon goût.

— Vous ferez quoi, alors ?

— De l'élevage. Un peu de jardin créole aussi... vous savez, la terre dans le Nord est dix fois plus fertile qu'ici. Au fait, votre histoire d'Éperon d'Argent, je n'ai pas marché là-dedans. Moi aussi, j'ai mené ma petite enquête. Bien avant vous d'ailleurs ! Dès que cette Carmélise a annoncé la mort du coq à de Malmaison, il m'a demandé de chercher à savoir la vérité. Il était fou de ce coq et, en plus, il n'avait pas confiance en Carmélise. Il croyait qu'elle en avait profité pour vendre Éperon d'Argent... Quant à Philomène, Hermancia, Rigobert, Chrisopompe, Waterloo et consorts, je les connais mieux que vous. Ils sont innocents dans cette affaire-là. »

Dorval empoigna le volant de sa voiture à deux mains, abattu.

« Ti Victor, aidez-nous, je vous en prie. Qui c'est qui a fait le coup ?

— Eh ben, moi, pardi ! Qu'est-ce que vous attendez pour me passer les menottes ? Ha-ha-ha !

— C'est... c'est Chrisopompe ? » hasarda Hilarion.

Le géreur s'accroupit et regarda les deux policiers droit dans les yeux.

« Croyez-moi, messieurs, ce coup de pic à glace,

c'est pas un homme qui l a porté. Non ! C'est du travail de femme. Qui ? Ça, c'est votre affaire. Pas la mienne. Allez, au plaisir ! »

Dorval et Hilarion regardèrent le chabin remonter dans sa camionnette bâchée et disparaître sur la route menant à Saint-Joseph.

« Eh ben, inspecteur Hilarion, nous voilà bien avancés à présent ! » conclut Dorval en mettant le contact.

Des essaims de lucioles, telles des âmes en peine, virevoltaient dans la noireté de la nuit. Dorval conduisait d'une manière crispée et passait brutalement les vitesses dans les inumérables tournants d'une route mal asphaltée. Hilarion lui emprunta une cigarette et se mit à fumer, chose tout à fait inhabituelle chez lui. Soudain, la voiture fit une embardée, manquant de se renverser dans le fossé. Dorval la rattrapa à temps. Il hurlait :

« Eurêka ! Oué-é-é-é ! Ça y est, j'ai trouvé ! Bon sang mais c'est ça, c'est bien ça ! »

Il embrassa son adjoint sur le front, sur les joues tout en continuant à conduire comme un dingue. Hilarion rit, lui aussi, sans comprendre...

Final de compte

Lorsque l'inspecteur Dorval et son adjoint Hilarion se présentèrent à l'orée de la ruelle du quartier Bord de Canal qui conduisait à la maison du fier-à-bras Waterloo, le premier venait à peine de convaincre le second. En effet, Hilarion était demeuré incrédule un bon paquet de temps en dépit des indices accablants qui lui étaient présentés. Il ne voulait tout bonnement pas croire qu'Anastasie Waterloo fût l'auteur de cet acte abominable qui avait tellement défrayé la chronique que des journalistes métropolitains avaient récemment fait le voyage pour écrire des reportages à sensation au sujet de ce que l'un d'eux appela, en titre de son article, « Le crime vaudou du samedi de Pâques ». Hilarion se fiait à son instinct et dans le cas d'Anastasie, il n'avait jamais flairé la moindre velléité passionnelle. L'enquête avait d'ailleurs montré qu'elle s'accommodait fort bien des multiples femmes-dehors de son homme, de sa fréquentation assidue des gallodromes et de son goût pour les combats de damier. Elle allait répétant :

« Mon homme est le plus vaillant de tout Fort-de-France, oui ! Attention à ne pas lui piler les orteils ! »

Les rares disputes du couple ne concernaient que

la bonne gestion des revenus que leur procuraient leurs trois canots de pêche. Waterloo était du genre plutôt dépensier alors qu'Anastasie était réputée pingre. L'extrême modestie de ses vêtements de tous les jours en était la preuve éclatante. À l'évidence, elle était fière d'être l'une des marchandes de poisson les plus achalandées d'En-Ville et n'aurait pour rien au monde brocanté sa situation avec celle de ces gourgandines qui préféraient tenir boutique de leurs fesses au lieu de suer au soleil. Qu'on la traite de mangouste, de sauvage et d'autres qualificatifs peu flatteurs, elle n'en avait cure !

« Reprenons depuis le début ! avait dit Dorval à son adjoint qui écarquillait les yeux. Tu vas voir, je ne raconte pas des histoires ! Attends un peu... Tu te souviens du dimanche de Pâques où on a trouvé le corps de Beausoleil près des latrines du pont Démosthène, hein ? Anastasie Waterloo se trouvait parmi les curieux !

— Et alors ?

— Eh ben, on venait de découvrir le corps et seuls les gens du Morne Pichevin étaient déjà au courant. Rappelle-toi ! Il était quoi ? Six heures, six heures et demie du matin... Qu'est-ce qu'Anastasie faisait en cet endroit à une telle heure ? Ensuite, la première fois où on est allés interroger Waterloo chez lui, elle est arrivée peu après et à aucun moment elle ne s'est intéressée de savoir ce que nous voulions à son mari. Pour une forte femme, une femme qui porte le pantalon dans son ménage, c'est tout de même bizarre, non ? Ce jour-là, elle a joué à la discrète et à la soumise pour nous donner le change. Elle a joué tellement bien qu'à aucun moment, il ne m'est venu à l'idée de la coucher sur ma liste de suspects. À aucun moment ! »

Ils roulaient presque au pas, à bord de la 404 de service, dans les rues embouteillées, comme si Hilarion, qui se trouvait au volant, n'avait pas envie de se rapprocher du Bord de Canal. Comme s'il voulait retarder le moment où il lui faudrait passer les menottes à la marchande de poisson.

« Jusque-là, tout ça n'est guère convaincant..., hasarda-t-il.

— Tourne derrière le cimetière des riches sinon on va être bloqués sur la Levée... Pas convaincant ? J'ai la conviction que c'est Anastasie qui a obligé Waterloo à chercher une entente avec Beausoleil. Bon, il nous a parlé de cette Évita dont il s'était amouraché, c'est vrai, mais il n'aurait pas risqué de perdre son honneur de grand combattant du damier pour une jeunesse de vingt-quatre ans. En cherchant à éviter un vrai affrontement avec Beausoleil, Waterloo admettait en fait qu'il n'était pas de taille à affronter son adversaire. Pour lui, c'était presque une sorte de capitulation... »

Hilarion gara la voiture aux abords de la Caserne Gallieni et les deux policiers poursuivirent leur chemin à pied, toujours à la même allure de tortue-môlôcôye. Ils longèrent les berges du canal Levassor où s'affairaient quelques pêcheurs qui n'étaient pas sortis en mer. L'un d'eux, les reconnaissant, leur fit un signe de tête amical.

« Télesphore, reprit l'inspecteur Dorval, tu sais, ce crieur qui djobait à l'occasion pour Waterloo...

— Lapin Échaudé, tu veux dire ?

— Exact ! Le Syrien chez qui il travaille, il nous a rapporté que Lapin Échaudé avait eu un combat-de-gueule avec Rigobert et qu'au même moment, Anastasie Waterloo avait pris fait et cause pour lui. Elle avait même fait mine d'étriper Rigobert.

— Rigobert n'est pas Beausoleil ! fit Hilarion.

— Peau et chemise, mon vieux, voilà ce qu'ils ont toujours été ! Les deux meilleurs zigues du Morne Pichevin et ça depuis l'époque de l'amiral Robert. On a dix témoignages et plus sur leurs relations. Donc, en Rigobert, ce qu'Anastasie voyait, c'était l'ennemi mortel de son mari c'est-à-dire Beausoleil. Ni plus ni moins ! »

Ils s'arrêtèrent un temps sur le pont Gueydon. Hilarion faisait de gros efforts pour cacher son trouble. La ville était étonnamment belle vue depuis cette perspective. Elle semblait avoir plus de profondeur avec la place de la Savane qui se profilait au bout d'une longue rue parfaitement droite.

« Mais il y a plus, mon cher Hilarion : tu oublies le coup de crachat qu'elle a balancé à Beausoleil le jour où il faisait chemin de croix au Calvaire. Si c'est pas de la haine ça, c'est quoi, hein ? Tu es déçu ?

— Un peu, oui... j'aurais... enfin, comment dire ?... j'aurais préféré un coupable plus... conforme, plus... Hé, au fait, tu crois qu'avec ces deux-trois rapprochements, tu vas arriver à la faire avouer ? C'est un peu mince tout ça à bien regarder ? »

Dorval sourit. Il s'approcha de la Fontaine Gueydon, où une lavandière battait ses draps avec vigueur, et se rafraîchit les tempes. Il éprouvait maintenant une sensation de soulagement.

« Elle va parler, fit-il, c'est elle qui a écrit le mot que m'avait remis ce gamin, c'est son écriture ! On a comparé avec les cahiers sur lesquels elle tient les comptes des canots de son mari. Aucun doute là-dessus... Il y a pourtant quelque chose que je ne saurai jamais, c'est où elle a bien pu dénicher une telle phrase : "Beausoleil avait encore de beaux jours et de beaux soleils devant lui. Hélas, il a voulu enjamber la ligne sans demander la permission." C'est joli, non ? De beaux jours et de beaux soleils, hon !... »

RAPPORT DE L'INSPECTEUR FRÉDÉRIC DORVAL
CONCERNANT LE MEURTRE DE ROMULE BEAUSOLEIL,
NÉ LE 7 JANVIER 1928,
CONDUCTEUR DE CAMION À LA TINETTE MUNICIPALE,
DOMICILIÉ AU QUARTIER MORNE PICHEVIN
À FORT-DE-FRANCE :

Dans la nuit du Vendredi saint au Samedi-Gloria, le cadavre d'un homme d'une trentaine d'années, assez foncé de peau et de stature trapue, vêtu d'un tricot bleu et d'un pantalon trois quarts kaki rapiécé en divers endroits, a été retrouvé aux abords des latrines publiques du pont Démosthène, au pied du quartier Morne Pichevin.

La découverte a été faite entre six heures trente et sept heures du matin, le Samedi-Gloria, par une certaine Carmélise Délivert, mère de douze enfants et actuellement enceinte, sans profession, habitant la Cour des Trente-Deux Couteaux, à Morne Pichevin. Cette personne a déclaré qu'elle se rendait à la messe à la cathédrale, chose qui lui était habituelle à Pâques.

L'inspecteur Hilarion et moi-même nous sommes transportés immédiatement sur les lieux, avertis par un agent de la circulation et avons noté que le cadavre baignait dans son sang et portait une blessure importante au niveau du cou, pratiquement à la base du menton. Cette blessure avait été à première vue faite à l'aide d'un objet tranchant et particulièrement effilé.

317

Nous avons noté également des traces d'excréments d'animaux, selon toute probabilité de chiens errants, sur une partie du visage et sur la poitrine de la victime.

L'autopsie effectuée à 1'Hôpital civil ainsi que l'analyse des viscères en France ont prouvé que le meurtre s'était déroulé dans la nuit du Vendredi saint au Samedi-Gloria, vraisemblablement entre une heure et deux heures du matin. Un seul coup a été porté à la victime, identifiée par un de ses proches voisins comme étant Romule Beausoleil, conducteur à la tinette municipale, habitant Morne Pichevin. Romule Beausoleil a dû agoniser plusieurs heures durant, perdant presque tout son sang.

L'arme du crime, qui a été retrouvée par nos soins ce jour, est un pic à glace ordinaire d'une longueur de trente-cinq centimètres et d'un diamètre de quatre millimètres. L'épouse de Waterloo Saint-Aude, patron pêcheur habitant le quartier Bord de Canal, madame Anastasie Saint-Aude née Tifina, âgée de cinquante-sept ans, exerçant la profession de marchande de poisson, a avoué être l'auteur du crime. Elle nous a déclaré avoir attendu Romule Beausoleil cachée dans les latrines publiques du pont Démosthène, sachant que la victime avait rendez-vous avec son mari au stade de Desclieux. Elle y a attiré Romule Beausoleil en feignant des gémissements après s'être étendue sur le sol de la partie des latrines réservée aux femmes. C'est à l'instant où celui-ci s'est penché sur elle qu'Anastasie Saint-Aude lui a porté le coup mortel. Il est à noter que l'auteur du crime utilise son pic à glace depuis plus d'une vingtaine d'années dans l'exercice de sa profession de marchande de poisson.

Concernant les motifs de son acte, Anastasie Saint-Aude a déclaré qu'elle craignait pour la vie de son mari

Waterloo lequel devait affronter le sieur Beausoleil au cours d'un combat de damier l'après-midi de ce même Samedi-Gloria. Elle a affirmé qu'elle le savait gravement malade du cœur, chose que ledit Waterloo avait toujours cachée à tout le monde dans le but de conserver son auréole de major (fier-à-bras) du quartier Bord de Canal.

Anastasie Saint-Aude a également déclaré qu'elle avait agi seule, sans se concerter avec son mari ni avec aucune autre personne et qu'elle est prête à assumer l'entière responsabilité de ses actes. Elle a été écrouée ce jour à dix-neuf heures à la maison d'arrêt de Fort-de-France.

Fait à l'Hôtel de Police de Fort-de-France,
le 18 septembre 1964.

FRÉDÉRIC DORVAL,
Inspecteur de premier grade

(Novembre 1994 - janvier 1997,
Habitation L'Union, Vauclin, Martinique)

DU MÊME AUTEUR

Aux Éditions Gallimard

RAVINES DU DEVANT-JOUR (Folio n° 2706).
ÉLOGE DE LA CRÉOLITÉ.
LE CAHIER DE ROMANCE.

Chez d'autres éditeurs

RÉGISSEUR DE RHUM.
L'ARCHET DU COLONEL.
LA VIERGE DU GRAND RETOUR.
CHIMÈRES D'EN-VILLE.
LE GOUVERNEUR DES DÉS.
MAMZELLE LIBELLULE.
LE MEURTRE DU SAMEDI-GLORIA.
LA BAIGNOIRE DE JOSÉPHINE.
L'ALLÉE DES SOUPIRS.
CONTES CRÉOLES.
MAÎTRE DE LA PAROLE CRÉOLE.
LA SAVANE DES PÉTRIFICATIONS.
BASSIN DES OURAGANS.
AIMÉ CÉSAIRE LE PARADOXE.
COMMANDEUR DU SUCRE.
LE NÈGRE ET L'AMIRAL.
EAU DE CAFÉ.

Composition Nord Compo.
Impression Bussière Camedan Imprimeries
à Saint-Amand (Cher), le 14 juin 2001.
Dépôt légal : juin 2001.
Numéro d'imprimeur : 012749/1.
ISBN 2-07-041072-2./Imprimé en France.

4856